古典文獻研究輯刊

三　編

曾永義　主編

第 9 冊

楊萬里《天問天對解》研究

謝惠懿　著

國家圖書館出版品預行編目資料

楊萬里《天問天對解》研究／謝惠懿 著 — 初版 — 新北市：
花木蘭文化出版社，2011〔民100〕
目 2+176 面；19×26 公分
（古典文學研究輯刊 三編；第 9 冊）
ISBN：978-986-254-551-5（精裝）
1.（宋）楊萬里 2.傳記 3.學術思想 4.文學評論

820.8　　　　　　　　　　　　　　　　　100015001

ISBN-978-986-254-551-5

9 789862 545515

古典文學研究輯刊
三 編 第九 冊　　　　　　　ISBN：978-986-254-551-5

楊萬里《天問天對解》研究

作　　者　謝惠懿
主　　編　曾永義
總 編 輯　杜潔祥
出　　版　花木蘭文化出版社
發 行 所　花木蘭文化出版社
發 行 人　高小娟
聯絡地址　新北市永和區中正路五九五號七樓
　　　　　電話：02-2923-1455／傳真：02-2923-1452
網　　址　http://www.huamulan.tw 信箱 sut81518@ms59.hinet.net
印　　刷　普羅文化出版廣告事業
初　　版　2011 年 9 月
定　　價　三編 30 冊（精裝）新台幣 48,000 元

楊萬里《天問天對解》研究

謝惠懿　著

作者簡介

　　謝惠懿，1969 年 4 月 8 日生，輔仁大學中國文學系畢業，並為佛光大學文學所碩士。目前已婚，育有一子，並任教於光仁中學。

　　擔任教職迄今業已十七載。在”教，然後知不足”的情況下，於是選擇在職進修，雖然辛苦，但卻是求學的歷程中最大的收穫！感謝恩師陳煒舜的提攜，他不僅是一位學問淵博的經師，更是一位和藹可親的人師，使我不只在學問上的累積，更是我生活上的典範！

　　由於恩師的鼓勵和肯定，以及潘美月老師所給予的機會，使我有這次出版的榮幸，一切感激，點滴在心！並期許自己也要”昂首闊步迎未來，邁向卓越上巔峰”！

提　　要

　　楊萬里為南宋中興四大詩人之一，其獨創的「誠齋體」，對後世有著深切的影響。關於誠齋體的研究不勝枚舉，其詩名也愈益顯揚，相對之下，其他文體的作品更湮沒在盛名的牽累中。楊萬里的詩作高達二萬餘首，是宋代的多產作家，而現存仍約有四千多首，數量冠於其他作品。然尚有其他著作，包括詞、賦及各散文，研究者寥寥可數，實為可惜。

　　楊萬里的《誠齋易傳》是其易學代表作，相關哲學著作除此之外，尚有《庸言》和《天問天對解》。令人歡惋的是，後人對《天問天對解》的看法多汎游在哲學的思想中。千古以前，屈原的〈天問〉被視為是《楚辭》作品中富於思想但文學價值最低，而柳宗元的〈天對〉後人又因文字艱澀古奧而不明文義，更遑論對其文學價值的探討。而楊萬里的《天問天對解》則是對〈天問〉和〈天對〉加以注解，從〈天問〉的角度詮釋著〈天對〉的意蘊，又從〈天對〉的理解中，去深思〈天問〉的問題。如此豐富的思維，易使人忽略其作為一個文學家的特質，故本論文特出於思想性的探討之外，更不揣淺陋地從文本析論其文學價值和特色，冀使人能褪去舊有的僵化思維，對於《天問天對解》能有嶄新認識。

　　《天問天對解》並沒有確切寫作年代，故筆者通過對楊萬里生平及經歷的了解，以及其理學思維、文學思想的呈現，以便知其對《楚辭》或屈原，還有對柳宗元的理解和認知。再結合外在環境因素的探討，包括政治、書院制度、當代思潮、社會經濟和文學發展的面向，並進一步深入其內在的心境，以和屈原、柳宗元心靈契合，藉此經緯交織成網，以尋繹出較可能的寫作年代。接著，從文本析論其訓解方式，從而歸納出和〈天問〉、〈天對〉的關係。尤其宋代對於楚辭學的態度，從洪興祖的《楚辭補注》到朱熹的《楚辭集注》，正是當代治學的轉變：從考據走到義理。而從楊萬里的《天問天對解》的訓解方式，可知正是此過渡期的表現。

　　《天問天對解》雖名之為解，形式彷彿單調，但因楊萬里能在流暢的文字中，形成自己的語言風格，在繼承前人的過程也有創發，使《天問天對解》變得靈活有致，而不拘泥在死板的注解中，這也是《天問天對解》的特色。接著，就其價值和對後世可能的影響加以探討，使對整篇論文有較完整的了解。

　　自古以來，注解〈天問〉的作品多不勝數，然對〈天對〉的注解，除了柳宗元的自注外，能與〈天問〉相互對應而有系統的注解，誠屬楊萬里《天問天對解》之作，故稱之為第一人亦實至名歸，這是他對〈天問〉和〈天對〉最大的貢獻，保存可貴的史料，且對於後人的研究有一定的影響。故本論文在有限的古籍資料中，對《天問天對解》在傳播與接受方面作一初淺的探討，盼能使楊萬里在「誠齋體」的盛名中，也能發現其他作品的豐富性。同時，也冀望能在固有思維模式中，除在哲學領域中蜻蜓點水的認識《天問天對解》之外，能更深一層地了解其所具有的文學價值和特色。

目
次

第一章 緒 論

第一節 研究動機

　　南宋詩壇四大家之一的楊萬里，字廷秀，號誠齋，吉州吉水人。生於高宗建炎元年（1127），卒於寧宗開禧二年（1206），享年八十歲。一生歷經高宗、孝宗、光宗和寧宗四朝，為高宗紹興甲戌（1154）進士，官至寶謨閣學士，卒諡文節，學者稱為誠齋先生。其畢生豐富的作品，由其子楊長孺掇拾收編為《誠齋集》，於宋端平元年（1234）刊行。

　　楊萬里以詩聞名於當世，特別是其所創的「誠齋體」，對後世影響不小。陸游在〈楊廷秀寄南海集〉一詩中云：「俗子與人隔塵刼，何翅相逢風馬牛。夜讀楊卿南海句，始知天下有高流……」〔註1〕楊萬里曾自編詩集共九集，每一集皆按時間編排，此《南海集》應作於廣東為官的時候。此段多為紀行詩，但詩中形象鮮明，想像奇特。故陸游盛讚其詩清新高遠，在〈謝王子林判院惠詩編王從楊廷秀甚久〉一詩中也嘆到：「文章有定價，議論有至公。我不如誠齋，此評天下同。」〔註2〕充分展現楊萬里詩名已在當時流傳，並獲肯定。又清陳經禮〈偶論宋詩十絕句〉之七：「誠齋清節迴岧嶢，詩筆縱橫納海潮。若學謫仙流率易，終餘俊語壓尤蕭。」〔註3〕直接點出其出奇不群之特色，更

〔註1〕　〔宋〕陸游，《劍南詩稿》（台北：台灣商務印書館影印文淵閣四庫全書，1986年），卷19，頁21b。
〔註2〕　同前註，卷53，頁1b。
〔註3〕　郭紹虞、錢仲聯、王蘧常編，《萬首論詩絕句》（北京：人民出版社，1991年），頁443。

勝尤袤和蕭德藻。今人錢鍾書先生在《談藝錄》中，亦頗為讚賞楊萬里的誠齋體。〔註4〕雖白雲蒼狗，但其詩在時代變遷中，仍佔有舉足輕重之地位。無怪乎古往今來，研究其詩之學者，不可勝數。

試觀學者研究楊萬里的作品，多集中在其詩作一項。其著作之豐富，創作有二萬餘首詩，現存約四千餘首。雖所存僅有五分之一，卻是自古至今眾學者所傾注全力研究之範疇。或論其「誠齋體」的思想淵源及形成；或析其詩取材內容之豐富，因而有山水詩、童趣詩、詠園詩、諷刺詩等之剖析；或考其詩歌語言藝術，從其用字（動態助詞、副詞）和句型著手，探求寫作方式；或究其詩歌之特色：「活法」、〔註5〕「透脫」，使「誠齋體」特色更加顯明；或從與他人作品之比較，凸顯其繼承或創新的關係；或論其詩所反映的思想，包括理學、禪學等，使其詩的意境更加深化了。另外，在《誠齋集》之外的逸詩和文章，近人也多加挖掘闡發，使能錦上添花！整體而言，對其詩的研究，可謂鉅細靡遺，在在顯示其在詩壇屹立不搖的地位。然詩名愈盛，相形之下，其他文體（包括詞、賦和散文）的研究顯得寥寥可數，若有所論述，也多是從大範圍著手，難有像詩領域的澎湃氣勢，有失於平衡之慨。

楊萬里的人格光風霽月，在政治上耿介直言，不畏權貴；對於社會，他關心現實，同情民瘼。盼能以儒家實用之道作為經世濟民的根本，發揚理學和易學的思維，冀能指引一條國家治道可行的方向，挽救國家於頹敗存亡之際。終其一生熱愛國家，甚至臨死之遺言，仍義憤填膺。〔註6〕故張瑞君先生

〔註4〕 參考錢鍾書，《談藝錄》（北京：生活・讀書・新知三聯書店，2001 年），頁353。其言：「以入畫之景作畫，宜詩之事賦詩，如鋪錦增華，事半而功則倍，雖然，非拓境宇、啟山林手也。誠齋、放翁，正當以此軒輊之。人所曾言，我善言之，放翁之與古為新也；人所未言，我能言之，誠齋之化生為熟也。放翁善寫景，而誠齋擅寫生。放翁如圖畫之工筆；誠齋則如攝影之快鏡，兔起鶻落，鳶飛魚躍，稍縱即逝而及其未逝，轉瞬即改而當其未改，眼明手捷，蹤矢躡風，此誠齋之所獨也。放翁萬首，傳誦人間，而誠齋諸集孤行天壤數百年，幾乎索解人不得。」

〔註5〕 〔宋〕張鎡，《南湖集》（台北：台灣商務印書館影印文淵閣四庫全書，1986年），卷7，頁 24b。其〈攜楊秘監詩一編登舟因成二絕〉一詩云：「今日何曾獨自來，船中相伴有誠齋。須知不局詩編裏，妙用方能處處皆。造化精神無盡期，跳騰踔屬即時追。目前言句知多少，罕有先生活法詩。」應是首先提出「活法」一詞者。

〔註6〕 〔元〕脫脫等撰，《宋史》（台北：台灣商務印書館影印文淵閣四庫全書，1986年），卷433，頁 24b。據本傳提到，韓侂冑專僭日益甚，萬里憂憤，怏怏成疾。家人知其憂國也，凡邸吏之報時政者，皆不以告。忽族子自外至，遽言

指出：「他的人格力量折服了時人，也影響了後人。」〔註 7〕因此，除了以文學家視之之外，說他是政治家、理學家、哲學家，亦無不可。故近年來在此方面的研究有漸熱絡之勢。有學者探論其政治思想、社會思想，試為其一生的愛國之志解讀和詮釋；或將其定位在儒學倫理價值的重新建構者，反映在理學思想的表現上，強調不空談立論。而哲學的思維則反映在易學的探討，進一步延伸出所謂的樸素的唯物主義的觀點。楊萬里的作品除了《誠齋集》之外，尚有《誠齋易傳》，由於受其父楊芾的影響，他花了十七年鑽研《周易》，故能在易學的研究上頗有創新，絕非偶然。他強調「以古鑑今」「以史證事」，使深奧難知的《周易》，透過歷史的徵驗，更能相互印證。然而關於哲學之作，除了《誠齋易傳》外，尚有《庸言》及《天問天對解》。只可惜的是，對於《天問天對解》之作，多是在易學、哲學的討論中「蜻蜓點水」，幾乎沒有人結合從文學和思想二方面來探討之，這是筆者研究的最主要動機。

在因緣際會下，因做目錄學作業的過程中，筆者接觸到楊萬里的《天問天對解》，方知在屈原〈天問〉之外，尚有柳宗元的〈天對〉相對應。於是，筆者的學習範圍更加擴大了。因為《天問天對解》的注解，使對二位前賢的作品有更深的認識。同時，楊萬里在注解時須融會〈天問〉和〈天對〉，在理解屈原和柳宗元的觀點下互為注解，若不有深切的體認，又如何在一問一答的形式中，取得和諧的解說？此書有豐富的思維，從宇宙觀到知行觀甚至無神論，顯示楊萬里具有進步的思想和精神。且從其內容和表現的藝術形式，皆不同於其詩的取材和寫作風格，特別在其前面已有洪興祖的《楚辭補注》，如此完備而有體系的注解作品中，楊萬里如何在繼承中發展自己的創新思維，一如其詩突破困境而有其風格，筆者深信《天問天對解》也是如此。故欲以不佞之才探析《天問天對解》，盼能發潛微之幽光，令吾人對楊萬里在詩的作品之外，能有更深切的認識。

第二節　文獻分析

張瑞君在《楊萬里評傳》中提到：「宋詩出現在唐詩之後，是個大幸運。

侂胄用兵事，萬里慟哭失聲，亟呼紙書：「韓侂胄姦臣，專權無上……」又書十四言別妻子，筆落而逝。

〔註 7〕　張瑞君，《楊萬里評傳》（南京：南京大學出版社，2002 年），頁 448。

唐詩是中國古典詩歌發展的黃金階段，無論從思想內容到藝術形式都異常豐富多彩，給宋人提供了無數借鑒的東西。然而，宋詩在唐詩之後又是一個大不幸，要產生新的風格，有新的開拓實在太難了。形式已經定形不必說，詩的風格似乎也太難創新了。」〔註8〕詩歌的發展至唐已達巔峰的狀態，宋代要在黃金時代下誠屬不易。而且，詩至北宋經由蘇軾、黃庭堅的革新，加上南宋又有陸游、范成大等人經營，試想：楊萬里要在前人已開發的土地上開花結果，實屬不易。而今能立於詩壇不朽之地位，足見其高妙之藝術表現和文學思維。尤其是其創新的「誠齋體」，彷彿一股清流注入，成為眾人所爭相研究的範疇。也無怪乎在張毅所主編的《20世紀中國文學研究 宋代文學研究》專闢〈楊萬里及其「誠齋體」〉一節，深入介紹了二十世紀對楊萬里有關之研究論文或著作，其中包含了「楊萬里的家世、交游及著述」、「『誠齋體』及其『活法』」、「楊萬里詩歌創作的藝術淵源及影響」及「楊萬里的詩論」等各方面的討論，〔註9〕列舉多位學者研究的成果，說明了楊萬里對中國文學史上具有一定的影響。至於其他學者們也紛從「誠齋體」的外在形式、特色或內在精神加以探論，如楊理論〈「誠齋體」的形成與杜詩的內在關聯〉、〔註10〕李勝〈試論「誠齋體」的創作主要素〉〔註11〕等論其形成的由來；韓梅〈論「誠齋體」山水詩的世俗化傾向〉、〔註12〕蔣安君〈誠齋體自然山水詩的創新意義〉、〔註13〕王星琦〈「誠齋體」與「活法」詩論〉〔註14〕等，則從「誠齋體」的內容析論其詩作，試循出其特色。而郭艷華〈「格物致知」和「誠齋體」——理學、禪學對楊萬里文學思想的影響〉、〔註15〕宋皓琨〈理學對誠齋體的負

〔註8〕 同前註，頁105。

〔註9〕 張毅，《宋代文學研究》（北京：北京出版社，2001年），下冊，頁1034～1052。

〔註10〕 楊理論，〈「誠齋體」的形成與杜詩的內在關聯〉，《社會科學家》，第3期（2006年3月），頁22～24轉35。

〔註11〕 李勝，〈試論「誠齋體」的創立要素〉，《重慶教育學院學報》，第15卷第1期（2002年1月），頁35～37。

〔註12〕 韓梅，〈論「誠齋體」山水詩的世俗化傾向〉，《中國海洋大學學報（社會科學版）》，第1期（2007年1月），頁74～77。

〔註13〕 蔣安君，〈誠齋體自然山水詩的創新意義〉，《棗莊學院學報》，第21卷第6期（2004年12月），頁18～19。

〔註14〕 王星琦，〈「誠齋體」與「活法」詩論〉，《南京師範大學文學院學報》，第3期（2002年9月），頁96～103。

〔註15〕 郭艷華，〈「格物致知」對「誠齋體」詩學品格的影響探析〉，《寧夏大學學報（人文社會科學版）》，第28卷第1期（2006年1月），頁55～58。

面影響〕〔註 16〕等，則又從其內在蘊涵論其思想之博采；周建軍〈論「誠齋體」對南宋詩風的轉關作用〉、〔註 17〕張瑞君〈楊萬里在宋代詩歌發展中的地位及影響〉〔註 18〕等，又大範圍論其對當世的影響，凸顯其價值地位。從筆者找尋關於楊萬里研究的篇什中，約有三分之二論及其詩，包括藝術語言、字詞用法、甚至對整個詩壇的影響。研究其詩的項目五花八門，直是不勝枚舉，可見其在詩壇有著不可磨滅的地位。但也因為詩名太盛而掩去其文，以致於有關其他作品的研究仍是屈指可數。

　　筆者參考蕭瑞峰、彭庭松的〈百年來楊萬里研究述評〉及〈第二屆全國楊萬里學術討論會〉之綜合結論，再將百年來對楊萬里的研究加以分類，分為以下幾個面向：

一、關於楊萬里生平、家世、交游及詩風、文獻考輯

　　所謂「知人論世」，欲知其人必先了解其成長的過程，包括人事物的接觸，透過背景的探討，使解讀作品有更深的認識。源宗的〈楊姓的祖先在哪裏〉一文，特將楊姓的起源分成出自姬姓、出自賜姓、出自他姓改姓及出自他族改姓。顯然地，楊萬里的祖先應來自姬姓，使我們對其家世的淵源有更深的認識。其後裔楊潤生在〈楊萬里家世考〉、〈楊萬里始祖楊輅世系考辨〉等文敘述其一世祖至十二世。在張瑞君的《楊萬里評述》中亦附錄楊潤生的〈楊萬里家世表〉，可以清楚直觀其家世脈絡。而劉文源〈楊萬里和吉水楊氏家族〉一文，又特將楊萬里和族人的互動介紹，彼此以詩風相輔相成。鄭曉江〈映日荷花別樣紅——訪大詩人、理學家楊萬里故里〉一文則實地參訪故居，從《楊氏族譜》的記載知道，其先祖楊輅如何從北方到南方定居，並敘及「湴塘」的由來，也為楊萬里出生地更添色彩，饒富趣味。在于北山《楊萬里年譜》一書中，記載〈譜主交遊考略〉，共輯錄其師王庭珪、張浚、胡銓和周必大、陸游、蕭德藻等友人共三十二位。〔註 19〕俾使我們在研究楊萬里的人格

〔註 16〕宋皓琨，〈理學對誠齋體負面的影響〉，《棗莊學院學報》，第 23 卷第 6 期（2006 年 12 月），頁 66～67。

〔註 17〕周建軍，〈論「誠齋體」對南宋詩風的轉關作用〉，《廣西社會科學》，第 3 期（2003 年 3 月），頁 134～136。

〔註 18〕張瑞君，〈楊萬里在宋代詩歌發展中的地位及影響〉，《山西大學學報》（哲學社會科學版），第 24 卷第 2 期（2001 年 4 月），頁 41～45。

〔註 19〕于北山著、于蘊生整理，《楊萬里年譜》（上海：上海古籍出版社，2006 年），

中，亦透過其師友現其端倪。而胡明珽的《楊萬里詩評述》亦列〈交遊〉一節，描寫作者的交友狀況和影響。〔註20〕另外，楊萬里的作品除了《誠齋集》之外，尚有許多未列入的創作，例如蕭東海在〈楊萬里《誠齋策問》年代背景考述〉一文，考定此 25 篇策問先是進士策試，後是楊萬里應張浚薦舉「賢良方正」時所作的。〔註21〕又如龍震球據《永州府志》、《零陵縣志》得詩四首和文一篇，〔註22〕使楊萬里的作品更加齊備，尚有其他論文，不及備載。

二、關於楊萬里的政治、史學、哲學思想之研究

楊萬里一向關心國家前途，受其父和師友影響（特別是張浚），在政治立場總是持著「抗金」的態度，但也因此受挫連連。畢竟其歷經四代，只有孝宗稍有恢復之雄心，可惜不能堅持，以致「主和派」仍主導整個南宋。故其在遺囑中提到「韓侂胄姦臣，專權無上，動兵殘民，謀危社稷。吾頭顱如許，報國無路，惟有孤憤」，〔註23〕足見其內心的悲憤。李勇在〈楊萬里對王安石變法的批評〉一文中提到：楊萬里對王安石的「祖宗不足法」加以批判，亦反對盡復古法。又認為治國在用人——「近賢臣遠小人」，以及興天下之利，方是變法的主要目的和原則。〔註24〕其又在〈有弊當革、革弊宜慎——談楊萬里社會變革觀〉一文，闡述楊萬里認為社會發展至某一程度，必有弊端，倘若嚴重到影響社會的安危和進步時，必須改革。〔註25〕楊萬里認為歷史是會變的，以古今相較，在器物、政治制度，甚至意識形態方面皆有所差異，故處理現實的問題亦得有所因應，於是「變」便產生了。的確，綜觀歷史的演變，「窮必革」，改革是必然的過程，其目的是為了使國家和社會更好，一切才有意義。然變革亦是不得已的，故「聖人懼於革」。因此，謹慎是最基本

頁 675。

〔註20〕 胡明珽，《楊萬里詩評述》（台北：學海出版社，1976 年），頁 45～55。

〔註21〕 蕭東海，〈楊萬里《誠齋策問》年代背景考述〉，《吉安師專學報（哲學社會科學）》，第 20 卷第 2 期（1999 年 4 月），頁 7～11。

〔註22〕 蕭瑞峰、彭庭松，〈百年來楊萬里研究述評〉，《文學評論》，（2006 年 4 月），頁 197。

〔註23〕 〔元〕脫脫等撰，《宋史》，卷 433，頁 24b。

〔註24〕 李勇，〈楊萬里對王安石變法的批評〉，《淮北煤師院學報（社會科學版）》，第 3 期（1998 年 3 月），頁 76。

〔註25〕 李勇，〈有弊當革、革弊宜慎——談楊萬里社會變革觀〉，《歷史教學問題》，第 2 期（1998 年），頁 37。

的指導原則。〔註 26〕只是，對政治的熱情亦有消退之勢，在黃小蓉〈楊萬里政治心態解構的原因〉一文中，其強調楊萬里的詩作中多有接觸自然，表現其豁達的思想和自由的人格等「透脫」特質，其實是來自於南宋苟且偷安的腐敗的社會爲前提下的產物。〔註 27〕且認爲出入理學和審美情趣改變，是使其轉向大自然以追求內在心靈的原因之一了。楊萬里對國家的熱烈關注，曾上了《千慮策》，〔註 28〕卻未被採納；而朝廷歷來又是主和派熾盛囂張，就連帝王皆如此，故對政治的熱情勢必因此而減弱。只是其並非選擇耽溺於聲色享樂，而是轉向徜徉大自然，關懷市井小民的生活，故其對生命仍持有熱度。至於哲學方面，表現最明顯的則是《誠齋易傳》的研究。張瑞君在《楊萬里評傳》中獨列一節〈楊萬里的易學思想〉，除了對淵源的探討和朱陸的易學比較外，亦特別著力在《誠齋易傳》的介紹，提出此書之特點：《周易》是「聖人通變之書」、「古爲今用」、「以史證易」、「易之道天理而已」、「注重外在引申，不注重文本闡釋」、「理學家的色彩」等。〔註 29〕而張文修亦對其《誠齋易傳》加以研究，進一步探討楊萬里建立以「中正」爲原則，而根源於天理的一套意義世界的學說。〔註 30〕袁爾鉅也從理學角度和哲學思維，探論楊萬里的唯物思想，其中對《天問天對解》有較爲整體性的析論：楊萬里發揮柳宗元、張載、王安石等人唯物思想，以爲天地萬物皆本於元氣之說。〔註 31〕因此，在注解時，亦繼承和發揮此種思想。試舉例如下：

〈問〉曰：

　　陰陽三合，何本何化？圜則九重，孰營度之？惟茲何功，孰初作之？

〈對〉曰：

　　合焉者三，一以統同。吁炎吹冷，交錯而功。无營以成，沓陽而九。

〔註 26〕李勇，〈楊萬里的歷史通變思想〉，《史學史研究》，第 3 期（1998 年），頁 39。

〔註 27〕黃小蓉，〈楊萬里政治心態解構的原因〉，《宜春師專學報》，第 21 卷第 6 期（1999 年 12 月），頁 22。

〔註 28〕胡明珽，《楊萬里詩評述》，頁 37。其在〈楊萬里傳——思想〉說到：「夫讀誠齋之詩，未讀誠齋之千慮策者，則未能識誠齋之人之全，遂亦不能知誠齋之人之高且大也。」對此作之精闢見解，予以肯定。

〔註 29〕張瑞君，《楊萬里評傳》，頁 351～385。

〔註 30〕張文修，〈《誠齋易傳》的歷史與意義的世界——楊萬里易學思想研究〉，《湖南大學學報（社會科學版）》，第 18 卷第 5 期（2004 年 9 月），頁 18。

〔註 31〕袁爾鉅，〈論楊萬里的唯物思想〉，《南昌大學學報（人社版）》，第 32 卷第 1 期（2001 年 1 月），頁 131～132。

轉輠渾淪，蒙以圜號。冥凝玄釐，无功无作。

《天問天對解》：

> 陽陰之合以三，而元氣統之以一。炎者，元氣之吁也；冷者，元氣之吹也。吁而吹，吹而吁，炎而寒，寒而炎，交錯而自爾功者也，其始無本，其末無化。天之九重者，陽數之合，沓而積者爾。天之圜體者，一氣之轉輪而渾茫者爾。烏有所營？烏有所度哉？……〔註32〕

楊萬里繼承了柳宗元的元氣論之外，並進一步衍生出無神論的思想。故在屈原問及「萍號起雨，何以興之？」他也發揮柳宗元的看法，是「陰陽蒸炊而雨」，否定是雨師神通廣大，呼號所致。又在「伯強何處？惠氣安在？」的回答上，從柳宗元的觀點上闡述「伯強緣癘氣而屈，惠氣以癘氣而縮者也。惠氣以和順而屈，伯強緣和順而縮者也，莫非一氣也，又烏有伯強居處之鄉？」明白地表示天地之間、宇宙萬物，多是陰陽二氣的作用，非有鬼神作怪所致。〔註33〕

三、關於文學創作及文學思想之研究

張瑞君在《楊萬里評傳》一書中，特列〈楊萬里的文學思想〉一節，楊萬里認為文學需具有社會功用，方能作為經世濟民的媒介，如同儒學的功用應在於實用性，要能「為時所用」。如此，對社會方有所助益。接著，探討其文學的創作動機：提到楊萬里強調詩需把握「有感而發」的原則，強調「觸發」功夫，方能有創作衝動的產生。所謂「大抵詩之作也，興，上也；賦，次也；賡和，不得已也……」，〔註34〕其次，論敘其對文學風格的看法：重神輕形、要求妙悟透脫，為文注重「文如其人」……接著，探論其在文學的繼承和創新。楊萬里初學江西詩派，後亦吸收晚唐的詩風，又融入蘇黃的精華，最後創發了「誠齋體」，獨樹一格，在繼承之中脫穎而出（相關研究，前已陳述）。至於對批評鑑賞方面，提到楊萬里「反對奇險」，要求「公正客觀」之原則。〔註35〕此一章節雖然豐富，但仍從詩的角度論述，對於其他文體，並未詳細論述，總有缺漏！楊萬里的作品其實很豐富，除了詩作之外，

〔註32〕〔宋〕楊萬里，《誠齋集》（台北：台灣商務印書館據上海商務印書館編四部叢刊初編縮本縮印日本宋鈔本，1968年），卷95，頁821～822。

〔註33〕袁爾鉅，〈論楊萬里的唯物思想〉，頁134～136。

〔註34〕〔宋〕楊萬里，《誠齋集》，卷67，頁555。

〔註35〕張瑞君，《楊萬里評傳》，頁397～444。

尙有詞、賦、散文……如能旁及其他介紹，必然更加完備，對楊萬里也較有全面的了解。

　　另外，文師華、胡建升的〈論楊萬里文賦的三維構建〉一文中，認爲楊萬里重視文學的本質——實用性，要能經邦治國，教化社會，裨益人世。誠如《典論論文》：「文章，經國之大業，不朽之盛世。」〔註36〕他的文章載入道德的價值觀，欲使文有「味外之味」。然在「味外之味」的道德理念中，也強調獨抒性靈的重要。同時，文章需在參透中有所「妙悟」，作者認爲是和宋人好學禪有關。故楊萬里的文賦中，也浸潤了對禪境的追求。〔註37〕而韓經太也認爲楊萬里的文學是在理學的建構中發展出自己的特點，除了道德的涵養之外，美刺和妙悟亦不可少。〔註38〕

　　近年來，有關楊萬里和他人的比較研究也有增加之趨勢。葉幫義〈20世紀對陸游和楊萬里詩歌研究綜述〉、歐純純〈陸游與楊萬里詠梅詩比較研究〉、張瑞君〈劉克莊與陸游楊萬里詩歌的繼承關係〉等篇，多從詩歌作品論述二位詩人的特色，甚至在詩壇的地位；而黃惠運亦撰寫〈英雄和詩人：楊邦乂和楊萬里〉一文，對和同族的愛國者進行比較。于北山《楊萬里年譜》記載：「建炎三年，十一月，金帥完顏宗弼陷建康府，守臣等迎拜；通判楊邦乂拒之，罵敵不屈，爲宗弼所殺。邦乂字希稷，誠齋族叔祖也。」〔註39〕不難想見在族人的忠烈氣節中，楊萬里所受的影響和繼承，反映在其人格氣質上、政治的態度，甚至對文學的表現。另有吳中勝〈簡齋和誠齋〉、徐房明〈誠論劉過與楊萬里的兩次相見〉等文，亦從比較中看到楊萬里的人格。

四、關於《天問天對解》和〈天問〉〈天對〉關係之研究

　　一件文學作品的產生，不外乎和作者的內在及外在環境有著密切的關係。故作者內在的性格和感情，以及外在的時代背景、社會環境和身世經歷，必是形成創作作品的基礎。陳怡良在〈〈天問〉的思想內容及其文學價值〉一

〔註36〕〔元〕郝經，《續後漢書》（台北：台灣商務印書館影印文淵閣四庫全書，1986年），卷66下上，頁7a。

〔註37〕文師華、胡建升，〈論楊萬里文賦的三維構建〉，《江西社會科學》，第4期（2004年4月），頁221～225。

〔註38〕韓經太，〈楊萬里出入理學的文學思想〉，《社會科學戰線》，第2期（1996年2月），頁218。

〔註39〕于北山著、于蘊生整理，《楊萬里年譜》，頁10。

文中提到：「任何文學作品，必然受到時代背景及當代思潮的影響，是不可否認的，因此我們要衡量某一文學作品的真實價值，必然先瞭解作者的思想、感情、個性，及作品的創作背景、創作動機，否則我們就很難予作品有一正確而客觀的評價。」〔註 40〕又司馬遷在其〈太史公自序〉中，曾列舉許多古人的作品多是在作者身處在困頓蹇塞之時完成的：「此人皆意有所鬱結，不得通其道也；故述往事，思來者。」〔註 41〕所謂「生於憂患」之故。因此，我們欲明瞭《天問天對解》和〈天問〉、〈天對〉的關係，可以從作者的內在和外在的因素來探討，同中求異，異中求同，多少可看出梗概。

明代時，《天問天對解》已有單行本的刊行。而最早的版本，應是崇禎十年（1637）古香齋刻本（南京圖書館藏）。而當代也有專文討論，例如張燮〈刻楊氏天解序〉和陳朝輔〈刻天解引〉。張燮以為〈天問〉之作，有「豎義」作用，而柳宗元的〈天對〉乃「牢愁自放，故託天口，與屈子相酬酢。擷繭成絲，端竟自在，亦若經著而傳隨耳」。〔註 42〕雖有〈天對〉對應〈天問〉，但長久以來是二者單行，直至楊萬里「始參錯之，分疊就班，遞相呼應。又為之釋義以行，末學不至艱於披展矣」。〔註 43〕而陳朝輔在〈刻天解引〉中亦認為「自廬陵楊誠齋先生字比句櫛，剖殆鉤玄，然後燦若列眉。問奇者不沒其苦心，斠若畫一；汲古者亦得修緶。視河東為三閭之忠臣，廬陵又三閭河東之功臣也」。〔註 44〕對《天問天對解》給予極高的評價。同時，也將屈原、柳宗元和楊萬里的關係作一簡要的說明。使我們對於了解《天問天對解》和〈天問〉、〈天對〉的關係，有所幫助。

張國棟〈從〈天問〉〈天對〉看屈原與柳宗元的貶謫心態〉一文中提到：「屈原因受讒見棄而有『呵壁』之作，柳宗元因政治黜貶而有呼應之篇，二人於類似的貶謫境地中表現出了不同的心態反映，最終成就了卓然獨立的詩人屈原與冷峭峻潔的思想家柳宗元。」〔註 45〕姑且不論〈天問〉是否是「呵壁」之作，就其個人遭遇和寫作的動機而言，兩人同樣有抒懷憂憤之情。屈

〔註 40〕陳怡良，《屈原文學論集》（台北：文津出版社，1992 年），頁 326～327。

〔註 41〕〔漢〕司馬遷，《史記》（台北：七略出版社據清乾隆武英殿刊本景印，1985 年），頁 1353。

〔註 42〕崔富章，《楚辭書目五種續編》（上海：上海古籍出版社，1993 年），頁 45。

〔註 43〕同前註。

〔註 44〕同前註，頁 46。

〔註 45〕張國棟，〈從〈天問〉〈天對〉看屈原與柳宗元的貶謫心態〉，《甘肅廣播電視大學學報》，第 17 卷第 3 期（2007 年 9 月），頁 4。

原被疏於漢北，深怕楚國處於狼虎強秦的利誘威逼下而導致亡國，故〈天問〉中亦列舉三代興衰史實以作為楚國之借鑑；柳宗元在王叔文等人的帶領下，欲改革時弊挽救唐帝國於頹然之際，只是改革失敗了，成為「眾矢之的」，貶謫永州。因感受和屈原同樣的處境，故作〈天對〉以回應。雖所處的時代特徵不同，但其為國之心昭然可見。但兩人畢竟在現實的社會環境和性格上有所差異，因此選擇自處的方式亦不相同。屈原性情較為奔放熱烈，從其寫作〈天問〉，連問一百七十多個問題的龐大體製中，不難窺見其澎湃的情感。故最後以激進的方式結束自己的生命，形成永恆悲劇；而柳宗元則是個性較為內斂，在貶永州的十年中，慢慢藉由大自然紓解了內心的壓抑，然對貶謫此地的生命衝擊體驗並未能徹底消除，故仍有所期待。只是，在回京愉快心情的面紗下，接踵而至的是被貶至更遙遠的柳州，無奈之情，油然而生。但無論如何，他選擇的方式不同於屈原，也代表在追慕屈原的過程中，其仍有自己的見解，故在〈天對〉末尾時充分顯露柳宗元「同中有異」的看法：雖對屈原身處禮義消亡之時有所同情，但是「合行違匿固若所，咿嚘忿毒意誰與？」也表達其不為苟同的態度，積極作為可能剩過興詞怨憤較好。因此，在最後二句話「誠若名不尚，曷極而辭？」更是對屈原之「尚名」提出質疑。

楊萬里所處的時代又不同於二位賢人，北宋的積弱不振導致「靖康之恥」，南宋國君又受便佞之臣影響，終苟安江南，無恢復之意。政治環境不利於那些愛國的知識份子，憂心如焚，殫心竭慮，理想終不得實現。剛直的性格造成其在仕途上的多舛，故在其詩中也慢慢出現「仕」與「隱」的矛盾。所不同於屈原和柳宗元的是，楊萬里選擇了辭官退隱。也許，其在注解〈天問〉和〈天對〉更有所感慨：南宋的情況似乎亦如楚國之危險？以史印證事理，盼可以作為君臣之借鏡。

近人姜亮夫《楚辭書目五種》及崔富章《楚辭書目五種續編》皆有《天問天對解》的提要介紹，特別針對是書之著錄、版本和序跋的刊載。另外，尚有潘嘯龍、毛慶主編的《楚辭著作提要》和洪湛侯編的《楚辭要籍解題》。此二書的著作形式不同於前者，除了對版本的記述外，特地撰寫提要，討論其得失。《楚辭著作提要》提到《四庫全書總目》對《天問天對解》的評價，認為是承襲〈天對〉之說，並無新意。但編者認為在繼承之外，楊萬里在注解時對文句、語詞尚能有所發明的。而《楚辭要籍解題》：「從柳宗元〈天對〉的角度詮釋〈天問〉，不僅是楊氏首倡，而且是他《天問天對解》取得一定成

就的原因。」〔註46〕文中列舉數例，以證明楊萬里在繼承柳氏的觀點上加以發揚延伸，並和柳宗元、屈原三者之關係加以闡發，特別是天命的觀點上，提供寶貴的意見，對於研究論文多有啟發之效。

清林雲銘曾言：「一部《楚辭》最難解者，莫如〈天問〉一篇。」〔註47〕〈天問〉之奇，在於全詩皆以設問爲之，有問無答，此是一奇。而範圍遼闊，上至宇宙，下至地理，遠迄開天闢地，輔以治水等神話和傳說，而後敘及夏商周三代史事，意在言外，以人事作爲楚國歷史的「前車之鑑」，搜羅龐大，直是另一奇。然畢竟在「無解」的前提下，歷代對〈天問〉的研究總是眾說紛紜，莫衷一是。直至唐柳宗元作〈天對〉，諸位學者較能持有共同的看法：〈天對〉乃爲〈天問〉的回答，且是唯一的。然此二者距今甚古，文字聱牙佶屈，實難誦讀！黃伯思〈新校楚辭·序〉：「〈天問〉之章辭義嚴密，最爲難誦。柳宗元獨能作〈天對〉以應之，深宏杰異，析理精博，近世文家，亦難遽曉。」〔註48〕此段正爲《天問天對解》的寫作，提供最佳的背景，也似乎能明白楊萬里所謂「庶以易其難」的目的和進行的寫作方向。無論如何，關於〈天問〉注解的專著或論文，不下百種，無論是古人或近人，研究頗爲豐富，但眾說紛紜：從王逸的《楚辭章句》到洪興祖的《楚辭補注》、朱熹《楚辭集注》，篇章中對〈天問〉多有詳實的註解，考稽古籍，使之更爲充足。至清毛奇齡的《天問補註》：「取凡朱子所未詳者，概依文索義，求所解會，且從而證據之，因爲《補注》。」〔註49〕丁晏《楚辭天問箋》以王逸《章句》爲主，若其義有所隱諱，則以《箋》注明，如鄭玄箋注《毛詩》一樣。而今人對〈天問〉的著作更是琳瑯滿目，例如游國恩主編的《天問纂義》，輯錄從東漢到清末舊注約有九十家，可謂是集大成之著作；林庚的《天問論箋》，其認爲〈天問〉是一部問話體，寫著上古夏商周三代興亡的歷史詩。故在書中也參論其原發表過的四篇論文，〔註50〕從整體布局和史實的排列著手，精采宏

〔註46〕洪湛侯編，《楚辭要籍解題》（武漢：湖北人民出版社，1984年），頁21。

〔註47〕〔清〕林雲銘，《楚辭燈》（台南：莊嚴文化事業有限公司據遼寧大學圖書館藏清康熙三十六年挹奎樓刻本影印）卷2，頁199。

〔註48〕〔宋〕黃伯思，《東觀餘論》（北京：中華書局據古逸叢書三編影印，1988年），第4冊，頁76a。

〔註49〕〔清〕毛奇齡，《天問補註》（台南：莊嚴文化事業有限公司據首都圖書館藏清康熙刻西河合集影印）集部第2冊，頁289。

〔註50〕林庚，《天問論箋》（北京：人民文學出版社，1983年），代序，頁2。四篇論文應指〈〈天問〉尾章「薄暮雷電歸何憂」以下十句〉、〈天問〉中有關秦民

偉！另外，陸元熾的《天問淺釋》一書，除了對〈天問〉的淺釋外，亦涉及對〈天對〉的簡釋。其中，對於柳宗元的〈天對〉提出不足之處的批評，例如脫離神話情趣作解，但又缺乏科學根據；對〈天問〉的回答本已直接，又有責問產生，節外生枝；或在回答的過程中矛盾現象發生等問題。故認為〈天問〉是一首有著積極浪漫的思維哲理詩，而〈天對〉則是以詩的形式寫成的論文，帶有狹隘的現實主義態度。〔註51〕楊萬里雖是以繼承柳宗原觀點為基礎下寫作《天問天對解》，但在繼承中又欲創新思維，故尚有特出柳宗元的看法，以凸顯其特色。此外，洪興祖的《楚辭補注》，其在王逸的基礎上，吸收他人的見解，補王逸《楚辭章句》之未備。雖在當代受政治因素之干擾，未能顯世，但其參校各本，補正王注，又撰《考異》，其參考價值很高，深信楊萬里亦有參考此書之處。

關於〈天對〉的注解，向來注釋的作品便不多。1973年11月，上海人民出版社出版了由復旦大學中文系訂注的《天問天對注》，這本書集合眾人的努力，包括王運熙、李慶甲、徐鵬、章培恒、顧易生等學者的註釋，並由譚其驤、楊寬、蔣天樞、陳子展等人校訂，對於〈天問〉和〈天對〉較能完整的注解。如此一來，對楊萬里《天問天對解》的研究，提供不少見解，頗有參考的價值。且透過比較的方式，亦能窺見《天問天對解》在現代讀者接受的狀況。書中採用一問一對的形式編排校注，在此書的序文中提到：「柳宗元的〈天對〉，大體是根據王逸的註解來回答的；為了配合〈天對〉我們對〈天問〉文字的解釋，基本上採用王註，只在若干地方，吸收了宋代洪興祖、朱熹以來《楚辭》研究著作的成果，作了補充和糾正，王註仍作為一說列在後面。」〔註52〕此書自言使用的版本：〈天問〉正文，主要根據影宋端平本《楚辭集注》和《四部叢刊》影明繙宋本《楚辭》；而〈天對〉正文，主要根據影宋世綵堂本《柳宗元集》及《四部叢刊》影元刊本《唐柳先生集》，並參校其他一些版本。〔註53〕

此外，1976年人民出版社出版了由吉林師範大歷史系與長春市第一光學儀

族的歷史傳說〉、〈《天問》中所見夏王朝的歷史傳說〉、〈《天問》中所見上古各民族爭霸中原的面影〉等。

〔註51〕周建忠，〈《天問》要籍解題〉，《南通師範學院學報（哲學社會科學版）》，第17卷第1期（2001年3月），頁29。

〔註52〕王運熙等編著，《天問天對註》（上海：上海人民出版社，1973年），序文部分。

〔註53〕同前註。

器廠工人理論組合編的《〈天問〉〈天對〉譯注》，此書所採版本同於《天問天對注》，同時也是一問一答的模式，唯在注解方式略有不同。《天問天對注》是「先注後譯」，而《〈天問〉〈天對〉譯註》則採用「先譯而後注」，且後者在翻譯上也較為淺白，故對於初學者而言較為容易。書中闡發柳宗元的「元氣論」、「地動說」、「無神論」等唯物思想，並強調「反對天命」的思維，〔註54〕這一點屈原在〈天問〉中也提到：「皇天集命，惟何戒之？受禮天下，又使至代之？」、「天命反側，何罰何佑？」對於朝代的興起與滅亡，屈原雖未直言對天命的反對，但在設問當中也開始提出對「天命」的懷疑。然此二書畢竟是成書於現代，尤其在大陸70年代的左傾思維下，此書亦不免也受其影響。反對天命，破除階級。

　　1991年中國書店出版柳宗元著的《柳宗元全集》，該書取蔡夢弼、任淵、孫汝聽、劉崧、韓醇、童宗說、張敦頤、陳鵲諸家註文注解。其中在卷十四〈對〉的部分，輯錄了〈天對・屈原〈天問〉附〉一文。題目下注明「子厚取〈天問〉所言，隨而釋之，遂作〈天對〉」。〔註55〕文中採問對相應，〈天問〉部分則以王逸注為主。注解〈天對〉或寫音韻反切，或字義解釋，徵之古籍，可謂搜羅廣益，然部分文句或因文字簡單，串講之處不多，甚至無所注解，例如〈天問〉：「天命反側，何罰何佑？」〈天對〉：「天邈以蒙，人厶以離。胡克合厥道，而詰彼尤違。」其間只對「厶」字在字音、字義及字形作注解，其餘未言。又〈天問〉：「彼王紂之躬，孰使亂惑？何惡輔弼，讒諂是服？」〈天對〉：「紂無誰使惑，惟志為首。逆圖倒視，輔讒以儌寵。」其下注解：諸本多無儌字。對於理解上可能難以周全，對於後學者恐有難窺其全貌之苦。

　　另外，1979年北京中華書局出版的《柳宗元集》共有四冊。其前言的部分，幾乎是柳宗元的小傳，將其生平和思想作簡單扼要的描述，使人更了解文章的中心思想。〈天對〉亦在第十四卷，其題目下云：

> 此篇公所作，以對〈天問〉也。晁無咎取此以續《楚辭》，序之曰：
> 〈天問〉，蓋自漢以來，患其文義不次，後之學者或不能讀，讀亦不
> 知何等語，而公博學無不窺，又妙於辭，頗愛〈離騷〉之幽，獨能
> 高尋遠抉，其有所得，如墜雲出淵，於原之辭無廢焉。此唐以來〈離
> 騷〉之雄也。蓋屈原作〈離騷〉，經揚雄為〈反離騷〉，補之嘗曰：「非

〔註54〕吉林師範大學歷史系編，《〈天問〉〈天對〉譯注》（北京：人民出版社，1976年），前言部分。

〔註55〕〔唐〕柳宗元，《柳宗元全集》（中國書店，1991年），頁152。

反也，合也。而宗元爲〈天對〉以媲〈天問〉，雖問對相反，其於發揚則同。〈離騷〉因反而始明，〈天問〉因對而益彰」云云。用參取〈天問〉附入對語，章分而條析之，庶易以考焉。〔註56〕

此段話已充分說明了此篇文章的寫作動機和原則。然此書特別之處在於文後的〈校勘記〉，對於版本上若有不同的文字，則徵之古籍及其他版本（如世綵堂本、四部叢刊本等），使能完備。其參考資料亦爲豐富。

在《欽定四庫全書總目》（卷一百四十八）對《天問天對解》評論：

宋楊萬里撰，萬里有《易傳》已著錄，是書取屈原〈天問〉、柳宗元〈天對〉，比附貫綴，各爲之解，已載入《誠齋集》中，此其別行本也。訓詁頗爲淺易，其間有所辨證者，……〔註57〕

本論文將以民國十八年上海商務印書館據《四部叢刊》縮印日本鈔宋本《誠齋集》中的《天問天對解》爲文本，從而研究和探析，透過前賢的諸作和論文，抽絲剝繭，條分縷析，使此書除了哲學思維的表現外，亦能挖掘文學的特色。

第三節　研究方法

楊萬里在其《天問天對解》的引言中自言：「予讀柳文，每病於〈天對〉之難讀。杜少陵曰：『讀書難字過。』然則前輩之讀書，亦有病於難而終則易焉。予豈前輩之敢望哉！因取〈離騷〉〈天問〉及二家舊注釋文，而酌以予之意以解之，庶以易其難云。」〔註58〕此段引言已傳遞幾個訊息：首先，告知寫作的動機在於「讀書難字過」。〈天問〉向來是學者認爲《楚辭》中最難讀懂的作品，林庚以爲「這一部傑作一直成爲詩壇的怪謎」。〔註59〕因其爲問答形式，而「哲人已萎」，無從得到解答，於是見仁見智，看法不一。而柳宗元的〈天對〉，一般學者認爲是回答〈天問〉的作品，然其文字之古奧，即使楊萬里在閱讀時尚有懵闇未明之困擾，更遑論後世之人去古更加邈遠，故楊萬

〔註56〕〔唐〕柳宗元，《柳宗元集》（北京：中華書局，1979年），第2冊，頁364～365。

〔註57〕〔清〕永瑢主編，《四庫全書總目》（台北：台灣商務印書館影印文淵閣四庫全書，1986年），卷148，頁12。

〔註58〕〔宋〕楊萬里，《誠齋集》，卷95，頁821。

〔註59〕林庚，《詩人屈原及其作品研究》（上海：上海古籍出版社，1981年），頁8。

里為此文，以待後人而明。其二，楊萬里自云其所取之材料為〈離騷天問〉及二家舊注。故本論文在方法上，勢必推本溯源，並從中加以比對，使能明白其所繼承之處為何？又「酌予己之意」的創新何在？如此，方能含英咀華，使《天問天對解》的精神和影響能昭然後世，這亦是本論文探論的目標。其三，本段文字亦透露出其寫作的方法是根據「以易其難」的原則。故在文本的分析上，將透過訓詁或串講等方式的探討，明白呈現其外在的文學形式及內在的精神和意蘊，俾使其文學的特色能更加清楚，而非只是歸類在「哲學思想」著作罷了。〔註60〕

　　因此，本論文在〈天問〉正文主要根據《四部叢刊》影明繕宋本《楚辭》、〈天對〉正文乃以《四部叢刊》本縮印元刊本《唐柳先生集》，及《天問天對解》的正文方面，將以《四部叢刊》縮印日本鈔宋本《誠齋集》為研究底本。而在研究方法上主要採兩個面向進行：一則為對人的研究，亦即對楊萬里人格作概括性了解：透過其生平事蹟的掇拾連綴，並參考楊萬里的其他著作，即除了詩作，亦包括散文（政論、記類散文、傳記、行狀、神道碑、墓誌銘、序跋、書啟等），俾使其在政治、社會、理學、儒學及文學等方面的思想能浮水而出，以作為寫作《天問天對解》的背景和動機之鋪陳。並對其在《天問天對解》中所表現的思想加以印證，如此再進一步探討《天問天對解》的文學特色。二則是對《天問天對解》文本的全面性探討：這部分將比對楊萬里對〈天問〉和〈天對〉在詮釋上展現何種形式，包括訓詁（字形、字音、字義）或串講的表現是否有所差異？以及這三者在文學上彼此是否有所繼承或創新的特色？將以統計方式逐條呈現，使對文本有基本的概念，以作為在寫作本文的背景或動機更深一層的探討。另外，除了對其字義的了解和文意的詮釋之外，將和其他學者所注解的〈天問〉作比對，包括王逸《楚辭章句》、洪興祖《楚辭補注》等，以及明清時代對〈天問〉註解，羅列排比資料，以期明瞭楊萬里詮釋的基礎源流，並以窺見其在後世讀者接受的狀況及影響。而關於柳宗元的〈天對〉注解，筆者將特以王運熙等人編輯的《天問天對注》，以及吉林師範大學歷史系出版的《〈天問〉〈天對〉譯注》和楊萬里的〈天對〉註解加以對照比較，以見楊萬里在柳宗元的基礎上是否能饒富新意，獨樹一格，自成一家？

〔註60〕袁爾鉅，〈論楊萬里的唯物思想〉，頁131。文中提到楊萬里的著作《誠齋集》，內有哲學著作《庸言》、《天問天對解》。

　　總之，本論文研究方法將分成二大類，一爲「歷史研究」：從楊萬里的生平、背景、著作及思想著手；一爲「文本研究」：從對《天問天對解》的內文進行深入的剖析，包括訓釋方面（釋文、聲韻、訓詁）及詞章分析（章法的結構的分析及詞章的賞析），試尋繹其文學的價值特色。

第二章　楊萬里生平著作及思想

　　當代著名的學者錢鍾書先生在《談藝錄》一書中曾評論楊萬里和陸游詩的特色，對其評價甚高。〔註1〕考其文學地位，除自創的「誠齋體」對後世的影響深遠之外，不能忽視的是其亦為一位政治家、理學家，而其人格亦對後世有啓發作用。故此章欲從家世、師承和仕宦經歷勾勒其生平，以對其人格有進一步的認識，繼而從其著作和思想（包括理學和文學）作一探討，在「知人論世」的認知後，對其作品《天問天對解》有初步的了解。

第一節　楊萬里之生平

　　楊萬里，字廷秀，號誠齋，吉州吉水湴塘（今江西省吉水縣黃橋鄉塘村）人。生於高宗建炎元年（1127），卒於寧宗開禧二年（1206），享年八十歲。其為高宗紹興二十四年（1154）進士，一生歷經高宗、孝宗、光宗和寧宗四朝為臣。歷任贛州司戶、永州零陵丞、太常博士、廣東提點刑獄、尚書左司郎中兼太子侍讀、秘書監等職，終以寶謨閣學士致仕，卒謚文節，學者稱為誠齋先生。其與尤袤、范成大和陸游並稱於當世，有「南宋四大家」之稱。

　　根據于北山先生所著的《楊萬里年譜》中提到其先祖的事蹟：

> 吉水楊氏，自云係出華陰漢太尉楊震。唐天祐中，承休以刑部侍郎使
> 吳越，遇亂，道梗不得歸，遂家江南。厥後，輅以門下侍郎知吉州，
> 因占籍吉水，是為始遷祖。輅以善待士著稱。五季之亂，士大夫多依
> 之。諸孫伾，宋真宗大中祥符八年中進士甲科，官屯田員外郎，知康

─────────────

〔註1〕　錢鍾書，《談藝錄》，頁353。

州，時稱清謹。與鄉人蕭侍郎、彭太博齊名，眞宗稱爲「江西三瑞」。
仁宗皇祐初，著作郎純師以文章顯。其後存，中元豐八年進士，官仁
和令入洪州通判。抗直敢言，忤時相蔡京，爲其所扼。仕途寒滯而以
風節著稱。建炎三年，邦乂爲建康府通判，金人來攻，城破，誘以祿
位，不屈，面詈金帥宗弼而壯烈殉職，是爲誠齋族叔祖。〔註2〕

　　由此段文字可以發現楊萬里的氣節表現，必然和其先祖的光風亮節有深
切的關係。源宗〈楊姓的祖先在哪裏〉〔註3〕一文，闡述楊氏的起源有出於姬
姓、賜姓、他姓改姓以及他族改姓。而楊氏屬於姬姓之序，其先祖中較爲顯
耀者爲東漢楊震，時有「關西孔子楊伯起」之令名。〔註4〕在〈賀必遠叔四月
八日洗兒〉：「吾家英傑相間起，胄出關西老夫子。」〔註5〕其後裔楊潤生著有
〈楊萬里家世表〉，清楚地描繪從楊輅一世系至楊長孺十二世系的傳承。鄭曉
江〈映日荷花別樣紅──訪大詩人、理學家楊萬里故里〉〔註6〕一文中，從《楊
氏族譜》記載得知，一世祖楊輅領著兩個兒子楊鋌和楊銳從北方到南方定居，
楊鋌定居在楊家莊，而楊銳則落腳在潾塘，而此處即爲楊萬里誕生之地。楊
侹爲六世，楊純師爲七世，楊存爲八世，楊邦乂爲九世，皆有才氣，並以儒
學相承，而人格亦嶔崎磊落。〈鱣堂先生楊公文集序〉：「吾族楊氏，自國初至
於今，以文學登甲乙者凡十有一人。前輩之聞者，曰屯田公、中奉公……自
屯田公、中奉公之後至忠襄公，以死節倡一世，於是楊氏之人物不爲天下第
二。」〔註7〕楊萬里寫出對其族叔的表現予以崇高的致意。楊侹的清廉謹飭，
楊存的剛正不阿，楊邦乂的爲義犧牲，這樣的風骨正氣，皆在潛移默化中影
響著後世的楊萬里，使其具有亢懷千古的壯志。

　　其家境貧寒，《楊萬里年譜》記載：「誠齋一支，自上三世不仕，以耕讀
爲業，清寒樸素。父芾，字文卿，能詩，以教授鄉里終其身。」〔註8〕其父楊
芾爲教書先生，事父母至孝，嘗感義於盜匪。〔註9〕因此，其父以身教孝順傳

〔註2〕　于北山著，于蘊生整理，《楊萬里年譜》，頁2。
〔註3〕　源宗，〈楊姓的祖先在哪裏〉，《中國地名》，第8期（2006年8月），頁14。
〔註4〕　張瑞君，《楊萬里評傳》，頁1。
〔註5〕　〔宋〕楊萬里，《誠齋集》，卷24，頁232。
〔註6〕　鄭曉江，〈映日荷花別樣紅──訪大詩人、理學家楊萬里故里〉，《尋根》，第5
　　　　期（2003年5月），頁104～111。
〔註7〕　〔宋〕楊萬里，《誠齋集》，卷78，頁655。
〔註8〕　于北山著，于蘊生整理，《楊萬里年譜》，頁2。
〔註9〕　〔元〕脫脫等修撰，《宋史》，卷456，頁27a。

家，楊萬里受其耳濡目染的影響，事雙親亦頗孝順。八歲時失恃，其父續絃羅氏。淳熙九年（1182），楊萬里的繼母喪亡。本受朝廷直秘閣之職，因丁母憂未赴任。楊長孺〈墓志〉一文云：「七歲喪母，終身追慕，忌日必痛。事繼母盡孝，祿養三十年，人不知羅之為繼母也。」〔註10〕可見其和繼母的關係深切，且其在《朝天詩集序》：「淳熙壬寅（1182）七月，嬰戚還家，詩始廢。」〔註11〕根據張瑞君《楊萬里評傳》所統計：「淳熙十年（1183），一年無詩。」〔註12〕足見其喪母之悲慟，無心於著作，事母至孝如此。

　　楊芾十分注重孩子的教育問題，因此，在楊萬里十歲時便開始四方求師問學生活。楊萬里曾在〈曾時仲母王氏墓志銘〉一文言：「為童子時，從先君宦學四方。」〔註13〕十四歲拜高守道為師，在〈贈高德順〉小序：「予年十有四，拜鄉先生高公守道為師，與其子德順為友，同居解懷德之齋房。予既謝病免歸，德順杖藜躡屩訪予於南溪之上，留之三日，告歸，贈以長句。」〔註14〕十七歲時，拜王庭珪為師。此人教楊萬里以「太學犯禁之說」，人所阿附，其不隨波逐流，並以身教深深影響學生。根據蕭東海〈楊萬里和王庭珪的師生交誼〉〔註15〕一文中，提到其拜師進學到互相往來詩文酬唱，甚至後來的為女托婚，在在皆見其師生情誼匪淺。無論是求學問知、為人處世，甚至是後來在朝為官，楊萬里受老師的啟發和影響，不可不謂深矣。二十一歲，再拜劉安世、劉廷直為師。紹興二十年（1150）秋，時楊萬里二十四歲，應鄉舉，中試。翌年，與叔父昌英同舉於禮部，皆落第而返，於是更加勤學求知。二十七歲，拜劉才邵為師。此人同於王庭珪，亦以「太學犯進之說」教之。既是「犯禁」，必然與時下有所衝突，更可見其不同流合污之性格，亦悄悄地薰染著他的風骨。〈杉溪集後序〉：「自王公游太學，劉公繼至，觸犯大禁，挾六一、坡、谷之書以人，晝則皮藏，夜則翻閱，每伺同舍生息燭酣寢，必起坐吹燈，縱觀三書……予生十有七年，始得進拜盧溪而師焉，而問焉，其所以告予者，太學犯禁之說也。後十年，又得進拜杉溪而師焉，而問焉，其所以告予者，亦太學犯禁之說也。」〔註16〕因

〔註10〕于北山著，于蘊生整理，《楊萬里年譜》，頁744。
〔註11〕〔宋〕楊萬里，《誠齋集》，卷80，頁673。
〔註12〕張瑞君，《楊萬里評傳》，頁42。
〔註13〕〔宋〕楊萬里，《誠齋集》，卷126，頁1147。
〔註14〕同前註，卷39，頁371。
〔註15〕蕭東海，〈楊萬里和王庭珪的師生交誼〉，《井岡山學學報（哲學社會科學）》，第27卷第9期（2006年9月），頁5～9。
〔註16〕〔宋〕楊萬里，《誠齋集》，卷83，頁695～696。

此，在紹興二十四年（1154），和叔父昌英再試，終於進士及第。此後，對楊萬里在仕宦之途所秉持的理想和原則，正是二位夫子的人生教導。

其實，楊萬里一生服膺者尚有張浚和胡詮，以師禮事之，一生並以門人自稱之，顯見對他們人格的仰慕。由於二者的政治主張皆採主戰，不求苟安於江南，故在朝廷中不時受到主和派的排擠，但其立場堅不為所動。這樣的態度，對萬里的人格具有舉足輕重的影響。紹興三十年（1160），萬里任零陵縣丞第二年，時張浚謫永州，其欲以〈上張丞相書〉請益張浚，然張公尚在謝客中，經由數次請謁，在其子張栻的協助引領下，方能得見。公曰：「元符貴人，腰金紆紫者何限，惟鄒志完、陳瑩中姓名與日月爭光。」〔註17〕鄒、陳二人立朝正直，為人有氣節，楊萬里得此語，「終身厲清直之操」。其居廟堂為官之時，力主抗金，直言其事，終身信奉，不改初衷，張公之影響，可謂深邃。無怪乎張浚卒時，其作〈祭張魏公文〉一文，其詞之悲慟，並以「出師未捷身先死」的孔明喻之：「敵人骨驚，中原欲平。廈屋垂成，而折其甍。」〔註18〕同樣公忠體國，卻也鞠躬盡瘁於國家危亡之秋，直令人扼腕不已。甚至，淳熙十五年（1188）三月，楊萬里 62 歲，時在朝為秘書少監，其上疏為張浚爭取高廟配饗，而與洪邁發生勃谿，在〈駁配饗不當書〉云：「……臣伏見故太師忠獻魏國公張浚，身兼文武之全才，心傳聖賢之絕學，遭遇先皇聖武文憲孝皇帝擢任，不次出將入相，而浚捐軀許國，忠孝之節，動天地而貫日月……今先皇行且祔廟、方議配饗之臣，非有社稷之大功者，其誰實宜之。臣謂有社稷之大功，宜配饗於新廟者，莫如浚也。」〔註19〕並指責洪邁等人之建議為「欺」、「專」、「私」，而非真出於公議，無異是指鹿為馬的作為，結果觸怒孝宗，出知筠州。其護衛師名如此，也見其正氣凜然，直言不諱之性格。

據于北山著《楊萬里年譜》一書中所言，楊萬里認識胡詮亦在任零陵丞時。〔註20〕紹興十二年（1142），御史中丞羅汝楫彈劾胡詮，結果胡詮謫守新州編管。紹興十八年（1148），胡詮再由新州編管移吉陽軍編管。紹興三十年（1160），萬里上書謁張浚，浚勉以正心誠意之學，故以「誠」名其齋，並請

〔註17〕〔宋〕羅大經，《鶴林玉露》（台北：台灣商務印書館影印文淵閣四庫全書，1986 年），卷 5，頁 11a。

〔註18〕〔宋〕楊萬里，《誠齋集》，卷 101，頁 868。

〔註19〕同前註，卷 62，頁 511～513。

〔註20〕于北山著，于蘊生整理，《楊萬里年譜》，頁 23～56。

胡銓爲文記之，胡公乃以《誠齋記》爲之。紹興三十一年（1161），胡銓因「放
逐便」之詔，始能自由行走，故至永訪張浚。因此，楊萬里於〈跋張魏公答
忠簡胡公書十二紙〉：「紹興季年，紫巖謫居於永，澹菴謫居於衡，二先生年
皆六十矣。萬里時丞零陵，一日併得二師。」〔註 21〕文中表示對二位前賢的
認同和敬仰，也對往後萬里在爲政上有很大的影響。〈見澹菴胡先生舍人〉：「澹
翁家近醉翁家，二老風流莫等差。黃帽朱耶飽煙雨，白頭紫禁判鶯花。補天
老手何須石，行地新堤早著沙。三歲別公千里見，端能解榻淪春芽。」〔註 22〕
詩中對胡公予以高度的肯定。此爲隆興元年（1163）春末，萬里縣丞之職屆滿，
離開永州，回到故鄉。秋，謁見胡銓時所作。這年冬天，孝宗與胡銓論述當
代詩人之才，胡公亦推薦楊萬里，足見對其亦有所肯定。〈誠齋記〉：「廬陵楊
侯庭秀，清白世其家，學問操履，有角立傑出之譽。」〔註 23〕隆興二年（1164）
八月，萬里之父卒，胡銓爲其作墓誌銘。乾道二年（1166），胡銓新居落成，
楊萬里以詩賀之。其間多有往來，足見其情感之深。淳熙七年（1180）五月，
胡銓卒，萬里甚至爲其作行狀以記之。

　　除此之外，楊芾雖爲其子尋覓良師教導，然對孩子的教育態度亦是執著。
胡銓〈楊君文卿墓志銘〉一文中，記載楊芾對萬里的期望：「忍飢寒以市書，
積十年得數千卷，謂其子是聖賢之心具焉，汝盍懋之。」〔註 24〕而萬里在〈謝
建州茶使吳德華送東坡新集〉一詩中亦言：「兒時作劇百不懶，說著讀書偏起
晚。乃翁作惡嗔兒癡，強遣饑腸饞蠹簡。」〔註 25〕因得書而回憶小時貪玩成
性之事，父親責罰不准吃飯，只好將書當作食物，認眞地啃。由此看出其父
對他的教育是嚴謹的。楊萬里的成長過程受到父親和師長的言教和身教，形
成其日後剛正不阿，忠貞愛國的分明個性，營造其不凡的一生。

　　紹興二十四年（1154）中進士以來，便開啓楊萬里在仕宦之途的起起伏
伏。紹興二十五年（1155），初進仕途，爲贛州司戶參軍。此官秩從八品，專
門掌管一州之戶籍賦稅，倉庫受納之職，萬里初任竟有掛冠求去之意。〈與南
昌長孺家書〉：「吾平生寡與。初仕贛掾，庀職一月，有所不樂，欲棄官去，

〔註21〕〔宋〕楊萬里，《誠齋集》，卷 100，頁 867。
〔註22〕同前註，卷 2，頁 16。
〔註23〕〔宋〕胡銓，《胡澹菴先生文集》（台北：漢華文化事業股份有限公司景印國
　　　　立台灣大學藏清道光刊本），卷 18，頁 1。
〔註24〕同前註，卷 25，頁 2。
〔註25〕〔宋〕楊萬里，《誠齋集》，卷 16，頁 147。

先太中怒撻焉，乃止。後三立朝三棄官，至江東漕，遂永棄官，是時吾年六十六耳。」〔註26〕這或許受其師王庭珪的影響，〈盧溪先生文集序〉：「以上官不合，棄官去，隱居盧溪者五十年，自號盧溪眞逸。」〔註27〕萬里才剛上任，對人民被苛捐雜稅的官場現象不滿，故有「隱」之志。紹興二十八年（1158），贛州司戶參軍職務任滿，旋改任永州零陵縣丞，並於翌年十月赴任。而這一年長子長孺出生，也爲家中添分喜氣。

在零陵縣丞任內，萬里和張浚、胡詮交往，和王庭珪亦時有魚雁往返，同時與張栻互相唱和。紹興三十二年（1162），七月，其焚年少所作詩千餘首。其在〈誠齋江湖集序〉自言：「予少作有詩千餘篇，至紹興壬午七月，皆焚之。大概江西體也。」〔註28〕此年亦赴長沙，擔任湖南漕司主試。在永州期間，萬里時有遊歷，踪跡處處。《零陵縣志》卷十四〈藝文・金石〉引《府志》：「誠齋至永，諸巖必有題刻，今皆沒滅無存。」〔註29〕隆興元年（1163），零陵縣丞期滿，然而代者未至，故讓家人先行回鄉，自己則於春末回到故鄉。秋，因張浚推薦，楊萬里被任爲臨安府教授。《宋史》提到「除臨安府教授，未赴，丁父憂。」〔註30〕然考張浚於此年十二月和湯思退同爲尙書左右僕射，且爲同中書門下平章事，楊萬里有賀啓，又因浚之推薦，故有謝啓，足見此時已就任。然其父乃於翌年八月卒，顯然《宋史》及〈墓志〉記載有誤。根據于北山先生分析，所謂「未赴任」乃指張浚薦之試館職，因父病返鄉，未能就是。〔註31〕隆興二年失怙，於是居家守喪，而胡詮爲其父作墓誌銘。繼之，恩師張浚亦病卒，情何以堪。故所作挽詞和祭文〈祭張魏公文〉，陳詞慷慨悲切，但亦以「報公則無，雨以清血。俎以名誼，奠斗以誠實。」〔註32〕自勉自勵，以呼應老師「勉以正心誠意之學」的期望。

至乾道五年爲止（1169），基本上，萬里除居喪外，多閒賦在家。故此時多接觸田家，了解農人生活的辛勤，時時關心民瘼。其間，亦和叔父昌英有酬唱，並和多位友人交遊。乾道三年（1167），因陳俊卿以楊萬里所寫的《千

〔註26〕〔宋〕楊萬里，《誠齋集》，卷67，頁558。

〔註27〕同前註，卷80，頁669。

〔註28〕同前註，卷80，頁672。

〔註29〕〔清〕稽有慶修，〔清〕劉沛纂，《零陵縣志》（台北：中國地方文獻學會，1975年），卷14，頁1455。

〔註30〕〔元〕脫脫等修撰，《宋史》，卷433，頁16a。

〔註31〕于北山著，于蘊生整理，《楊萬里年譜》，頁82。

〔註32〕〔宋〕楊萬里，《誠齋集》，卷101，頁868。

慮策》三十篇推薦而得見虞允文，虞公乃被之嘉言，〔註33〕然令人歎惋的是，因吳璘病卒，虞允文代其職，匆匆上任，故未能重用，滿腔熱忱不得發洩。八月，虞公、陳公拜左右相，除賀啓外，十一月再上書，暢談國策方針。

乾道六年（1170）四月，因虞右相之引薦而爲奉新縣令。據《奉新縣志》卷七〈秩官‧知縣〉記載：「知縣事，戢追胥不入鄉。民逋賦者，揭其名市中，民讙趨之，賦不擾而足，縣以大治，祀名宦。」〔註34〕故知其爲政頗有令譽。乾道七年（1171），除太常博士，秩正八品；八年（1172）三月，其師王庭珪卒。九月，萬里遷太常丞，秩從七品。然爲官三年，有歸去之意。〈題曾無己漁浦晚飯圖〉：「……苒苒京塵，於今三年，偶開曾無己此軸，風煙慘澹，波濤洶欻，欣然振衣登舟云。乾道癸巳月日書。」〔註35〕九年（1173）四月，遷將作少監，秩從六品。淳熙元年（1174）正月拜知漳州之命，回鄉待補官，然二年（1175）夏，旋即改知常州，上章丐祠。作一小齋，名曰「釣雪齋」，在家閒居。賦詩著文，出訪友朋，生活頗爲悠閒，並作〈幽居三詠〉以自娛。四年（1177）夏，出知常州。五年（1178），因部下違法而受牽連，有失督導之責，故坐貶兩階。〈謝降官表〉：「奉詔弗莊，宜抵誅而萬坐；徵商失察，止貶秩之兩階。」〔註36〕

淳熙六年（1179）正月，除提舉廣東常平茶鹽，三月離開常州回鄉里，一路寫景、紀行之詩不少。七年（1180）正月出發前往廣州任職。八年（1181）二月移官廣東提刑，告詞中表明以其「志識通敏」之優點而任之。然其從廣州出發，舟行一月，內心頗有歸隱之念。〈明發白沙灘聞布穀有感〉：「提壺勸我飲，杜鵑勸我歸。不如布穀子，勸我勤耘耔……駿奔三十年，辛勤竟何爲……」〔註37〕詩中感慨萬分，仕途浮浮沈沈，政治的紛擾，使詩人又啓棄官之心。此年九月，率師平梅州潮州地區的農民起義軍，由此可看在其憫農的心態下，仍脫離不了階級社會的意識。淳熙九年（1182），正月抵廣州。然七月繼母羅氏卒，故離任回鄉丁母憂。

〔註33〕同前註，卷67，頁561。〈答虞祖禹兄弟書〉：「先是歲在丁亥，先師相召來自西，初拜樞密。一日，莆田陳公攜某所著論時事三十策以觀於公，公曰：『不意東南有此人物！』於是，招某一見，待以國士，面告以將薦于上。」
〔註34〕〔清〕呂懋先等修，帥方蔚等纂，《奉新縣志》（台北：成文出版社據清同治十年刊本影印），頁847。
〔註35〕〔宋〕楊萬里，《誠齋集》，卷98，頁860。
〔註36〕同前註，卷46，頁427。
〔註37〕同前註，卷16，頁153。

　　淳熙十一年（1184）十月除服，後召爲吏部員外郎。十二年（1185）五月，遷吏部郎中，八月因余處恭、葛楚輔之推薦而兼爲太子侍讀。此間，曾向丞相王淮上〈淳熙薦士錄〉，〔註38〕薦舉包括朱熹等六十人，冀能爲國用，立朝廷新氣象。十三年（1186）正月遷樞院詳諸房文字，此乃掌朝廷機要文字，不許出謁及接見賓客。五月，又有右司郎中之命。這年秋雨早來，加之身體欠安，〈秋雨早作有歎〉：「獨念老病身，頗不耐夙興。何時歸故園，晏眠閉柴荊。」〔註39〕於是，楊萬里又有思歸田園之志。十一月，除左司郎中。十四年（1187）十月，除祕書少監，此職秩從五品。十五年（1188），因孝宗乃詔皇太子參決庶務，楊萬里上書以「民無二主，國無二君」加以勸說，但未被採納，故思歸之心再起，甚至命人將故居修葺。〔註40〕三月，因與洪邁爭論張浚配饗高宗一事而得罪孝宗，四月貶筠州，九月到任。十六年（1189），孝宗傳光宗，四月，除朝散大夫。五月再復直祕閣，六月除朝議大夫，十月，除祕書監，十一月，奉命爲接伴金國正旦使，乘船迎迓。因爲憂國傷時，故此時創作量有所增高，顯現其內心的感慨萬千。紹熙元年（1190）五月，以祕書監兼實錄院檢討官。十月，孝宗日曆成書，但未請之爲序，故楊萬里以「失職」求去，後晉中奉大夫。十一月，特授直龍圖閣、江東轉運副使，專管一路財政及刺舉本路所屬州縣官吏，其職權更重了。

　　紹熙三年（1192），因朝廷欲於江南行使鐵錢會子，楊萬里深知其弊病，上表力陳不便，結果忤逆丞相，五月、七月皆欲以病請祠祿，但未獲准。八月除知贛州，稱病不就任，九月返回故里，自此開始其長達十五年的「退休生活」。其〈和淵明歸去來兮辭〉：「歸去來兮，平生懷歸今得歸。有未歸而不懌，豈當懌而更悲？媿一陶之不若，庶二疎兮可追。肖令威之歸遼，喟物是而人非……」〔註41〕充分表達其效仿陶淵明歸隱的心志。此後，楊萬里過著悠閒自得的生活，種花、遊園、會晤、唱和等，淡泊名利，鳶飛魚躍，多麼愜意。然朝廷時有詔命、封官，但其不想虛榮，自慶元二年（1196），曾三次上表請求退休致仕，終在慶元五年（1199），以寶文閣待制致仕。然嘉泰年間，

〔註38〕　同前註，卷113，頁981～985。文中對於所推薦之人士，皆有簡短的序以述此人之長。

〔註39〕　同前註，卷20，頁194。

〔註40〕　〔宋〕張鎡，《南湖集》，卷4，頁15b。〈楊秘監補外贈送〉詩註云：「祕監久欲求去。數月前，命伯子主簿歸葺故廬。」。

〔註41〕　〔宋〕楊萬里，《誠齋集》，卷45，頁421。

朝廷仍不時有封賞，甚至進封廬陵郡開國侯。開禧二年（1206）二月，升為寶謨閣學士，但五月八日，因病不起，享年八十歲。〔註42〕

　　有關楊萬里的交遊狀況，于北山先生於《楊萬里年譜》文後錄其師友共三十二人，除前已所述之人物外，尚有蕭德藻、尤袤、王淮、范成大、陸游、朱熹、袁樞、京鏜、張鎡、姜夔等人，萬里與他們來往密切，詩文唱和，多有為之；而胡明珽先生，在其所著《楊萬里詩評述》一書中，特列「交遊」一節專論之，〔註43〕亦足為參考。楊萬里的交遊之中，友誼最為深厚的應屬張栻。在零陵任職時，若沒有張栻的引見，萬里恐難見到恩師張浚。且其初欲學博學宏詞科，是張栻的勸勉使他幡然改悟。〔註44〕而張栻在學術、政事和詞章方面的優秀，令楊萬里無不感敬佩。在〈跋張欽夫介軒銘〉一文：「欽夫之文，清于氣而味永，吾見之多矣，而猶恨其少。讀此銘詩，欣欣然殊慰人也。」〔註45〕由此可知，對其才學多所讚揚，對其人格亦有所讚賞。如在〈寄題張欽夫春風樓〉一詩：「不應東閣勝東山，浮雲於渠了不關。只餘平生醫國手，未忍旁觀縮袖間……」〔註46〕富貴於張栻如浮雲一般，之所以出仕是不忍對國事置若罔聞，有愛國的高尚情懷。故張栻過世，其為文〈祭張欽夫文〉：「誰謂此別，是曰永訣，淚盡眼枯，續之以血。」〔註47〕足見其交情之篤厚，無怪乎其詞之哀，令人同感悲切。

第二節　楊萬里之著作

　　錢基博先生在《中國文學史》一書中提到：「南宋詩集傳於今者，惟楊萬及陸游最富。游清新刻露而出以圓潤，為媲於蘇。萬里清新刻露而特為生拗，

〔註42〕于北山著，于蘊生整理，《楊萬里年譜》，頁 660～665。長孺所作〈墓誌〉及《宋史》皆稱因聞韓侂胄專權用兵之事，痛心疾首而書八十四字遺言，再書十四言，而後於午時往生。但于北山先生則提出十點駁斥長孺〈墓誌〉所言。包括誠齋晚年論朝政時事之作少，且友人書信中表現出的「憂讒畏譏」的心態，以及對韓氏雖有不滿，但言仇恨則太過，又韓氏掌權多年，然朝廷徵召頻頻，待遇不殊……等，故于氏認為是多年纏身的淋疾（「腎疝痛」、「腎結石」之症）。

〔註43〕胡明珽，《楊萬里詩評述》，頁 45～54。

〔註44〕〔宋〕羅大經，《鶴林玉露》，卷 13，頁 9b。〈德行科〉：「楊誠齋初欲習宏詞科，南軒曰：『此何足習，盍相與趨聖門德行科乎？』誠齋大悟，不復習。」。

〔註45〕〔宋〕楊萬里，《誠齋集》，卷 98，頁 858。

〔註46〕同前註，卷 4，頁 41～42。

〔註47〕同前註，卷 101，頁 871。

則原出於黃。」〔註48〕楊萬里在中國文學史上向以詩聞名，尤其是所創的「誠齋體」，影響後世深遠。此段文字表達了楊萬里的詩作之多產，以及其詩的特色，別出於陸游的不同風貌。同時，也似乎傳達了楊萬里的詩仍獨步於其他作品，致使其他文類的著作（包括詞、賦和散文），湮沒於詩集之下而不顯揚。甚至後世學者的研究，亦趨向詩的各方面之探討，極其之能事，使詩名益加壯大，相對於其他作品的研究則寥寥可數，除了對《誠齋易傳》、《誠齋詩話》等尚有探討，其餘多無涉及。

綜觀楊氏之著作，廣為掇拾其作品，要屬《誠齋集》的傳世了。此由其子楊長孺輯錄編定，羅茂良校定，於端平元年（1234）刊行。本文乃據上海商務印書館據《四部叢刊》縮印日本鈔宋本，其所錄之《誠齋集》共有一百三十三卷，卷一至卷四二為詩的部分，而卷四三至卷一三二為文的部分，末卷則是有關詔書諡議之文。詩的部分：卷一至卷七為《江湖集》，卷八至十二為《荊溪集》，卷十三至十四為《西歸集》，卷十五至十八為《南海集》，卷十九至二十四為《朝天集》，卷二十五至二十六為《江西道院集》，卷二十七至三十為《朝天續集》，卷三十一至三十五為《江東集》，卷三十六至四十二為《退休集》。自紹興壬午（1162）七月，萬里焚其少時所作「江西體」之類的詩後，從秋季起，詩始存稿。其生前曾為自己詩作加以整理、編輯，每集依照寫作時間編為九集：《江湖集》、《荊溪集》、《西歸集》、《南海集》、《朝天集》、《江西道院集》、《朝天續集》、《江東集》及《退休集》。每一集皆有序言，在楊萬里生前已有人為其刊刻。（見附錄一）

至於文的部分：卷四十三至四十四為「賦」的作品，包括膾炙人口的〈浯溪賦〉、〈海鰍賦〉等。卷四十五為「辭」和「操」的文體，卷四十六至四十七為「表」，卷四十八是「牋」，卷四十九至六十一為「啟」，作品頗多，卷六十二至六十八為「書」的作品，卷六十九為「奏對劄子」，卷七十為「奏狀劄子」。卷七十一至七十六為「記」，卷七十七至八十三為「序」，卷八十四為《六經論》，卷八十五至八十六為《聖徒論》，卷八十七至八十九為《千慮策》，卷九十為《程試論》，卷九十一至九十四為《庸言》，卷九十五為《天問天對解》，卷九十六至一百三為雜著（冊文、詞疏、題跋、祭文、文），卷一百四至一百十一為「尺牘」，卷一百十二〈東宮勸讀錄〉，卷一百十三為〈淳熙薦士錄〉，卷一百十四為〈詩話〉，卷一百十五至一百十七為「傳」，卷一百十八至一百

〔註48〕錢基博，《中國文學史》（北京：中華書局，1993年），頁689。

十九爲「行狀」，卷一百二十至一百二十一爲「碑」，卷一百二十二爲「墓表」，卷一百二十三至一百三十二爲「墓誌銘」，卷一百三十三爲「歷官告詞」「詔書」「諡告」等部分。顯見楊萬里的詩作雖多，但文章著述亦不少，只是詩名所累，文則少人研究。

　　試將楊萬里的作品依《四庫全書》的經、史、子、集的四部分法分類，以了解其涉獵之浩翰，分敘如下：

　　經部作品：《誠齋易傳》、《六經論》、《庸言》。前者共耗費作者十七年時間完成的一部鉅著。由於受父楊芾的啓發和老師王庭珪的影響，使其能苦心鑽研，因此在易學上有所創新發展。長孫〈申送易傳狀〉提到其父生前所作《易傳》：「蓋自淳熙戊申八月下筆，至嘉泰甲子四月脫稿，閱十有七年而後成書。平生精力，盡於此書。」〔註49〕《直齋書錄解題》卷一：「《誠齋易傳》二十卷，寶謨閣學士廬陵楊萬里（廷秀）撰。其序以爲《易》者，聖人通變之書。惟『中』爲能中天下之不中；惟『正』爲能正天下之不正。中正立而萬變通。又言古未有字，八卦之畫即字也。」〔註50〕此段文字大致能表達《易傳》之中心思想。此書據張瑞君先生所歸納：提到此書發揚《程氏易傳》觀點，認爲《周易》一書是「聖人通變之書」。而楊萬里在《庸言》曾提及作《易》者並非是聖人，而是天，因而「是故天地者，《易》之生也。《易》者，天地之肖也。」〔註51〕他認爲「元氣」是宇宙的根源。陰陽二氣交錯，萬物得以變化，故可知其「通變」之意。又聖人所傳的《易》之道即爲天理。方法上，則採用「以古鑑今」、「援史證易」爲之。古云：「以銅爲鏡，可以正衣冠；以古爲鏡，可以知興替；以人爲鏡，可以明得失。」〔註52〕其認爲文章要能「爲時所用」，目的在於現實性，以求社會的進步，故《易傳》所探討的道理也在於裨益國家社會和人心。至於「注重外在引申，不注重文本闡釋」，這是宋儒理學研究的特點，強調義理而非只是章句之學，因而此書也多有理學家的色彩。而《六經論》包含了〈易論〉、〈禮論〉、〈樂論〉、〈書論〉、〈詩論〉及〈春秋論〉，所談的範疇是經書義理；《庸言》之名，似得於《中庸》一書，談及性與道，論聖人、君子，講誠和德性等，雖涉及許多哲學思維，但基本論及

〔註49〕　〔宋〕楊萬里，《誠齋易傳》（台北：台灣中華書局，1969 年），卷首，頁 1。

〔註50〕　〔宋〕陳振孫，《直齋書錄解題》（台北：廣文書局據重刊本仿印），頁 63～64。

〔註51〕　〔宋〕楊萬里，《誠齋集》，卷 94，頁 816。

〔註52〕　〔唐〕吳兢，《貞觀政要》（台北：台灣商務印書館影印文淵閣四庫全書，1986 年），卷 2，頁 10b。

四書、《易》學，發聖人之言論，故筆者暫且歸之於經部作品。

至於史部作品，《誠齋集》中的奏對箚子、奏狀箚子、疏、謝啓、謝表、告詞、詔書、策問、傳記、遊記、雜記皆屬之。尤其是最能展現楊萬里政治主張的《千慮策》，它幾乎包含了全面性的議題，從君道、國勢、治原、人才、論相、論將、馭吏、選法、刑法、冗官、民政等十一部分，全國上下各有弊端，大膽剖析，提出可行方略，試圖革新振作，充分表現其積極入世的精神。另外，《誠齋集》中有許多的行狀、墓誌銘亦以其人之生平事蹟作一描述，故將其歸之於史部。

關於子部作品，可以《聖徒論》作為代表。此書所論述包括了顏回、曾子、子思、孟子和韓愈，皆為儒家人物的代表。而其中的孟子一直是楊萬里所推崇，孟子雖為孔子之後，卻在繼承中能有所創新，並發揚光大。他是一個力行者，不會談空無之性理，對社會人心之需求更有助益。其以為「人人可以為堯舜」的觀念，顯然比孔子把聖人給「神聖化」要來得務實，讓普羅大眾也可以經由努力而達到「聖人」之境。此外，其心中那至大至剛，直養無害的「浩然」之氣，正是楊萬里以之為修養人格的方法，裨使理想和道德價值可以提高。

至於集部作品，《四庫全書》分類為楚辭、別集、總集、詩文評、詞曲等五類，故楊萬里各詩集傳皆屬之，而《誠齋詩話》是關於詩文評論的理論著述，亦在其中矣。而本論文《天問天對解》是因應〈天問〉、〈天對〉之詮釋而產生，屬於「楚辭類」。另外，《誠齋集》中尚有辭賦一類作品，亦涵蓋此範圍。

值得一提的是，《誠齋集》中有一些作品並未收錄，包括〈次韻楊廷秀待制寄題朱氏渙然書院〉、〈次韻楊廷秀待制寄題李紀風月無邊樓〉、〈次韻楊廷秀待制玉蕊〉三首詩，集錄於周必大《平園續稿》〔註53〕卷一，而卷七〈題京仲遠與周孟覺帖〉，是廷秀為京鏜〈與周孟覺帖〉題詞，但原作集中未見。而《高安縣志》卷26《藝文志・詩》輯錄〈金沙臺〉一詩。〔註54〕據蕭瑞峰、彭庭松〈百年來楊萬里研究述評〉一文中，關於楊萬里的逸詩文的考訂，周

〔註53〕〔宋〕周必大，《平園續藁》（台北：新文豐出版公司所編叢書集成影印本，1996年），卷1，頁10b～11a。

〔註54〕〔清〕張鵬翮等修，熊松之等纂，《高安縣志》（台北：成文出版社據清同治十年刊本影印，1989年），頁2997。

寅賓先生從《祁陽縣志》卷五得到古詩〈浯溪磨厓懷古〉一首；蕭東海據《螺陂蕭氏族譜》得〈三潭圖〉三首、〈跋蕭服、劉逵唱和詩軸〉、〈五千堂記〉一篇；龍震球先生據《永州府志》、《零陵縣志》得詩四首（包括〈種愛堂記〉一篇文章）；欒貴明先生則據《永樂大典》殘本中得詩六首，文、跋各一篇。〔註55〕

　　由以上諸多學者的考究，挖掘出更多的作品，此將有助於我們對楊萬里有更多的了解，也能使其作品減少遺珠之恨。

第三節　楊萬里之理學思想

　　理學是有宋一代新興思潮下的時代產物，它是在當時社會改革為背景下所構築而成的一種體製上的新陳代謝。它是對傳統儒學的一種反思，一種自覺，甚至是一種革新。在繼承和創新之中，以使儒學可以隨著時代的邁進，透過體悟、觀照，尋求能符合時代需要，為封建王朝找到一條新興的治道而得以「永續發展」。

　　自漢武帝接受董仲舒的建議「獨尊儒術，罷黜百家」，儒家的主流地位一直未能被撼動。然而「天人感應」之說，以及後來流行於漢朝當代的讖緯之說，似乎無法再滿足人們的認知價值，故在東漢末年，佛教傳入中國之後，道教繼之興起，儒家的主流地位受到考驗，不得不再作變革，以求符合統治者在封建社會中的合理性。

　　根據勞思光《新編中國哲學史》一書言：「宋明儒學運動可視為一整體，其基本方向是歸向孔孟之心性論，而排斥漢儒及佛教；其發展則有三階段，周張，程朱，陸王恰可分別代表此三階段。若就各階段之中心觀念言，則第一階段以『天』為主要觀念，混有形上學與宇宙論兩種成分；第二階段以『性』或『理』為主要觀念，淘洗宇宙論成分而保留形上學成分；第三階段則以『心』或『知』為主要觀念，所肯定者乃最高之『主體性』，故成為心性論型態之哲學系統。」〔註56〕此段除了說明了宋代所謂「理學」〔註57〕和明代思想上的

〔註55〕蕭瑞峰、彭庭松，〈百年來楊萬里研究述評〉，頁196。
〔註56〕勞思光，《新編中國哲學史》（台北：三民書局股份有限公司，1990年），頁50。
〔註57〕同前註，頁41。勞思光提到「理學」、「心學」二詞，原非宋人所用。「理學」一詞之正式使用，當以元末之張九韶（即張美和）為最早。此處暫以「理學」稱之。

繼承和發揚關係之外，亦可看出整個思想體系的基本架構以及發展過程上觀念的轉變。而楊萬里則受到張載的影響，故所呈現的亦是樸素的唯物主義思想，他們對於宇宙的形成所主張皆是「元氣說」。其又言「反漢儒及佛教，自唐末韓愈李翱時已肇其端。宋初胡瑗孫復亦皆輕視漢儒學章句之學，排佛教之說。濂溪以後之新儒學理論，在方向上實承以上淵源而來。」〔註58〕這樣的「輕視漢儒章句之學」正成為宋代理學發展的特色：強調義理的疏通，形成自由解經之風。同時也可以了解在這樣的時代思潮下，楊萬里自會受到影響，故表現在詩文中，甚至是《天問天對解》亦有理學的痕跡或態度。當然，關於理學的發展，北宋仁宗慶曆年間和神宗熙寧年間的政治改革，又為其提供了很好的契機，使之得以成長茁壯，一變過去儒家傳統解經之風，造成一種儒學的復興運動，卻又能形成一種獨特的價值體系。

慶曆時，北宋出現了一股疑經思潮，學者治學的方式不再像漢時那樣的「字斟句酌」，只追求章句注疏之學，不敢踰越前人寫經的思維體系，只能在其中回環往復。他們開始追求義理的詮釋，自由解經的風潮展開了，思維也更加擴大，談論的內容更加深邃，新血液的注入形成新興的局面。此乃稱為「理學」，又因有別於以往的儒家，故稱為「新儒學」。楊萬里的理學思想受張載的影響不小，當然其所師承的劉安世、劉廷直，甚至是張浚和張栻父子，亦都是理學的研究者，因此，環境的薰陶，楊萬里的理學在繼承和發揚下，在南宋有其不可磨滅的地位，且對於儒學的重新建構體系，亦良有貢獻。

宋代理學所探討的範疇乃以「天理」和「人性」為主，學者們試從其中尋找人與人、人與社會甚至是自然的關聯。一些先進學者提出不少見解，為理學作了奠基。如范仲淹以陰陽二氣為萬物的根源，歐陽脩則主張元氣為萬物的本源，周敦頤認為「無極」是宇宙萬物根本（此無極是指一無所有的虛無狀態），而理學的奠基人張載則提出「元氣論」。他認為「氣」是宇宙的本體，只是表現的形式有所不同，即便是「太虛」也是元氣消散的一種狀態。《正蒙·太和篇》：「太虛無形，氣之本體，其聚其散，變化之容形爾。」〔註59〕而「道」的產生是由陰陽二氣交感，萬物化生後所形成的規律。楊萬里繼承了張載的論說，其在《天問天對解》中提到：「二儀之盛滿者，自盛滿爾；萬形之眾多者，自眾多

〔註58〕同前註，頁47。
〔註59〕〔宋〕張載，《正蒙初義》（台北：台灣商務印書館影印文淵閣四庫全書，1986年），》卷1，頁2b。

爾；人物之明明者，自明明爾；鬼神之闇闇者，自闇闇爾。候焉而革，泯焉而化，此其厖昧之氣像，蓋不可得而測識也。日月晝夜之由不可窮也，天地人物鬼神之由不可識也，又孰有爲之者哉？蓋亦強名之，曰惟元氣存而已。」〔註60〕他繼承了柳宗元和張載的樸素唯物主義，以爲天是無意識的客體存在，「元氣」充塞於其間，是宇宙的根源。包括晝夜的變化，人的生死，都是自然運行的規律。所以，萬物的形成和變化，則是陰陽二氣「運動」的結果，非受外力所致。《天問天對解》：「陽陰之合以三，而元氣統之以一。炎者，元氣之呴也；冷者，元氣之吹也。呴而吹，吹而呴；炎而寒，寒而炎，交錯而自爾功者也……烏有所功，烏有所作哉？」〔註61〕已充分說明宇宙萬物的變化、構成，乃是其自身對立面相互作用的結果，亦即張載「陰陽交感，萬物化生」的狀態。

由於堅持樸素的唯物論思維，對於荒誕怪異的神話和傳說，楊萬里趨向「無神論」的態度，就連對歷史的看法亦是如此。例如在描述大禹治水有神龍以尾畫的傳說時，他認爲「此本於禹之聖而勤也，初無所謂龍尾畫之說也，爲此說者，皆欺者爲之也」。〔註62〕並非是神龍相助成功，而是人事的勤力所致爾。又康回與顓頊爭爲帝而怒觸不周山致使東南傾斜一事，他表示：「天謂屈原曰：『天之廓大者，亦立於虛而無所植，則地之立豈有植乎？地之東南傾，亦猶吾之西北傾也……豈康回小子之力所能觸而折絕乎？誰爲是說以駭汝？而汝以此說慁擾天聽也？』」〔註63〕天無所連屬，地無所植立，又何來有「斷柱」之說？此乃否定了天柱折斷和天傾西北的傳說。對於歷史，「湯之殛桀非湯也，桀自淫自暴以啓之。」〔註64〕他提到桀的滅亡，是咎由自取，干乎他人？〈天問〉中問及是誰惑亂紂王，導致其殺忠良、用讒佞？他同柳宗元認爲是「志使之爾」，故商紂的心志使他自己倒行逆施，比干異己，故遭剖心；而雷開阿附，竟賜封賞。心志昏聵如此，國家怎不淪亡呢？而對「天命反側，何罰何祐？齊桓九會，卒然身殺？」他回應：「齊桓之事，皆自取爾，天何所與焉？挾其大以號令天下，而忽于屬任之人，故幸而得良臣，則能成九合之功；乃不幸而遭嬖孽小人，則壞矣。皆人事，非天命也。」〔註65〕終結各朝

〔註60〕　〔宋〕楊萬里，《誠齋集》，卷95，頁821。
〔註61〕　同前註，頁822。
〔註62〕　同前註，頁825。
〔註63〕　同前註。
〔註64〕　同前註，頁832。
〔註65〕　同前註，頁837。

代歷史興亡之事，都在人爲，並非是天有意識去操弄的。另外，楊萬里繼承了柳宗元〈天對〉中關於宇宙的思維，並加以發揚。他意識到宇宙的無限性：「天有繫以維，則羈縻其體與位矣，天無待於繫者也。天有極以加，則有形而不大矣，天無極而大者也。皇熙者，天大而廣者也。天廣大而亹亹不息，不棟不宇，全然離物而無所連屬，豈有八山爲柱之恃哉？」又「天無色亦無方，豈有九天之涯際哉？」〔註 66〕天是浩翰無垠，如果將某一形體加諸在天之上作爲邊際，既有邊界，又如何稱之爲大？在當時科技不發達的世代下，能有如此的理性思維，彌足珍貴。

　　根據張瑞君先生指出：楊萬里特別推崇孟子，因爲他是孔子之後最具力行精神的學者。常言道：「千里之行，始於足下。」其以爲認知的來源是客觀世界，並且是對客觀世界的反映，所謂：「有是物才有此道。」其在《庸言》提到：「天地不能作《易》，而能有《易》。有《易》者具是理，作《易》者書是理，猶繪事焉……」〔註 67〕因爲有日月星辰，山川大澤，所以方有自然的描繪。因爲有天地，所以產生自然運行的規律，於是聖人援以觀察認知而作是書，理早具以在天地事物之中，著書只是描繪其理。他亦提示主動求知的重要性，唯有如此透過自覺和學習才能眞正獲得知識。一個人的聰明才智不可恃，若自恃其聰明才智而不學，那麼聰敏者亦如昏昧者。學海無涯，認知的過程雖會有其侷限性，不能全然了解，因此，更要注意後天學習的必要性。而所學的知識，若不能爲時所用，無助於社會國家的進步，對個人進德修業的涵養，那麼也只是讀死書，死讀書的呆板，就像「兩腳書櫥」一般迂腐。對此，楊萬里加以鄙視如此的迂儒。文章，乃經國之大業。同樣的，所學得的知識也要能「學以致用」，貢獻於國家社會，如此才是眞學問。楊萬里在〈陸贄不負所學論〉中提到：「……天下有無用之學，有有用之學，訓詁者，無用之學也，學之僞也。名節者，有用之學也，學之眞也。」〔註 68〕宋儒的理學多強調義理之學，不同於漢儒治學的方式。因此，他們鄙視章句的注疏方式。宋儒一向具有積極的入世精神和高尚的理想人格。因此，楊萬里也特別強調名節的重要，它是人格的最高表現。至於訓詁之學，未能發乎自覺的感悟過程以涵養人格，故楊萬里視之爲「無用之學」。觀看《天問天對解》的訓詁方

〔註 66〕同前註，頁 822。
〔註 67〕同前註，卷 94，頁 816。
〔註 68〕同前註，卷 90，頁 778。

式，約可窺其一二。雖名之爲《解》，然訓詁字詞的部分不多，主要在串講義理的解說。而在學習方面，其以目喻知，以趾喻行，強調知與行並重，不能有所偏廢。將所學的知識灌注到自己的人格表現，進而追求自我理想的實現，以達到儒家「仁」的境界。

　　所謂「人性」，應是指人的本性或本質，而表現在行爲上便產生善惡的辨認問題了。中國歷來對此有不同的見解：有些持人性本善，如孟子；有些持人性本惡，須用教育改進，如荀子；有人持性不分善惡之說，如告子；但也有人持善惡混雜見解，如揚雄；甚至有裂爲三的韓愈，也有強調「天地之性」和「氣質之性」的二重理論，如張載。然二程子雖亦持二重人性論，但以爲天地莫不由五氣所形成，而此五氣即是就物性所具有的金、木、水、火、土，而由此衍生出的五性，即是仁，義，禮，智，信。楊萬里基本上是接受孟子性善論的思維，但他認爲人性並非永久不變，故要時刻注重人性的修養。而修養的方式，據張瑞君《楊萬里評傳》一書中，將其歸納爲「讀書明理」、「不斷檢討、改造、完善自己」、「持志養氣」。〔註69〕藉由讀書，可以讓人明辨是非善惡，同時提高自己的道德修養。他強調人要有自覺意識，要快意追求，方能樂此不疲。子曰：「知之者不如好之者，好之者不如樂之者。」〔註70〕唯有透過自動自發的學習，不受外力的約束，沉醉在學問的浩瀚中，如此才能眞正培養善性。曾子曰：「吾日三省吾身。」〔註71〕此爲一種內省的功夫，從內在省察自身到行爲的修正，將能達到儒家所倡導的理想人格。「士不可以不弘毅，任重而道遠。仁以爲己任，死而後已，不亦遠乎？」〔註72〕讀書人要以「誠」爲前置條件、實踐的動力，以「仁」作爲人生最高的目標。楊萬里一生便是謹守此一原則，在朝鯁直敢言，時刻關心民生疾苦。在《天問天對解》中，不時也發出爲人君者應該出之以至誠，此乃爲興國之本，爲政之道。

　　孟子曰：「發於聲，徵於色，而後喻。」〔註73〕然楊萬里認爲除了別人的提醒外，更要隨時能自我省思，「看看別人，想想自己」，子曰：「三人行必有

〔註69〕張瑞君，《楊萬里評傳》，頁315～323。

〔註70〕〔宋〕朱熹，《論語集注》（台北：台灣商務印書館影印文淵閣四庫全書，1986年），卷3，頁15a。

〔註71〕同前註，卷1，頁2b。

〔註72〕同前註，卷4，頁12b。

〔註73〕〔宋〕朱熹，《孟子集注》（台北：台灣商務印書館影印文淵閣四庫全書，1986年），卷6，頁28a。

我師焉，擇其善者而從之，其不善者而改之。」〔註74〕正是省思的原則。至於孟子的「吾善養吾浩然之氣」，〔註75〕是萬里所稱許的。其至大至剛正對應著人的渺小和志氣的懦弱，故要養氣以修身。正如文天祥的〈正氣歌〉：「天地有正氣，雜然賦流形。下則為河嶽，上則為日星，於人曰浩然，沛乎塞蒼冥。」〔註76〕因為浩然之氣，方能使人的人格更高尚，道德崇高，對國家社稷才有幫助。

　　無論如何，楊萬里理學的思維在其文、其詩皆有展現，然宋皓琨在〈理學對誠齋體的負面影響〉〔註77〕提到，在其詩歌的諸作中，因為理學的思維，使作品雖可以更深刻體現事物的道理，但無形中也限制了其視野的寬闊，只看到點的深入未見面的延伸。同時，因為強調義理的玩味，不免在藝術的表現上便有所忽略，內容也流於細碎。但筆者以為，這或許就是「誠齋體」的特色。馬積高在《中國古代文學史》一書中提到「誠齋體」的特色：以「活法」為詩，即詩法自然；多富幽默詼諧的情趣；語言平易淺近、自然活潑，常選擇和熔煉諺口語入詩等。〔註78〕從平時的自然和生活取材，並感悟其哲理，使任何事物在其筆下也多了一份理趣。試想在那個詩歌輝煌的時代，楊萬里試圖在前人已開發燦爛的花朵下，只有回歸到「真實蘊藉的樸實無華」，在繼承與創新中，方能勇闖一條可行的道路，彷彿「誠齋體」也成為楊萬里的「代名詞」了。

第四節　楊萬里之文學思想

　　劉勰《文心雕龍·明詩》：「大舜云：『詩言志，歌永言。』聖謨所析，義已明矣。是以『在心為志，發言為詩』，舒文載實，其在茲乎？詩者，持也，持人情性；三百之蔽，義歸無邪；持之為訓，有符焉爾。」〔註79〕這段文字

〔註74〕〔宋〕朱熹，《論語集注》，卷4，頁6a。

〔註75〕〔宋〕朱熹，《孟子集注》，卷2，頁6a。

〔註76〕〔宋〕文天祥，《文山集》（台北：台灣商務印書館影印文淵閣四庫全書，1986年），卷20，頁12a。

〔註77〕宋皓琨，〈理學對誠齋體的負面影響〉，《棗莊學院學報》，第23卷第6期（2006年12月），頁66～67。

〔註78〕馬積高、黃鈞主編，《中國古代文學史》（長沙：湖南文藝出版社，1992年），中冊，頁403～404。

〔註79〕〔梁〕劉勰，《文心雕龍》（台北：台灣商務印書館影印文淵閣四庫全書，1986年），卷2，頁1a。

表達當時對詩歌的看法，即當人們藉由對客觀事物的感受而生發情感，進而表達自己的看法，於是藏在作者內心的「志」，用文字展現時便是「詩」。所以，詩是人們感情、願望和思想的表述。而且詩有「持人性情」的作用，亦即藉由詩可使人心性被扶正，並規範他人情感。此乃就儒家思想對詩歌的定義而言，楊萬里在此既有紹承前人也有創新。最能表現楊萬里文學思想的著作，可以《誠齋詩話》、〈詩論〉及《誠齋策問》作爲代表。《誠齋詩話》雖以詩名其書，書中亦有論及文章，是一部探析詩文評論的著作。另外，《誠齋策問》中亦有不少篇章是對文學思想深入探討，表達其主張。此外，《六經論》中的〈詩論〉亦較完整地闡述了楊萬里對詩的本質和作用的看法。

　　以下分別就幾個面向淺論，以歸納出楊萬里的文學思想：

一、文學應具有實用功能

　　楊萬里曾師事張浚，故其文學思想必然受到儒家思想的規範以及理學的影響。〈詩論〉：「詩也者，矯天下之具也。」〔註80〕詩應具有美刺作用，對於人的善言善行理當讚美，並使能達到儒家的道德理想；但對於不善者，也應加以批評，使其具有羞惡之心而改之，以符合道德規範。又言「聖人不使天下不愧其愧，反議其議也，於是舉眾以議之，舉議以愧之。則天下之不善者，不得不愧。愧斯矯，矯其復，復斯善矣。此詩之教也。」〔註81〕其認爲「舉眾以議之」的輿論可以造成力量的加持，使人改過向善，一方面也可以避免個人孤懸力量的薄弱，運用集體力量，使能趨向儒家道德的規範。對於詩的內容，亦即詩「志」的表現，他認爲不應只是個人情感的抒發而已，更要能關心國計民生，以反映民眾對社會政治不良現象的批評和諷刺，要能勇於揭露社會的弊端，寫出人民的心聲。如是，「志」才能昇華，而詩方也具有實用的功能。所以要「有爲而作」，使詩具有社會教育作用。這一點連同文章亦如此要求，「爲時所用」，才能產生實際效益，使國家社會進步。故在〈問本朝歐蘇二公文章〉一文中：「文章而無益於實用，是特輕浮小兒販名一技耳，何貴於文章哉？」〔註82〕對於只是爭奇鬥豔、誇大浮華的文章，

〔註80〕〔宋〕楊萬里，《誠齋集》，卷84，頁704。

〔註81〕同前註。

〔註82〕〔宋〕楊萬里，《誠齋策問》（台北：新文豐出版公司所編叢書集成據南昌得盧刊本影印，1989年），第184冊，頁233。

不予苟同。同時，受韓愈「文以載道」的觀念影響，文章要裨益於世道人心，經邦治國的特色才好。故此點皆是對詩文本質和作用的基本要求。

二、文學修養和寫作方法

　　另外，《誠齋詩話》中對王庭珪和胡銓等人予以讚賞，因爲這些人都是有風骨氣節的賢者，皆能展現心中的浩然正氣，落實於行爲的表現，故爲楊萬里所讚揚，且引以爲典範而自我惕勵。所謂「傲心不可有，傲骨不可無」。紹興十二年（1142），胡銓因被右諫議大夫羅汝檝奏劾謫新州，王庭珪以詩送行而有「……痴兒不了公家事，男子要爲天下奇。當日奸諛皆膽落，平生忠義只心知……」，〔註83〕充分表出其不畏流俗之氣概。而對胡銓亦褒揚其有「文如其人」的特色，並敢於黜斥宰相秦檜，〈澹菴先生文集序〉：「誕置嶺海，悉狄酸體，飢咬血牙，風呻雨喟，濤譎波詭，有非人間世之堪耐者，宜芥於心而反昌其詩。」〔註84〕因其剛毅的性格，表現在詩文中也有此氣節。而楊萬里向來推崇孟子，特別是其「直養無害」的正氣，是其學習的楷模。故其人性論中，亦認爲要涵養性情，提高理想人格和道德修養，「持志養氣」是方法之一。詩要有剛健之正氣，才能創造屬於自己特有的風格，不盲從，不人云亦云，不隨波逐流，方能表達自己的主張。所謂「腹有詩書氣自華」，對於文章，楊萬里認爲養氣以修己，當氣質形於內而發乎外時，氣象萬千，文章必能更加博大精深。〈問古今文章〉：「文章之作，步驟馳騁，抑揚高下，無非氣使之然也。其氣充者，其文傑以壯；其氣削者，其文局以卑。」〔註85〕將文章和「氣」加以聯結，強調「持氣養志」的重要。

　　「事出有因」，同樣地，文章的形成亦有其動機。而這動機誠如張瑞君先生認爲：「藝術家進行創作的動因，包括了他過去所有的生活狀況，他在創作時的身心狀況、意識和氣質。包括所有能引起靈感現象的一切情況。」〔註86〕楊萬里則認爲興趣和創作的欲望是作家該有的動機。的確，興趣可以培養習慣，而習慣可以支持興趣，文章寫作便可以源源不斷。因此，楊萬里一生不斷創作，甚至在死前都仍筆耕不止，大概和此有關。〔註87〕以興趣作

〔註83〕〔宋〕楊萬里，《誠齋集》，卷118，頁1035。
〔註84〕同前註，卷82，頁687。
〔註85〕〔宋〕楊萬里，《誠齋策問》，第184冊，頁234。
〔註86〕張瑞君，《楊萬里評傳》，頁406。
〔註87〕于北山著，于蘊生整理，《楊萬里年譜》，頁659。其記載著開禧二年（1206）

爲前提，當在冥搜萬物時，人的心靈和現實生活交感生發出獨特感觸時，便能產生強烈創作衝動。因此，現實生活往往是取材的對象，成爲創作的泉源。「老夫不是尋詩句，詩句自來尋老夫。」〔註88〕透過情感的眞實呈現，從經驗、心境和意識著手，便不易產生「無病呻吟」的狀態。同時，也可蘊藉詩歌有更深層的意涵，使詩更有味。（此味當是〈詩話〉所說的「句中無其辭，而句外有其意」〔註89〕含意，弦外之音，味外之味，作者藉此可引起讀者的共鳴，而讀者也能從此進入作者的內心世界。）詩的表現應求委婉含蓄，不能庸俗，也不能失於淺露，並在此基礎上尋找言簡意賅而深雋的作品，以呈現詩歌的規律及審美感受和價值。而於文章方面，他反對歌功頌德之作，爲文當發乎性情，方能眞實感人。在爲《范成大文集》作序時表示：「甚矣！文之難也！長於台閣之體者，或短於山林之味；諧於時世之嗜者，或漓於古雅之風。」〔註90〕文章應回復古樸之風，從山林自然之中尋找趣味。

楊萬里在〈荊溪集序〉：「予之詩，始學江西諸君子；既又學後山五字律；既又學半山老人七字絕句；晚乃學絕句於唐人。學之愈力，作之愈寡。」〔註91〕從其開始學詩，便在模仿。而且不難看出其求師之廣。然在模仿中，他要求突破和創新，故不惜地焚燒其江西詩作，欲從其中發展自己獨特的風格。序中自述：「戊戌三朝時節，賜告少公事，是日即作詩，忽若有悟，於是辭謝唐人及王、陳、江西諸君子，皆不敢學，而後欣如也。試令兒輩操筆，予口占數首，則瀏瀏焉無復前日之軋軋矣。」〔註92〕楊萬里從模仿中繼承了古代之法，但又從繼承中加以創新和發展，「而後欣如」便是在頓悟融會之中產生了。他的詩作更強調「透脫」、「妙悟」。所謂「透」即透徹，經由對外在事物的觀照玩味，感悟人生哲理，當心領神會之際，便能了解其奧妙之處，發展成自己的風格特色，如此作品也必然擲地有聲。例如《戲筆》一詩：「野菊荒苔各鑄錢，金黃銅綠兩爭妍。天公支與窮詩客，只買清愁不買田。　哦詩只道更無題，物物秋來總是詩。著意染鬚玄尚白，梳頭得蝨素成緇。」〔註93〕詩人運用想像的筆法，將野菊和

所作的〈端午病中止酒〉一詩，是其詩作一生絕筆也。。
〔註88〕　〔宋〕楊萬里，《誠齋集》，卷29，頁273。
〔註89〕　同前註，卷114，頁987。
〔註90〕　同前註，卷82，頁681。
〔註91〕　同前註，卷80，頁672。
〔註92〕　同前註。
〔註93〕　〔宋〕楊萬里，《誠齋集》，卷14，頁132。

荒苔各以金黃銅綠的錢相比擬，取材於生活事物，接著又說明天公所借的筆，只能讓作者買清愁而無法賺錢買田。「哦詩」之後四句則承「清愁」而來，萬物都可入筆感發而生理趣。張鎡在〈携楊秘監詩一編登舟因成二絕〉一詩亦云：「今日何曾獨自來，船中相伴有誠齋。須知不局詩編裏，妙用方能處處皆。造化精神無盡期，跳騰踔厲即時追。目前言句知多少，罕有先生活法詩。」〔註94〕對楊萬里詩歌的讚揚以及提出其具有「活法」特色。但仍須注意的是，無論詩或文，內容也都應對現實有所關注。楊萬里的詩雖自創一格，但其後的詩亦不免仍有江西餘風，無論如何，他能從模仿、繼承中突破陳規，在自發自覺的領悟中求獨創，於是「文如其人」的特色、風格自然表現出來。這樣的追求精神和努力不懈的態度，值得人們肯定。

三、文學批評鑑賞的態度

關於文學批評，曹丕在其《典論·論文》中談及自古以來文人的弊病，並提出應具有客觀欣賞的態度才能增益自己。文中也對當時建安七子的優缺點加以評論，並提出各文體的特色、「文氣」的說法。而著名的批評專書《文心雕龍》，它的體製更為龐大且具體，體大思精，舉凡文學的原理、文體的流變、創作的技巧和批評的方法，皆能詳盡論述，故能立於不敗之地位。劉勰提出「六觀」作為批評的標準：「觀位體，觀置辭，觀通變，觀奇正，觀事義，觀宮商。」〔註95〕故批評鑑賞的標準是如此的嚴謹且力求客觀，雖然批評像是一把利刃，也許嚴厲，但卻也是改良和進步的契機。人若能虛心接受，將能使人的創作水平得以提升，促進更優質的作品產生。楊萬里對於批評尺度的拿捏，據張瑞君先生歸納：反對奇險，提倡平易；文學批評必須公正客觀；提倡獨創，反對因襲，顧及全人，不能以偏概全。〔註96〕例如在〈和陸務觀見賀歸館之韻〉一詩：「君詩如精金，入手知價重。鑄作鼎與鼐，所向一一中。我如駑並驥，夷途不應共。難追紫蛇電，徒掣青絲鞚。」〔註97〕對於南宋偏安江南，士氣消極，詩風愈趨萎靡，「陸游高舉起前代的屈、賈、李、杜和本朝歐、蘇及南渡諸公（呂本中、曾幾等）的旗幟與之對抗，以高揚愛國主題

〔註94〕〔宋〕張鎡，《南湖集》，卷7，頁24b。
〔註95〕〔梁〕劉勰，《文心雕龍》，卷10，頁9a。
〔註96〕張瑞君，《楊萬里評傳》，頁435～439。
〔註97〕〔宋〕楊萬里，《誠齋集》，卷27，頁252。

的黃鐘大呂承擔起振作詩風的歷史使命，並對南宋後期的詩歌產生了積極的影響。」〔註98〕足見陸游在南宋詩壇佔有一席之地，故楊萬里對陸游的評論頗爲爲客觀公正。另外，文章要能「爲時所用」，詩歌要「感物觸興」，現實生活中的事物都可以是感悟的對象，故作詩當取法自然，宜追求清新的詩風，不造奇險，從現實生活中便可汲取許多靈感。所謂「好鳥枝頭亦朋友，落花水面皆文章。」《文心雕龍・情采》：「故情者，文之經；辭者，理之緯；經正而後緯成，理定而後辭暢，此立文之本源。」〔註99〕文當「爲情而造文」，感情眞實；若「爲文而造情」，情感虛僞不眞實，易作無病呻吟之狀，文辭也易流綺麗。另外，批評態度要求嚴謹，論述要公允，不空談，要能有實際效用。作詩要有自己的風格，模擬是平庸的表現，故批評鑒賞時也要能「獨創」。當然，評論要能全面性，不能狹隘，不能以偏概全，如此文學的進境是必然的。

四、楊萬里對屈原的看法

　　觀看楊萬里提及到「屈原」的相關作品有〈跋陸務觀劍南詩稿二首〉之一：「今代詩人後陸雲，天將詩本借詩人。重尋子美行程舊，盡捨靈均怨句新。鬼嘯狖啼巴峽雨，花紅玉白劍南春。錦囊緘罷清風起，吹仄西窗月半輪。」〔註100〕這首詩是萬里盛讚陸游詩人的才氣，對其《劍南詩稿》予以此肯定。陸氏是愛國詩人、詞人，關心民瘼，故楊萬里評其詩風中有杜甫和屈原之風。然在他的認知中，「靈均多怨句」，對屈原那股忠憤之情，清楚表現在其作品中。而騷體的特色，正在那股「哀怨憂思」之感。而〈寄題吳仁傑架閣玩芳亭〉：「洞庭波上木葉脫，巫山宅前野花發。子規啼殺不見人，空令千載憶靈均。春蘭九畹百畝蕙，自榮自落誰能佩？澤國東山最上頭，有客玩芳杜若洲。扁舟夜上人鮓甕，手掇騷人眾芳種。歸來夢到閬風臺，靈均花草和露栽。寄言眾芳未要開，更待誠齋老子來。」〔註101〕吳仁傑的詩文名重於當時，陸游稱其「愛君憂國有奇作」，而周必大亦言其「詩情端合〈反離騷〉」，故楊萬里亦對其所築之「玩芳亭」寫出對主人的讚許，也表現其和屈原的愛國憂君之特色相符。而詩中屈原的形象是同花草露水一樣，有著高潔晶瑩的性格。另外，《退休集・戲跋朱元晦楚辭解》：

〔註98〕袁行霈，《中國文學史》（台北：五南圖書出版股份有限公司，2002年），下冊，頁172。
〔註99〕〔梁〕劉勰，《文心雕龍》，卷7，頁2a。
〔註100〕〔宋〕楊萬里，《誠齋集》，卷20，頁187。
〔註101〕同前註，卷37，頁350。

「注《易》筆《詩》解《魯論》，一帆徑度浴沂天。無端又被湘纍喚，去看西川競渡船。」「霜後藜枯無可羹，飢吟長作候蟲聲。藏神上訴天應泣，支賜江蘺與杜蘅。」〔註102〕此詩是楊萬里為朱熹《楚辭集注》所作的跋語，「戲」字頗有俏皮的意味。屈原和杜蘅的意象相聯結，杜蘅是一種香草，故以此顯現其高潔的品格，德行如其馨香。為了國家的前途卻滿腔無以名狀的憤懣和憂傷，如此憂國憂民的人，連上天都會被其忠誠所感動吧。

又〈送曾文卿入京〉：「如君大似陸雲龍，一歃詞塲萬馬空。文透退之關捩子，騷傳正則祖家風……」〔註103〕此詩乃楊萬里對曾煥文學特色之分析和讚賞，屈原是騷體之祖，其特殊的境遇和個人情志，使其文學呈現不同於《詩經》的風格。明吳訥《文章辨體》：「采摭事物，摛華布體謂之賦……幽憂憤悱、寓之比興謂之騷；傷感事物、托於文章謂之辭。」〔註104〕故「幽憂憤悱，寓之比興」正是屈原作騷的特色。〈端午獨酌〉：「招得榴花共一觴，艾人笑殺老夫狂。子蘭赤口攘何益？正則紅船看不妨。團粽明朝便無味，菖蒲今日麼生香？一生幸免春端帖，可遣漁歌譜大章。」〔註105〕此為萬里退休家居時所作的，端午節慶總是令人想起屈原的事蹟，《史記‧屈原賈生列傳》：「時秦昭王與楚婚，欲與懷王會。懷王欲行，屈平曰：『秦，虎狼之國，不可信，不如無行。』懷王稚子子蘭勸王行，奈何絕秦歡，懷王卒行……」〔註106〕子蘭的我執，造成楚國終難挽回的傷痛，更無法撫平屈原的悲慟。但逝者已矣，團粽也會無味的，也不必在意了。這似乎反應著楊萬里自身的處境，以「一生幸免春端帖」安慰自己，使之豁達。故在悼念屈原的同時，也表達自己的心志。而在〈食菱〉：「鷄頭吾弟藕吾兄，頭角嶄然也不爭。白璧中藏煙水晦，紅裳左袒雪花明。一生子木非知己，千載靈均是主盟。每到炎官張火傘，西山未當聖之清。」〔註107〕此詩歌詠的是菱角，寫其樣貌，描繪其淡泊名利的個性，菱角的潔白無瑕，大概唯有跳水自沈的屈原彷彿才是深切理解其不爭的德性。詩中漾著活潑的氣息，又有深刻雋永的意味。而〈酒〉：「獨醒空抱

〔註102〕同前註，卷38，頁366。
〔註103〕同前註，卷39，頁370。
〔註104〕王水照編，《歷代文話》（上海：復旦大學出版社，2007年），頁1590。
〔註105〕〔宋〕楊萬里，《誠齋集》，卷41，頁388。
〔註106〕〔漢〕司馬遷，《史記》（台北：七略出版社據清乾隆武英殿刊本景印，1985年），頁1005。
〔註107〕〔宋〕楊萬里，《誠齋集》，卷42，頁401。

靈均恨，一斗應憐太白才。懷作城今吟不盡，且呼鄰叟共餘杯。」〔註108〕屈原在〈漁父〉一文中慨嘆：「眾人皆醉我獨醒，舉世皆濁我獨清。」〔註109〕屈原所憂的是君王和眾人的迷醉，然這杯中物好似讓楊萬里可以沈醉在快樂世界。因此，屈原也好，太白也罷，酒應可以使一醉解千愁，故可知楊萬里和屈原的個性仍有明顯的差別。

　　另外，在楊萬里其他文類作品中尚提到屈原的有〈後蟹賦〉：「……爾之德，吾能言之。洗手奉職，德之上也。就湯割烹，德之次也。餔靈均之糟，臥吏部之甕，德斯為下矣。」〔註110〕此乃楊萬里於慶元元年，因江西帥蔡戡送蟹饗之而作。在此作之前有〈糟蟹賦〉乃江西趙子直餉其糟蟹，作賦以謝之。巫咸解其夢而卦之曰：「……是能納夫子於醉鄉，脫夫子於愁城。夫子能親釋其堂阜之縛，俎豆於儀，狄之朋乎？」〔註111〕似將風味絕美的蟹引入作者的內心，一解愁悶。而在〈後蟹賦〉中又擬之為人，以其德之高下形容蟹之美味，想像絕倫。而「靈均之糟，臥吏部之甕，德斯為下矣」，又彷彿對於屈原的激進行為不予苟同，如同《天問天對解》結尾言：「楚之威將墜，而誼將殄，自有當其任者。道合則行，道違則匿，固其所也。原之咿嚘忿毒，意欲與誰合哉？」又〈跋洪治中梅蘭竹水墨畫軸〉：「孤竹之君，靈均之紉，子真之孫，避世霞外，物莫作對。疇敢尋葵丘之會，惠然盍簪，參語其森其侶若林，胥砥以節，胥芬以烈，雪潔玉潔，旁招來同，伊誰膚公，猶曰中書之不中也耶？」〔註112〕屈原喜歡佩帶蘭花芳草，而蘭的形象是「胥芬以烈」，恰似形容屈原熱烈的愛國心志和悲壯的結束，頗為貼切。又〈答新澧倅胡判院〉：「……某恭審上稈圭水衡都內之印，寫定國竹西烏絲之幅。洞庭木葉，澧浦玉佩，寂寥千載。復得今代之屈宋，衣天孫之錦裳，提詩人之椽筆，以主斯文之夏盟，何其盛也！沅芷澧蘭，端可賀矣。」〔註113〕在此文，屈原的才氣是被讚嘆，但也意蘊著寂寥的感慨。

〔註108〕〔宋〕楊萬里撰，辛更儒箋校，《楊萬里集箋校》（北京：中華書局，2007年），第10冊，頁5288。
〔註109〕〔宋〕洪興祖，《楚辭補注》（台北：大安出版社，2004年），頁276。
〔註110〕〔宋〕楊萬里，《誠齋集》，卷44，頁418。
〔註111〕同前註，頁414。
〔註112〕〔宋〕楊萬里撰，辛更儒箋校，《楊萬里集箋校》，第7冊，頁3792。因據上海商務印書館編四部叢刊初編縮本縮印日本宋鈔本的《誠齋集》卷99有缺，故引此以補足。
〔註113〕〔宋〕楊萬里，《誠齋集》，卷108，頁924。

綜合上述，在楊萬里的眼中，屈原的才華是光華滿彩的，而其形象就像蘭草，會綻放馨香，高雅而濃烈，好似其人之性格，追求完美。故無法尋其真理時，理想幻滅之時，其強烈的性格也使他走上極端——人生的不歸路！但對其如此忠心卻又憤懣之舉，投汨羅江而自沈，楊萬里又未必苟同。所以，這樣的屈原形象，出現在《天問天對解》也會讓作者不禁發出：「誠若名不尚曷極而辭者，言汝之忠名，誠不足尚，何以窮極汝之忠憤之辭如此乎？所以深言忠名之足尚也。」這樣的注解雖從柳宗元的說法而出，卻也是楊萬里的由衷之言吧。

五、楊萬里對柳宗元的看法

楊萬里在任永州零陵縣丞時，因此處曾是百年之前柳宗元貶謫之所，且其許多膾炙人口的佳作也是多產於此時，包括〈天對〉作品。故在公餘閒暇之際，楊萬里也經常和友朋出遊永州山水，想見古人風範，故筆者也相信〈天對〉作品的接觸也應始於此。觀其詩作中提及柳宗元之作品，例如〈過百家渡四絕句〉之三：「柳子祠前春已殘，新晴特地却春寒。疏籬不與花爲護，只爲蛛絲作網竿。」〔註 114〕此詩乃作於隆興元年（1163）三月，時楊萬里任零陵丞，過百家渡而作四絕，此爲其三。句中用「春已殘」的意象表現「哲人日已遠」的惋惜之情，且從其蛛網塵封的情況推論，柳子祠應罕有人跡至，對這位曾潦倒落魄一時（十年）的柳宗元，其心懷魏闕的忠貞予以無限的同情。又〈張仲良久約出郊，以詩督之〉：「百花亭下花如海，子厚宅前溪似油。幕下風流法曹掾，坐窗猶未作遨頭。只道今春不肯晴，已晴誰遣不郊行？忍違花底提壺語，不慮屋頭鳩婦鳴。」〔註 115〕此詩亦作於隆興元年（1163）零陵縣丞時，張仲良此時亦擔任零陵縣司法參軍，二人時相唱和，此爲唱和之作。起筆應是想像的虛景：柳宗元宅前的愚溪波光粼粼，百花亭花團錦簇，外在景物如此美麗，必是個踏青出遊的好時機。但是天公不作美，天氣未能放晴，面對霪雨霏霏，方寸又能如何？詩中不時提到柳子祠，足見楊萬里在此段期間的緬懷和追隨柳宗元的風範。在〈次主簿叔雪韻〉：「……司寒作意欲再雪，凍雀求哀不容禱。令人還憶柳柳州，解道千山絕飛鳥。誰教愛雪却嫌寒？歡喜十分九煩惱。詩人凍死不足憐，凍死猶應談雪好。寄聲滕六何似

〔註114〕同前註，卷1，頁8。
〔註115〕同前註，卷1，頁9。

休？淨盡將雲爲儂埽。」〔註 116〕此詩乃寫於乾道元年（1165）十二月，作者深感「昨日忽驚多作春」，春暖欲人軟，詩人一向怕熱喜寒，故盼下雪，然下雪天氣寒冷連雀鳥也哀求。楊萬里聯想到柳宗元的〈江雪〉的意境，當天寒地凍時，人鳥聲俱絕，一片萬籟寂靜的情境，那「獨釣寒江雪」的老叟，怎能耐得住寒冬，意態從容而忍住寂寞呢？但詩人面對那瑩瑩白雪的景致又怎能割捨？故俏皮地說：「詩人凍死不足憐，凍死猶應談雪好。」在此詩中，柳宗元所顯現的形象是冷峭峻潔的。

而在〈書王右丞詩後〉：「晚因子厚識淵明，早學蘇州得右丞。忽夢少陵談句法，勸參庾信謁陰鏗。」〔註 117〕此詩乃作於淳熙二年（1175）家居等待常州之職時，詩意乃自述學詩的過程和步驟，也顯示其詩風的轉變。又〈送謝子肅提舉寺丞〉其二：「誰遣孤舟蓑笠翁？強隨桃李競春風。交情頃刻雲翻手，古意淒涼月印空。可笑能詩今謝朓，也能載酒過揚雄。待渠歸直金鑾日，我已煙沙放釣筒。」〔註 118〕此詩作於淳熙十四年（1187），謝深甫因直諫孝宗遭遷大理丞，後因江東大旱方擢爲提舉常平。楊萬里此時已六十一歲，對於故舊的離去，在淒涼的氛圍中滿是不捨的情感，而自己在官場中的仕與隱亦不時地縈繞在心頭而有所矛盾，故末句乃言己志。柳宗元的〈江雪〉詩予人一種「獨絕」之感，孤舟已被外在景物所隔絕，當然舟中的釣魚老叟勢必也與世隔絕。柳宗元的處境正是如此，而楊萬里和其友謝子肅的分離不正也是如此嗎？因此，在此處的「孤舟蓑笠翁」反映的是環境的冰冷和內心的悲涼，顯現出楊萬里眼中的柳宗元是孤寂冷峻的，其高風亮節正是和當代的時局不能苟合，因而形成一個孤絕的心境，對其予以無限的同情。而在〈和張寺丞功父八絕句〉其四：「金華不敢比東坡，此後東坡爾許多。擾擾胸中百周孔，不愁柳柳笑人何？」〔註 119〕此詩乃作於嘉泰二年（1202），時萬里已高齡 75 歲了。在〈答張功父寺丞書〉一文中，他肯定張氏能行古人之義，然其「已有進擢之命，即日遂爲貴人」，故對於張功父欲師事於楊萬里，他謙稱自己愧不敢當，而此詩亦在此背景下寫成的。句中的「柳柳」所指應爲柳宗元，「柳柳笑人何」所指的大概是〈答張功父寺丞書〉：「孟子曰：『人之患，在好爲人

〔註 116〕同前註，卷 3，頁 27～28。
〔註 117〕同前註，卷 7，頁 65。
〔註 118〕同前註，卷 22，頁 207。
〔註 119〕同前註，卷 40，頁 384。

師。』柳子答人書，累累百千言，其慮患微也。」〔註120〕由此亦可略窺柳宗元的性格是忠誠懇摯的，一如在〈天對〉的回答中，其亦秉其忠懇之態度和感情去理解屈原的心境一樣的。

在〈答萬安趙宰〉：「蓋詞與賦固剖劂要眇，動吾目貫吾心不淺也，然我猶可能也。至於七發，自枚乘之後，惟張景陽之七命，足以摩其壘而與之周旋。其餘作者，皆自鄶以下者也。惟河東柳子，負固賈勇，自倚其異書奇字，盤盤困困乎滿腹填膺，小決之於永、柳之諸記，答杜、韋之諸書，而大注之於弔屈、乞巧之騷詞，然猶婪落文圃，而無厭懟……」〔註121〕楊萬里對柳宗元的文學風格和作品加以描述，無論是永州諸記，抑或是詩詞騷賦也好，都可以看出文章的雄深雅健的風格，正應和著〈回譚提舉啓〉一文中所言：「曲江振開元天寶之烈，余襄起嘉祐慶曆之名。今茲復見於一賢，吾亦何表於二老？文則甚古，凜有柳州雅健之風；用雖未宏，已著韓子精荒之解……」〔註122〕對於譚惟寅的文章予以肯定，同時也看出對柳宗元文章風格的說明。又對於柳宗元描寫山水的能力給予讚揚，在〈石湖先生大資參政范公文集序〉：「至於公訓誥具西漢之爾雅，賦篇有杜牧之之刻深，騷詞得楚人之幽婉，序山水則柳子厚，傳任俠則太史遷……」〔註123〕雖是對范成大的各類文學加以讚揚，但將柳宗元的遊記同其他諸作並提便是一種肯定。又〈答陸務觀郎中書〉：「大抵文人之奸雄，例作此狡獪事。韓之推柳是已。韓推之，柳辭之。辭之者，伐之也。然相推以成其名，相伐以附其名，千載之下，韓至焉，柳次焉，言文者舉歸焉……」〔註124〕此乃楊萬里表達和陸游對看法不同的比喻，但也顯現出柳宗元對文學的看法是自有主張，不隨便附和的。

由上述得知，在楊萬里的眼中，柳宗元的心境是孤獨的，形象是冷峻自持的，性格則是忠貞堅定的。當他展現在文學上的風格則是雅潔遒健的，甚至對文學態度的執著，彷彿是「文如其人」的反映。加之柳宗元的文學的態度多主唯物思想，這些都足以讓楊萬里深深的仰慕而追隨著。

總而言之，楊萬里以為文章對個人除了具有流芳萬世的附加價值，對於治國更要具有經世濟民的實際效用。他認為詩和文都應具有社會作用，關心

〔註120〕同前註，卷68，頁566。
〔註121〕同前註，卷67，頁553～554。
〔註122〕同前註，卷54，頁468。
〔註123〕同前註，卷82，頁681。
〔註124〕同前註，卷67，頁564。

民瘼，以了解社會的弊病；而現實生活是創作的來源，只要能「感悟」便能有「觸發」的靈感，使文有深刻的思維；詩要主妙悟、透脫，文詞委婉不俗；要破才能立，故追求創新，培養自己的風格；鑒賞平易清新的詩文，避免奇險，立論要實在公正，並能全面性探詩，不能以偏概全。對於屈原和柳宗元除了對其文學作品的肯定外，對於人格的堅貞、擇善固執的態度，亦抱以同情和理解。而這些評論的觀點，也都是其寫作《天問天對解》時的背景或是情感的延伸。

第三章　《天問天對解》之寫作背景及動機

　　陳怡良先生在〈天問的思想內容及其文學價值〉中提到：「由於詩人作家先天的秉賦不同，性情有別，而後天的遭遇又各異，在時代背景，社會環境，個性身世，啓蒙受教等種種因素影響之下，他們對宇宙萬有現象及人生種種問題的看法，自然是別有見解，各有差異……這些不同的思想，無一不與詩人作家的性向，生活，以及他所棲止的社會、時代，息息相關……」〔註1〕又指出：「任何文學作品，必然受到時代背景及當代思潮的影響，是不可否認的，因此我們要衡量某一文學作品的眞實價值，必然先瞭解作者的思想、感情、個性，及創作背景，創作動機，否則我們就很難予作品有一正確而客觀的評價。」〔註2〕故筆者認爲任何一個文學作品的產生，勢必和作者的外在背景和內在情境有著相當程度的關係。而所謂外在背景乃指作者所處時代的大環境狀態，包括政治狀況、社會環境、經濟面貌和文學思潮等，而內在的情境則指作者創作的經歷過程，包括其個性、生平、家世、交遊和師承下的思維展現。所以，《天問天對解》勢必受作者內在和外在兩方面的交融而形成，故本章試從其外在寫作背景探討，進一步了解其內在寫作動機。經緯交織成網後，再從文本中作者訓解方式加以分析，最後尋繹出《天問天對解》和〈天問〉、〈天對〉的關係，以求較爲深入的了解。

第一節　《天問天對解》之寫作背景

　　茲就楊萬里寫作《天問天對解》時的外在環境，分政治演變、書院制度

〔註1〕　陳怡良，《屈原文學論集》，頁319。
〔註2〕　同前註，頁327。

和理學盛行、社會經濟和文學發展等面向作一描述,使促成《天問天對解》
的形成之外在因素可以更爲明確:

一、政治演變

　　自唐末、五代十國的紛亂局面被宋朝結束後,中國的歷史又再一次形成
大一統的局面。所不同於其他朝代,宋代幾乎是中國國力最弱的時代。因爲
宋太祖趙匡胤「陳橋兵變,黃袍加身」之故,爲了怕異姓的謀奪,在「杯酒
釋兵權」的利誘威逼下,將武將各個卸除其職權,而邊疆的防守責任卻指派
文官擔任。於是,武官沒有用武之地,而文官卻所任非職,自然外患無從抵
禦。因此,北宋初期國家雖然統一,但是遼、夏、金等外患的隱憂卻也悄悄
地滋長蔓延著。

　　宋太祖、太宗時代,因爲前車之鑑,故實行高度中央集權政策:過去宰
相是「一人之下,萬人之上」,無所不管,權力極大。然至宋朝,不只是名稱
上的改變(改爲「同中書門下平章事」),連職權也被「分化」。財政方面,特
設「轉運使」管理各路的經濟,多餘的錢歸於中央;軍事方面,除了前所述
之外,尚將各地的精兵收編爲「禁軍」,直隸朝廷管轄,而各地只留一些老弱
殘兵的「廂軍」;至於政治制度,設置中書治民事,三司理財政,樞密主國防。
這種種「強幹弱枝」的政策,爲的是避免唐末時藩鎮割據造成國勢衰頹、將
領的跋扈不馴、肆無忌憚的情形再次上演,結果「宋朝是一個皇權至尊的絕
對專制主義的時代」,〔註3〕中央權力大爲提高,然卻也爲國家投下一顆不定
時的炸彈,導致最終的滅亡。

　　北宋眞宗、仁宗時代,國家處於休生養息的階段,情勢較爲穩定,沒有
干戈的興風作浪,國家呈現升平之象。人民無須爲統治者征伐,生活安定,
農業得以順利正常發展。而農業的快速恢復,豐衣足食之下,相對也帶來工
商業的發達。當時汴京、成都、揚州等大都市的繁榮景象,可謂盛況空前,
直有雲泥霄壤之別。於是,工商的職業相繼厥起,階層也擴大了,社會的經
濟也繁榮了,上至王公貴族,下至詞人騷客,生活頗爲豪奢放浪。然而,人
們在安樂中漸漸失去憂患意識,故危機一旦發生時,朝廷也束手無策,只能
消極的妥協,所謂「生於憂患,死於安樂」的道理,正是如此。因此,當金

〔註3〕　劉大杰,《中國文學發展史》(台北:明道書局,1991年),上冊,頁561。

滅了遼，直攻汴京時，朝廷鮮有能臣可與之對付。過去民間盛傳的歌謠：「軍中有一韓，西賊聞知心骨寒；軍中有一范，西賊聞知驚破膽。」敵人所顧忌的韓琦和范仲淹等賢臣能將，這最後的一道圍牆也在傾頹之中，似乎也將成爲歷史了。

「靖康之難」，是整個宋史上非常重要的轉捩點——國勢從衰弱、衰頹至滅亡，一蹶不起。徽欽二宗蒙塵，康王趙構登立爲宋高宗，並開始南下的大逃亡。民生凋弊，生活流離失所，有志之士深感於政治社會的大崩解，造成經濟蕭條，而內心也掀起了滔天巨浪，於是發出愛國的呼號之聲，諸如岳飛、韓世忠等人，忠貞愛國。然他們雖有心爲國家尋一長治久安之道，只可惜，當君臣來到魚米之鄉的江南，物產豐饒，短視近利的眼光，忘卻國仇家恨、江山已易主。在他們的心裏必然思忖：失去了中原，仍有江南一大片的美麗家園。因爲不能置之死地而後生，於是，君臣上下沆瀣一氣，結果主和派佔優勢，排擠著忠臣的愛國心，外交上稱臣稱姪，喪權辱國，只求苟延殘喘。而有志恢復的國君亦僅有孝宗，但缺乏堅持的孝宗最後也沉淪在江南魚米之鄉的表象中了。在這樣的政治背景下，楊萬里因私淑於張浚、胡詮等人，受這些忠貞之士的影響，亦主張主戰思想，只是礙於事實的現狀而難以實現。他看到國家的頹敗，社會的腐化，故要求內政整治，上了《千慮策》表明其積極的作爲。然朝廷自秦檜死後，主和派的餘波仍夾雜威勢，忠臣處處被打壓，所以楊萬里對政治的熱情也隨之瓦解。在黃小蓉的〈楊萬里政治心態解構的原因〉一文中，提及「社會的腐敗是其解構的現實基礎……詩人的胸襟透脫，實質上是思想境界的超脫，是詩人對爾虞我詐、腐敗黑暗的官場的徹底失望，換句話說，就是詩人政治心態（包括政治理想、政治熱情）的解構。」〔註4〕從楊萬里的詩中不時透露出仕與隱的矛盾，便可略知一二。所以，如此的環境發展下，國君「親小人，遠賢臣」，南宋是很難有所作爲，卒亡於蒙古人的馬革鐵蹄下，自不意外了。

而《天問天對解》便在有宋頹敗的政治環境中產生了。君臣無心，朝政一片荒靡，楊萬里雖秉持理想和熱情，欲積極改革而有所作爲，但現實的政治環境，姦佞邪慝，熱情終被澆滅，理想成了孤高的作爲，使其有「懷才不遇」之慨。這和屈原、柳宗元的政治處境頗爲類似，只是執著的屈原選擇自沈，而柳宗元仍有「老驥伏櫪」之志，只是天不從人願，而楊萬里則浮沈在「仕」與「隱」的矛盾中。

〔註4〕　黃小蓉，〈楊萬里政治心態解構的原因〉，頁21。

二、書院制度和理學盛行

雖然政治上的孱弱不敵，但由於其「重文輕武」的策略，卻也拈出宋朝在文學上卓越的成就。而這些豐富的文化資產，是在當時各種制度長期經營下形成的恢宏氣勢，因為印刷術的精進及工商業的發達，教育更為普及，而書院的需求增加而盛行，理學思想也蔚然成風。

書院乃興起於唐，行於北宋，而大盛於南宋。宋代書院的產生乃因國家乍作，百廢待舉，朝廷亟需要眾多人才協助，於是利用科舉取士的方法以快速解決如此的窘境。中第者可以直任官職，不必再加考核。這樣的「終南捷徑」，連貧苦人士皆有頭角崢嶸的機會，故士人紛起而仿效。但官學的數量少，不能滿足士人讀書的需要，於是民間的書院便因應建造。而朝廷和地方官府也樂觀其成，因為借助民間力量，可以解除朝廷財政左支右絀的狀況。「書院彌補了官學的不足，政府借民力解決了宋初官學未興帶來的困難。」〔註5〕然此時的書院淪為求取功名的途徑，和學校教育的目的漸趨於南轅北轍，故當政治改革的同時，一群有志之士也提倡興辦官學，調整之間的矛盾和弊端，因而有三次興學改革，書院的發展也受了影響。〔註6〕到了南宋，書院發展更達巔峰局面。因為朝廷財力尚不足，官學衰弱，而南遷的移民中，不乏富豪士紳，其財力雄厚，故對民間興辦的書院是支持的。另外，科舉的弊病叢生，士人多感不滿而恥於追名逐利，書院也針對教學的內容和方式作改善，不再習於章句文辭之學，於是，許多人便開始向淵博的學者就教，名師聚徒之風便盛行，更助長書院的興起。

宋代是理學的發源時期，它不同於過去儒家的思維，它是儒學的復興現象，在繼承的過程也有創新。儒學向來居中國學術的主導地位，但受到道家興起和佛教的傳入，儒學不能滿足人們的需要，趨於式微。之後在唐宋時掀起一股「古文」運動，雖然韓愈排斥佛老，他反對駢體的形式，但也提出「道統」和「文統」的聯繫，劉大杰先生寫到「韓愈自己是自命為這個道統與文

〔註5〕 朱漢民、鄧洪波、高峰煜，《長江流域的書院》（武漢：湖北教育出版社，2004年），頁67。

〔註6〕 同前註，頁69～71。據書中記載，三次興學分別在仁宗慶曆四年（1044），由范仲淹發起；第二次在神宗熙寧、元豐年間，由王安石發起；第三次在哲宗紹聖年間，由蔡京發起。至於書院受影響有二派說法，一是毛禮《中國教育通史》：書院此時處於「沈寂狀態」；而李才棟在《中國書院史》認為此時是書院和官學並存的局面。

統的繼承人的。在道統上是極力地排擊與儒道不相容的釋道思想；在文統上
是尊經重散。宋代文學思想，一般是繼承韓愈所倡導的運動……」〔註7〕到了
歐陽脩所領導的宋代古文運動時，更強調「明道致用」。過去漢儒注解經書的
章句之學，到此受到疑經思潮的影響，更強調義理之學的重要。討論的內容
也趨向宇宙觀、天道與性命之學等，故不同於以往儒家思想，成為「新儒學」。
然在北宋時，理學尚在萌發階段，周敦頤、張載、二程子等人都提出自己的
見解，為南宋的理學鋪墊更多彩的道路。到了南宋理學的蓬勃發展，學術上
產生不少派別，包括張栻的湖湘學派、呂祖謙的金華學派、朱熹的考亭學派、
陸九淵的象山學派、陳亮的永康學派等，而這些人也都曾講學和主持過書院。
他們藉由書院作為自己講學及傳播自己學說的根據地，於是理學的盛行為南
宋書院的發展注入一股新的生命力。不論是講學的方式不同昔日由老師逐章
逐句的解釋，取而代之的是義理的探討，師生的互動更多，講學風氣也更活
潑。甚至，還有類似今日學術研討會的「會講」形式舉辦，於是在不同觀點
的融合，理學更為成熟了。

　　楊萬里本身也是理學家之一，他同張載一樣有著「唯物主義」的思想，
主張宇宙是由元氣所形成，一切的變化是陰陽二氣交錯所致的。故其在《天
問天對解》的內容中，也發揮這樣的精神和主張。對於理學家們聚徒講學傳
授知識學問的方式以宣揚自己的學說之際，雖然沒有文獻直接記載楊萬里是
否如此講學過，但受這盛行的風氣所致，他在淳熙年間知常州時，也曾建立
「城南書院」。〔註8〕據于北山先生所記，淳熙元年（1174）正月楊萬里拜知
漳州之命，回鄉等待補官，二年（1175）夏天，旋即改知常州，萬里上章丐祠。
在家鄉閒居賦詩著文以自娛。有時出訪友朋，生活頗為悠閒。四年（1177）夏，
出知常州。淳熙六年（1179）正月，除提舉廣東常平茶鹽，三月離開常州回鄉
里。如此說來，其建立書院當在淳熙四年至六年間。南宋書院發展的極盛時
期主要集中在孝宗乾道、淳熙年間以及理宗時期。楊萬里此時也正是京官生
活的高潮，受這股風氣的影響，興辦書院自是可以理解。他除了作官在外，
其實待在家鄉的時間頗多，居喪日子，除服後的寂然，到最後退休生活，加
加減減也有幾十年。而其所生長的環境，根據《長江流域的書院》一書資料
的羅列，可知自南渡以來，長江流域的書院如雨後春筍般興起，數量之多、

―――――――――

〔註7〕　劉大杰，《中國文學發展史》，上冊，頁573。
〔註8〕　樊克政，《書院史話》（台北：國家出版社，2004年），頁43。

規模之大、制度之齊全，可說是前無史例。而增加數目或書院的總數目最多者，要屬江西省無疑。而福建、湖南等地亦是不少。〔註9〕雖然著名書院的排名未有它，而著名的講學者亦多臚列張栻、朱熹、呂祖謙、陸九淵、陳亮等人，也不見楊萬里之名，然《書院史話》一書對於南宋書院的講學特色歸納了七點：「一是書院本身與官方都很重視為書院擇師講學，二是不少書院的講學內容具有鮮明的學派性，三是不同學派可以在同一書院講學，進行學術交流，四是不少地方官積極參與了書院的講學活動，五是書院講學是與生徒自學相輔而行的，六是書院講學的形式趨於多樣化，七是名師講學，非本書院人士也可前來聽講。」〔註10〕故在大環境的勢所趨之下，楊萬里當受其影響，應是有的。

根據鄧洪波《中國書院史》一書所提，當時書院具備六大事業：學術研究、講學、藏書、刻書、祭祀和學田。〔註11〕由於印刷術的提昇，對於書院的藏書、刻書皆有很大的裨益。其實書院的藏書、刻書制度唐代即有，只是到宋代更加完備。唐時刻本多為手抄書，宋代印刷事業發達後，刻書更豐富多彩。其所刻之書有「本學派學術大師的著作」、「師生的學術成果」等。它的目的皆是用來服務師生，並可藉此提高教學水平。故鄧洪波先生說：「從書院的內部規制來講，刻書服務於學術研究和講學傳道，既保存展示研究成果，提高教學水平，又可以流傳院內師生以及院外士人之間，擴大社會影響，還可以配合祭祀，強化學術、學派的認同感，有著多重文化的功能……」〔註12〕綜合以上所述，楊萬里在治理常州時創立城南書院，也顯示身為地方官對學術的重視和支持的表態，故《天問天對解》是否是此一時期的學術作品或教學範本，雖無明顯證據，卻是有可能的。

此外，受隋唐儒者治學仍多從漢儒訓詁章句之影響，宋初時治學亦多走向考據一途，洪興祖《楚辭補注》對文字的校訂、音韻的注釋及名物的訓詁等用力甚多。但因理學思維的興起，講學之風盛行，文人多能自由發揮己見，故義理的展現成為文學的歸趨，朱熹的《楚辭集注》便是一例。而楊萬里的《天問天對解》，有字詞、音韻的訓詁，但也有更多的義理的詮釋，足見其發

〔註9〕 朱漢民、鄧洪波、高峰煜，《長江流域的書院》，頁90～91。
〔註10〕 樊克政，《書院史話》，頁64～66。
〔註11〕 鄧洪波，《中國書院史》（台北：國立台灣大學出版中心，2005年），頁201～209。
〔註12〕 同前註，頁205。

展乃介乎二者之間，是宋代文學從考據到義理的過渡期。

三、社會經濟和文學發展

　　任何一個朝代文學的發展，必然和當時的經濟環境有著不可分割的關係。所謂「民以食爲天」，當人民生活富足，猶有餘力之下，文學的發展較能達到普及的地步，否則只能淪爲貴族的附庸風雅之道。宋代經過開國的大一統局面，又經歷眞宗和光宗的休養生息階段，人民的生活大致安定，政治亦爲穩定，經濟因而得以發展。於是，農業興盛帶動了工商業的發展，市民階層擴大，都市繁榮，天下太平，黎民得以安居樂業。因此，在「心有餘力」之下，士子對文學事業的經營更加躍動。無論是詩詞、歌賦、話本、戲曲、古文散文皆有所展現。加以理學興起，思想活潑，疑經風潮刮起自由學術之風，不再因襲舊有傳統解經之法，人們透過對義理的闡述，充分展露了個人的思維，使有宋成爲繼唐朝之後中國另一個文學鼎盛的時代。

　　宋代文學的興盛和社會經濟的富裕有關。生產活動熱絡，經濟發展迅速而繁榮，工商業發達，城市興起，種種諸象皆爲文學提供豐贍的素材。加以國家的政局穩定，階級矛盾較爲和緩，文學自然蓬勃發展。於是宋詩、詞、古文以及市民階層喜愛的話本、戲曲等紛紛出現，既豐富人心又影響著後世。不過，漸漸地，由於貴族皇室的奢靡成風，以及邊防所增加的軍費，政府爲了滿足得向勞動人民榨取，苛捐各種雜稅。加上貴族可自由買賣田地，農民無法賴以維生，階級衝突不斷增加，甚至起義抗爭。到了南宋，朝廷南渡，經濟更是困窘，階級的矛盾更是日益擴大，於是剝削人民的賦稅更使生活雪上加霜了。在此背景的因素下，文學的內容多趨向社會階層，文學反映著階級矛盾和關心民生生計。當代的有識之士，深覺改革社會的需要和迫切，在行動上表現有之，訴諸文字表現亦有，如此，文學便更加發展。

　　宋詩多有散文化的趨向，或以爲好議論之病，然吳之振《宋詩鈔》序言云：「宋人之詩，變化於唐，而出其所自得，皮毛落盡，精神獨存。不知者或以爲腐。後人無識，倦於講求，喜其說之省事而地位高也。則群奉腐之一字，以廢全宋之詩，故今之黜宋者，皆未見宋詩者也。」〔註13〕對於宋詩較能予以肯定。至於宋詞的發達，因唐詩的發展已達巔峰，故文人思從瓶頸中創發

〔註13〕〔清〕吳之振編，《宋詩鈔》（台北：世界書局據摘藻堂四庫全書薈要影印，1988 年），集部第 136 冊，頁 483～9。

新的園地，於是詞便由詩演變而來，故又稱為「詩餘」。其具有像詩歌的藝術性，又有音樂的實用性，對於廣大階層而言，則易於流行和傳播。當然，風行草偃之效，在上的君主之提倡，也助長了宋詞的發展。而古文運動在唐韓愈之後似又沈寂一段時間，至宋歐陽脩又再次提倡，蔚為氣象。袁行霈《中國文學史》：「宋代作家清醒地看到唐代古文的得失，於是歐陽脩等人既採取古文作為主要的文體，又反對追求古奧而造成的險怪艱澀，從而為宋代古文的發展開闢了正確的道路。」〔註14〕宋代的古文對唐代古文既有所繼承，又能於前人的經驗中尋繹出一條適合的道路，故宋代散文更臻至完善和多樣化。其獨特之處在於除了「明道」之外，更強調「致用」的作用，文章要能為時所用才有價值。其又言：「散文在傳統上具有議論、敘事、抒情三種主要功能。在宋代散文中，這些功能更加完善，而且融為一體，使散文的實用價值和審美價值更好地結合起來。」〔註15〕而劉大杰《中國文學發展史》也曾對古文家歐蘇王曾等人歸納其特點：「語言純潔準確，邏輯性很強，有高度的表達能力。議論的是透闢，敘事的是生動，寫景的是自然，抒情的是真實。通達流暢，氣勢縱橫，為其顯著的特色。他們的散文，是在韓柳的基礎上，在適應歷史的環境下發展起來的。」〔註16〕然至南宋時散文更趨於實質，文學藝術性較不如北宋，或因文學發展規律使然，或因理學盛行之故。而由於理學的興起，宋代治學也不同以往漢儒，他們能發揮自由的思想，所以，在此風氣的助長下，《天問天對解》也是楊萬里表達自己主張的作品。作品中對於義理的討論和闡發，表達了作者對天道和宇宙萬物的看法，樸素的唯物主義思想亦在其中矣！但除了思想的表述之外，此作品亦有其文學形式的呈現，將於其他章節專論之。

　　宋代文學除了詩、詞、散文之外，尚有小說，並分為文言和白話二種。文言小說乃承襲六朝傳統志怪及唐朝的傳奇為主，例如李昉主編的《太平廣記》、洪邁的《夷堅志》及樂史〈綠珠傳〉、秦醇〈驪山記〉等。至於白話小說，即所謂的「話本」，乃說書人講故事的底本，又稱「平話」。它是民間藝人創造而興盛的，恰能迎合民眾的趣味和需要，屬於市民文學的一種新形式。其內容能廣泛地反映社會生活，情感分明，形象生動，故能引起廣大市民的

〔註14〕袁行霈，《中國文學史》，下冊，頁14。
〔註15〕同前註，頁15。
〔註16〕劉大杰，《中國文學發展史》，上冊，頁581。

喜愛。另外，宋代的戲曲是源自於唐代變文和歌舞戲而來。通常分為二大類：一類以歌舞講唱為主，例如鼓子詞、諸宮調等，但還在發展的階段，「它們尚未從敘事體向代言體過渡」，〔註17〕故未能是真正的戲曲；一類則和戲劇較為接近，例如雜劇、南戲等。這些為了適應廣大民眾的需求而產生的俗文學，雖未能及得上詩、詞、文等傳統文學的地位，但具有啟發的作用，影響著後世文學的發展。

　　宋代文學發展能如此的繽紛亮眼，乃是許多複雜的因素所形成的。政治上的極權政治到後來的苟安江南，使其文學具有民族憂患意識及愛國精神；理學的興盛，又使文學具有「尚理」的特色，也顯現其獨特性；刻書事業發達、印刷技術精進，使文學的發展更加蓬勃及普及；經濟的繁榮，大都市興起，市民階層擴大，為因應市民的娛樂需要，民間文學也隨之發展。所以，「這些背景和因素交互作用，促使宋代文學經過逐步演進、變化等一系列曲折的歷程，以至最終形成了一個頗有異於前代的總體風采。」〔註18〕的確，受到這些因素的交互作用，除了詩、詞和文，市民的俗文學也多所發展。如此特殊的環境，楊萬里亦深受環境的薰陶，故不只是誠齋體豐富的創作，也有辭賦作品、各類散文體的寫作，當然也包括《天問天對解》有著豐富思想和文學特色的作品了。

第二節　《天問天對解》之寫作動機

　　文學作品的形成，除了和當代外在環境（包括政治、社會、經濟和文學思潮）有關外，作者個人的因素，即如個性、家世、平生經歷、交遊及師承，則多少有或大或小的關聯。而《天問天對解》的形成，它傳達著作者內在的情感和閱歷。

　　楊萬里〈天問天對解引〉言：「予讀柳文，每病於〈天對〉之難讀。少陵曰：『讀書難字過。』然則前輩之讀書亦有病於難字者耶？病於難，前輩與予同之，初病於難而終則易焉！予豈前輩之敢望哉？因取〈離騷天問〉及二家舊注釋文，而酌以予之意以解之，庶以易其難云！」〔註19〕由此段文字可明

〔註17〕孫望、常國武主編，《宋代文學史》（北京：人民文學出版社，1996 年），頁23。
〔註18〕同前註，頁 2。
〔註19〕〔宋〕楊萬里，《誠齋集》，卷 95，頁 821。

確知道，楊氏之所以寫作《天問天對解》的起因是讀到柳宗元〈天對〉時所產生的感受：文字古奧難懂，又無前人的注解以輔弼，故引發作者寫作的動機，希望透過〈離騷天問〉及二家舊注釋文的參考，並斟酌自己的意見而完成這部作品。宋黃伯思〈校定楚辭序〉：「而〈天問〉之章，詞嚴義密，最為難誦。柳宗元于千祀後獨能作〈天對〉以應之，深弘傑異，析理精博，而近世文家亦難遽曉。故分章辨事，以其所對別附于問，庶幾覽者瑩然，知子厚之文不苟為艱深也。」〔註20〕文中說明了〈天問〉是難以誦讀，而對〈天對〉文理的精深博大予以肯定，然文字深奧，恐非後人所懂。此點正和楊萬里的想法接近。清人蔣驥《山帶閣註楚辭‧楚辭餘論》卷上亦言：「古人重辭達。屈子之文，本皆平易正大，〈天問〉亦然。間有艱深佶屈之言，乃當時故實，經秦火後，荒略無稽，或間有錯簡訛字，故使人難曉。柳子〈天對〉，乃務為奇僻，欲以擬《騷》，此震霆塞聰之智也。」〔註21〕他也是提到〈天對〉的文字奇僻難懂，如此，的確會造成閱讀上的困難。前人所距古人時代近便已如此，那時代久遠的後人則更遑論看得明白？所以，楊萬里最後也說明其寫作的最終目的——「以易其難」，依照此原則行文，故其注文頗為簡單扼要，俾使後人讀之也能清楚作意如何。《欽定四庫全書總目》卷148集部〈楚辭類存目〉中記載：

> 《天問天對解一卷》 　　浙江范懋柱家‧天一閣藏本
>
> 宋楊萬里撰，萬里有《易傳》已著錄，是書取屈原〈天問〉、柳宗元〈天對〉，比附貫綴，各為之解，已載入《誠齋集》中，此其別行本也。訓詁頗為淺易，其間有所辨證者……〔註22〕

根據此段記載，對《天問天對解》的評價正符合楊萬里自己所言「以易其難」的原則，故「訓詁頗為淺易」的評論是很恰切。因此，我們可以推論《天問天對解》可以作為進入〈天問〉和〈天對〉的一本「導讀」手冊。透過簡易的訓解方式，一問一答的解說，彷彿一場超時空的對話，聯繫著屈原、柳宗元和楊萬里的情感和思想。當然，我們應進一步了解其何時接觸到柳宗元的〈天對〉？而當時的情境又是如何？然而在相關的資料中，我們無法確

〔註20〕 〔宋〕黃伯思，《東觀餘論》，頁76a。
〔註21〕 〔清〕蔣驥注，《山帶閣註楚辭》（台北：長安出版社據汲古閣刊本標點排印，1989年），頁205。
〔註22〕 〔清〕永瑢主編，《四庫全書總目》，卷148，頁12。

切掌握其寫作的年代，故筆者將試從楊萬里的其他作品中尋一蛛絲馬跡，欲求其較爲可能的寫作時代，並從其經歷中了解作者寫作時的內在狀態。

柳宗元（773～819），字子厚，唐代人。其祖籍在河東解縣（今山西省運城縣西南），誕生於陝西長安。柳宗元所處的時代正是唐朝宦官爲禍、藩鎮擁兵自重日趨嚴重的時代。權貴相互勾結，剝削百姓生活。朝廷漸趨腐敗，危機漸增。一群有志之士，雖無顯赫背景，卻有改革的熱忱。所以，當德宗崩殂，順宗即位，擢用王叔文、韋執誼等人爲相，他們反對宦官、藩鎮及貴族，加以限制他們的特權，果然朝政爲之耳目一新。而柳宗元亦是參與這波改革的支持者和行動者，因此，當順宗退位，代之而立的是憲宗，改革派失勢，備受無情的打壓和迫害，繼而發生了史上所謂「八司馬事件」。因此，株連禍結之下，柳宗元被貶邵州刺史，中道再貶永州司馬。這一貶官行動，造成其心理極大的傷害和衝擊，對此充滿抱負和理想的青年，其政治仕途的多舛，似乎在此預作了伏筆。果然，繼永州之行再貶柳州，卒客死柳州。因政聲有令譽，被稱爲「柳柳州」。

在永州整整十年（永貞元年至元和九年，805～814），朝廷的置之不理，使之鬱悶難平，藉由遊歷永州山水撫平受傷的心，於是有了膾炙人口的《永州八記》。雖名爲遊記，但也寄託其不得志的心態。例如〈鈷鉧潭西小丘記〉一文，此乃作於唐憲宗元和四年（809），時柳宗元貶永州已五年，政治上的挫折感，漸趨緩和，但內心的理想和抱負，卻不時流露文字之間：「其嶔然相累而下者，若牛馬之飲於溪；其衝然角列而上者，若熊羆之登於山。」〔註23〕那些威武八面的動物，正是他內心的雄心壯志之展現。而末段：「噫！以茲丘之勝，致之灃、鎬、鄠、杜，則貴游之士爭買者，日增千金而愈不可得。今棄是州也，農夫、漁夫過而陋之；賈四百，連歲不能售。而我與深源、克己獨喜得之……」〔註24〕表面上是爲這座山丘的遭遇感傷，但實際上是對自我遭受見棄的哀悼。《舊唐書‧柳宗元傳》：「宗元爲邵州刺史，在道，再貶永州司馬。既罹竄逐，涉履蠻瘴，崎嶇堙厄，蘊騷人之鬱悼，寫情敘事，動必以文。爲騷文十數篇，覽之者爲之悽惻。」〔註25〕從此處不難看出柳宗元貶永

〔註23〕〔唐〕柳宗元，〔宋〕陸之淵注，《註釋音辯唐柳先生集》（台北：台灣商務印書館據上海商務印書館編四部叢刊初編縮本縮印元刊本，1968 年），卷 29，頁 142。

〔註24〕同前註。

〔註25〕〔後晉〕劉昫等撰，《舊唐書》（北京：中華書局，1975 年），第 13 冊，頁 4213。

州的心境是悲涼愁苦的，是哀怨憤懣的。試觀那千古以來琅琅上口的〈江雪〉一詩：「千山鳥飛絕，萬徑人蹤滅。孤舟蓑笠翁，獨釣寒江雪。」〔註26〕詩中所營造的是一個「獨絕」的環境，所有的人與物是隔絕在作者的心境之外，唯有「寒江雪」能反映其內心的冰冷和悲悽，因而「孤」，因而「獨」。若非有相同際遇的人，豈能了解和體會的？千古年來，恐怕只有那個堆滿熱切的愛國心志卻得不到發揮的屈原，似乎可以發出「同是天涯淪落人，相逢何必曾相識」的慨嘆了。所以，這一時期的柳宗元極力追求屈原，透過同樣的政治遭遇，柳宗元能理解和同情屈原那份對國家熱烈忠愛，滿腔的抱負不得抒發而投汨羅江的悲憤行徑，於是他亦寫了〈弔屈原文〉，〔註27〕充分表達對屈原的哀憐。

王巍在〈試論柳宗元對屈原的繼承與發展〉一文中寫道：「屈原的〈天問〉，叩詢宇宙萬物、歷史人生，具有光怪陸離、奇情異彩之特色，展示了作者閃光的思想、聰穎的智慧。柳宗元稱讚其具有『呵星辰』、『驅詭怪』的震懾力，表現了他對屈原作品的欽佩。」〔註28〕姑不管現代人對〈天問〉是否是屈原因「以洩憤懣，舒瀉愁思」之作的討論，基於柳宗元對屈原的境遇同情和理解，加上同為「改革派」的實際行動者，柳宗元對〈天問〉應是一種繼承和發揚。屈原對宇宙的起源、天地萬物、歷史傳說等的詰問，正也表達他對當時代觀念的一種反動和反省。也許科學知識不足，但能在那個講求天命的時代提出諸多的疑問，這無疑是一種進步思想。在貶謫永州司馬時，柳宗元接觸了屈原的〈天問〉作品，寫了〈天對〉以為對答。雖然宋代的洪興祖認為：「……楚之興衰，天邪人邪？吾之用舍，天邪人邪？國無人，莫我知也。知我者其天乎？此〈天問〉所為作也。太史公讀〈天問〉，悲其志者以此。柳宗元作〈天對〉，失其旨矣。」〔註29〕但筆者以為柳宗元應是在對屈原的內在心境同理的原則上寫作，只是時代的遞嬗，知識的接受較以往更為複雜。他融合了儒釋道思想態度，與之對應而有〈天對〉，即便是樸素的唯物主義思想的發揮，也必然在對屈原的崇敬和理解的動機下寫作。

在楊萬里的九種詩集中，提到柳宗元多集中在《江湖集》。而《江湖集》

〔註26〕〔唐〕柳宗元，〔宋〕陸之淵注，《註釋音辯唐柳先生集》，卷43，頁218。

〔註27〕同前註。

〔註28〕王巍，〈試論柳宗元對屈原的繼承與發展〉，《遼寧大學學報（哲學社會科學版）》，第35卷第3期（2007年5月），頁42。

〔註29〕〔宋〕洪興祖，《楚辭補注》，頁124。

所輯錄的詩乃作於紹興三十二年（1162）至淳興四年（1177）。楊萬里曾在紹興二十八年（1158）受朝廷改任零陵縣丞之命，翌年十月赴任。至隆興元年（1163）正月縣丞秩滿，等待下任官吏到任，其間約達三、四年。這之間，在政治上的態度，受張浚的鼓勵，使其日後在朝廷以主戰派的立場執事，無疑也是「改革派」的實踐人物，這點和柳宗元的看法和立場有異曲同工之妙。因此，在任職縣丞之內，曾遊歷永州山水，過柳子祠，訪其故宅，想見哲人的典型風範，那種同為國家前途憂心不已的心情，自能理解。唐末宦官、藩鎮勢大，再不興利除弊，國家難逃滅亡的命運；而宋朝苟安江南，對敵人甘願伏首稱臣，豈料敵人欲深谿壑如何能滿足？國家終究走向敗亡的局面。所以，永州，或說是楊萬里實地接觸柳宗元的開始，並以精神緬懷之。紹興三十二年（1162），楊萬里仍仕零陵縣丞。這一年他認識了曾叔謙，然叔謙旋卒，故作哀辭悼念，其辭曰：「歲紹興之壬午兮，余負丞於零陵。泊夫君之南征兮，臨二松之寒廳。聞跫然於逃虛兮，辭未接而情親。分一日之光景兮，載鴟夷乎吾與行。沛吾擊其蘭橈兮，亂湘江以揚舲。維余笒於愚溪兮，叩柳子之柴荊。陟西山以茹芳兮，降鈷鉧以漱泠。風吹衣以拂雲兮，舉手攬乎南斗之星。君與我其俱醉兮，夜解手於丘亭……」﹝註30﹞這一年的辭中便已提到同遊柳子祠，踏著古人的行跡，拜訪西山，遊鈷鉧潭，以今懷古，想像柳宗元當時的抑鬱難伸，心境的衝突和悲苦。同年，又作〈題湘中館〉：「江欲浮秋去，山能渡水來。姆隅蠻語雜，欸乃楚聲哀。寒早當緣閏，詩成未費才。愁邊正無奈，歡伯一相開。」﹝註31﹞舟行之中，聞楚聲之哀，內心感受到那股無奈之情。畢竟，零陵地處偏僻，蠻荒之地，但又曾是楚國文化所涵蓋之地，從「楚聲之哀」，既見對故有楚地文化的感受，或許亦從柳宗元的鬱悶聯想到屈原的憤懣、愁苦，再到自身的無奈吧。〈過百家渡四絕句〉之三：「柳子祠前春已殘，新晴特地却春寒。疎籬不與花為護，只為蛛絲作網竿。」﹝註32﹞出城之後，詩人一路描寫沿途的人物風景。而途中經過柳宗元的祠堂，藉由堂前景色表達內心的感受。春寒料峭已增添祠堂的寂寥，而那籬笆上掛滿的不是那爭妍鬥豔的百花，卻是蛛網塵封的景象，足見人跡亦罕至。彷彿柳宗元曾有的事蹟和風範，也都埋沒在這層層的包裹中，或許楊萬里可以深感柳宗

﹝註30﹞〔宋〕楊萬里，《誠齋集》，卷45，頁423。
﹝註31﹞同前註，卷1，頁4。
﹝註32﹞同前註，卷1，頁8。

元當時被貶永州的憂悶，體會到那種想爲國家盡心盡力卻又投報無門的矛盾。尤其，官場的現實，朝廷的腐敗無能，人民賦稅沉重無力，使得萬里也興退隱的念頭，〈與南昌長孺家書〉：「吾平生寡與。初仕贛掾，庀職一月，有所不樂，欲棄官去，先太中怒撻焉，乃止。」〔註33〕提到初仕於贛，便蒙隱居之念頭，於是仕與隱總在其作品中不時地顯現。這樣複雜的心境和柳宗元的心志及際遇所造成的矛盾是相似的。

隆興元年（1163），于北山先生提到楊萬里「在此時期，與張材倡和之作共二十一首」。〔註34〕其中亦有同遊之作的感想，例如〈張仲良久約出郊以詩督之〉：「百花亭下花如海，子厚宅前溪似油。幕下風流法曹掾，坐窗猶未作遨頭。」〔註35〕可見其對柳宗元的仰慕。這樣的感懷也表現在〈蔣蓮店有書柳宗元寄吳武陵琴詩三讀敬哦五言〉一詩中。詩云：：「秋晴得涼行，壁閱遇佳讀。已咽猶餘滋，將燼忽臟馥。語妙古未多，聽難今良獨。追誦惜去眼，信步遑擬足。驚心一鳥鳴，隔溪兩峰綠。」〔註36〕追誦古人之作，餘味仍在，悵然幽咽，怎不令人驚心動魄呢？隆興元年（1163），結束了縣丞的職務，返回故里。時有「符離軍潰」之事，孝宗作〈罪己詔〉，萬里讀之有感而作〈讀罪己詔〉三首，其三：「只道六朝窄，渠猶數百春。國家祖宗澤，天地發生仁。歷服端傳遠，君王但側身。楚人要能懼，周命正惟新。」〔註37〕宋朝的命運，它以楚國的歷史作爲借鑒，盼宋君能了解履敗履戰的堅持，不要放棄收復失土的機會。這一年是剛結束零陵縣丞的職務，故可以推論其在任永州零陵縣丞時，多有接觸柳宗元的遺風德澤，包括柳氏的作品。乘「天時」、「地利」之故，永州也許是楊萬里接觸柳宗元心境的開始，因永州而至楚地之遐想，因柳宗元而至屈原之感懷，這樣的寫作環境足以引發其寫作動機。且在思想上楊萬里是承張載的唯物主義而來，而柳宗元亦是樸素的唯物主義論者，是否「一拍即合」，孰視《天問天對解》的內容，應不難發現楊萬里對柳宗元思想的繼承和發揚。諸如種種，也許《天問天對解》就這樣萌芽了。

除此之外，詩文中也不時會提到柳宗元。在〈次主簿雪韻〉：「向來一雪亦草草，天知詩人眼未飽。相傳南風爲雪骨，此言未試吾不曉。昨日忽驚冬作春，

〔註33〕同前註，卷 67，頁 559。
〔註34〕于北山著，于蘊生整理，《楊萬里年譜》，頁 70。
〔註35〕〔宋〕楊萬里，《誠齋集》，卷 1，頁 9。
〔註36〕同前註，卷 2，頁 15。
〔註37〕同前註，卷 1，頁 13。

暖氣吹人軟欲倒。惟餘桃李未著花，便恐蟄蟲偷出窖。南風未了卻北風，一夜吹翻青玉昊。今晨冷傍筆管生，似妬吟邊事幽計。司寒作意欲再雪，凍雀求哀不容禱。令人還憶柳宗元，解道千山絕飛鳥。誰教愛雪却嫌寒，歡喜十分九煩惱。詩人凍死不足憐，凍死猶應談雪好。寄聲滕六何似休，淨盡將雲爲儂掃。」〔註38〕即是下雪的天寒地凍時，詩人也要想起那〈江雪〉一詩的情境，寫自然景物頗有俏皮之感。在〈再和〉：「春風一夜吹滕六，旋落旋銷不成簇。只餘架上萬天花，照影清池三兩曲。江東詩仙花下飲。小摘繁枝糝醉玉，驚飛雪片萬許點。亂落酒舩百餘斛，舊枝掠削自縈回。新枝奔迸無拘束，詩仙詩滿雲夢胸。那更相逢此花觸，只愁毛穎倦驅使。一月屢向陶泓浴，兩章洗盡眼底塵。箇字亦帶花邊馥，憑誰說與柳宗元。休道一聲山水淥，願參佳句法如何？夜雨何時對床宿。」〔註39〕這樣的自然美景當前，想到山水遊記寫得後人無出其右者的柳宗元，誰能告訴他？彷彿他是他的知音，或者面對如此的勝景，可能也要拜倒在青山綠水、花態柳情的自然美景中。

　　另外，楊萬里談及有關屈原的事物或《楚辭》內容，在詩作中並不多見，且多在後期詩作。例如，淳熙十一年（1184），他爲程元誠作〈江西宗派詩序〉時以列子和屈原作爲譬喻：「盍嘗觀夫列禦寇、楚靈均之所以行天下者乎？行地以輿，行波以舟，古也；而子列子獨禦風而行，十有五日而後反，彼其於舟車，且烏乎待哉？然則舟車可廢乎？靈均則不然，飲蘭之露，餐菊之英，去食乎哉？芙蓉其裳，寶璐其佩，去飾乎哉？乘吾桂舟，駕吾玉車，去器乎哉？然朝閬風，夕不周，出入乎宇宙之間忽然耳，蓋有待乎舟車而未始有待乎舟車者也……」〔註40〕將列子和屈原行於天下之理兩相對照，更顯屈原獨特的風格。又淳熙十三年（1186），《朝天集‧跋陸務觀劍南詩藁二首》：「重尋子美行程舊，盡拾靈均怨句新。鬼嘯狨啼巴峽雨，花紅玉白劍南春。」〔註41〕雖然他是爲陸游的《劍南詩稿》作跋，且將陸游比之爲屈原和杜甫，但從此詩可以知道，在楊萬里的感受中，屈原的用句多有怨懟之氣，故〈天問〉所作也應是同王逸的看法，是「以潒憤懣，舒瀉愁思」之作。又《朝天集‧君隨丞相後爲韻和以謝焉》：「我本南溪老，手弄溪中雲。誦詩愛招隱，讀騷續

〔註38〕同前註，卷3，頁27～28。
〔註39〕同前註，卷3，頁31。
〔註40〕同前註，卷79，頁667。
〔註41〕同前註，卷20，頁187。

湘君。忽捧公府檄，遂遠先人墳。春暮歸未得，落花政紛紛。」〔註42〕詩中直接表達對騷體的誦讀之喜愛，也正反應此時的心境。淳熙十五年（1188），因上疏論張浚應從高宗配饗之事而觸犯孝宗，貶謫筠州。當船行過嚴州，當時州守是摯友陸游，特地在釣台備酒餞別。據《楊萬里年譜》引〈誠齋江西道院集序〉得知當日所誦之詩，從「兩度立朝今結局」一句可知是語出〈明發南屏〉一詩。詩曰：「新晴在在野花香，過雨迢迢沙路長。兩度立朝今結局，一生行客老還鄉。猶嫌數騎傳書札，剩喜千山入肺腸。到得前頭上船處，莫將白髮照滄浪。」〔註43〕詩中的末兩句，暗示詩人有歸隱的心志。觀看屈原〈漁父〉一文，當漁父提醒他「與時推移」、「掘其泥、揚其波」，並以這首〈滄浪歌〉勸諫屈原：「滄浪之水清兮，可以濯吾纓；滄浪之水濁兮，可以濯吾足。」〔註44〕此想法正是合於《天問天對解》「道合則行，道違則匿，固所宜也」的態度。屈原接著道出自己見棄的原因、怨悱之心和對世俗的堅持，故楊萬里採用此典故，或許也想表達自身的牢騷和志向。這一年仕途並不順遂，其多有思歸之心。故在弋陽觀看龍舟競渡時，自然而然便遙想古人事跡，訴說屈原淒涼，或也有自嘲之意。在《朝天集·過弋陽觀競渡》：「急鼓繁鉦動地呼，碧瑠璃上兩龍趨。一聲翻倒馮夷國，千載淒涼楚大夫。銀栧錦標夸勝捷，盡橈繡臂照江湖。三年端午眞虛過，奇觀初逢慰道塗。」〔註45〕端午節龍舟競賽，在熱鬧喧闐的隆隆鼓聲中，詩人想到的是那自沉在江河中的屈原，千載淒涼的心境對照著咚咚的擂鼓聲，形成強烈的對比，著實令人不勝欷歔。

如前所述，楊萬里是因柳宗元的〈天對〉而引起寫作《天問天對解》的動機，且提到柳宗元的作品也多集中在《江湖集》，特別是紹興、隆興年間時的作品。隆興元年（1163），張浚爲相，曾推薦楊萬里任臨安府教授。《宋史》：「除臨安府教授。未赴，丁父憂。」〔註46〕而楊長孺所寫的《墓誌》亦如此記載。然根據于北山先生整理和考校：「今知誠齋於本年八月中旬離家就道，九月九日猶在途中，抵杭已將入十月。十二月，浚再相，始有賀、謝二啓。此啓中有『三入脩門』語，考誠齋第一次來臨安應禮部試爲紹興二十一年、二十五歲（是科落第）；第二次爲紹興二十四年、二十八歲（中進

〔註42〕同前註，卷22，頁210。
〔註43〕同前註，卷24，頁227～228。
〔註44〕〔宋〕洪興祖，《楚辭補注》，頁278。
〔註45〕〔宋〕楊萬里，《誠齋集》，卷24，頁230～231。
〔註46〕〔元〕脫脫等纂，《宋史》，卷433，頁16a。

士）；此來爲第三次矣。」〔註47〕又言：「宋代諸路、府、州、軍、監、縣，均置學。於仁宗慶曆四年（1044）始置教授。以經術、行誼訓導諸生，掌其課試之事，而糾正不如規者。南渡後，紹興三年（1133）復置。二十六年詔：『並不許兼他職，令提舉司常切遵守。』所以重其職任也……」〔註48〕或許，所謂的「經術」正是理學的開端。從紹興到隆興年間，楊萬里接觸柳宗元作品開始，知其人，識其書，聞其義，感其心，故也是《天問天對解》可能寫作的時間。

　　另外，楊萬里於淳熙年間治理常州時，曾興建「城南書院」。這樣的一個舉動，是爲了興起當地的文教事業，尤其在一個書院發達的時代，是爲自然之理。且因印刷事業發達，有規模的書院多有刻書和藏書的功能，而所刻的書可以是師生的作品。因此，《天問天對解》或許是一本教科書，端視其注解之簡易，作爲學生的讀本以助其了解，似又有理。根據〈映日荷花別樣紅——訪大詩人、理學家楊萬里故里〉一文中，鄭曉江先生訪問其故里之人，提到先祖楊萬里曾在書院講學，〔註49〕因來自耆老傳言，且沒有明確的文獻記載，故是否在鄉里眞有講學之舉並未知之。然常州興學辦校是有所記載，在那個書院興盛的時代，其又有興建書院的動作，也許沒有像張栻和朱熹那般有名，但講學未嘗不可能。且其父楊芾便是個教學先生，家風影響，也是可能的。如此，《天問天對解》便可能是一個教學範本，一本導讀書籍，也正合其「以易其難」的原則，故於常州這段時間，又是另一個可能寫作的時間。只是考此時期的詩集多未提到柳子，故筆者不敢貿然下一定論。至於《朝天集》所載提到屈原的詩較多，但此時對柳宗元的記載卻是寥寥可數，也許是萬里此時心境上的反映。而《荊溪集・謝丁端叔直閣惠嘉縣研句容香鼎》：「急呼陳玄導黑水，花量千層吹海濤。句容銅山擣金屑，幻出羽淵三足黿。」〔註50〕此詩乃於淳熙五年（1178）居官常州時作的。句中的「三足黿」其實就是「黃能」，《左傳》：「昔堯殛鯀於羽山，神化爲黃熊，以入於羽淵，實爲夏郊，三代祀之。」〔註51〕而《國語》則作「黃能」解。又《南海集》中〈題望詔亭〉，此詩乃於淳熙七年（1180）至淳熙八年（1181）

〔註47〕　于北山著，于蘊生整理，《楊萬里年譜》，頁82。

〔註48〕　同前註。

〔註49〕　鄭曉江，〈映日荷花別樣紅——訪大詩人、理學家楊萬里故里〉，頁104。

〔註50〕　〔宋〕楊萬里，《誠齋集》，卷10，頁93。

〔註51〕　〔晉〕杜預注疏，《春秋左傳注疏》（台北：台灣商務印書館影印文淵閣四庫全書，1986年），卷44，頁13b～13a。

廣州任上、赴韶州提刑任途中到任行部南雄時作的。詩中提到「黃能郎君」「帝登九疑」，〔註52〕這些皆是〈天問〉的內容之一，故推論在此之前應有所接觸，甚至可能已寫作了《天問天對解》。

　　但根據辛更儒《楊萬里集箋校》一書，以為楊萬里寫作《天問天對解》可能在慶元年間，且受朱熹啟發。他從〈答朱侍講〉一文中：「諏及『啟棘賓商』之義，即問於益公。益公報以二說，今錄在別紙以聞。所著《楚辭解》其奇，可得而窺見否？」〔註53〕以為《楚辭解》是為《楚辭集註》，而慶元五年所作的《楚辭辨證》下有論及「啟棘賓商」語，懷疑是朱熹請益楊萬里，認為應是已作《天問天對解》，故而有是問。只是作者不解為何不直書回應，仍要請益周必大，故揣度《天問天對解》此時似又未完成。甚至懷疑楊萬里乃受朱熹啟發而有此解，或當定於慶元末。〔註54〕而于北山先生則以為此《楚辭解》所指應為《楚辭辨證》一書，從〈戲跋朱元晦楚辭解〉二詩得知，當與此函相應。對於「所著《楚辭解》甚奇，可得而窺見否」一語，他以為：「然細忖之，或朱氏函中述及《楚辭解》之內容大要，誠齋為其賦詩；又於覆函中談及，擬索取其全書耳。」〔註55〕觀《楊萬里年譜》一書記載：「慶元五年……六月，有詩跋朱熹《楚辭解》……有函答朱熹。」〔註56〕則于北山先生所言似又有理。然筆者從〈戲跋朱元晦楚辭解〉一詩推論，其詩云：「注《易》筆《詩》解《魯論》，一帆徑度浴沂天。無端又被湘纍喚，去看西川競渡船。」〔註57〕從首句可以知此《楚辭解》其性質應同於朱熹所注解《易》、《詩》、《魯論》一樣，而《楚辭考異》並非是注解的性質，故筆者較同意辛氏之說法，此處的《楚辭解》應作為《楚辭集註》解較合理。然至於問及「啟棘賓商」，辛先生以為可能是時尚未作《天問天對解》之故，但觀其《天問天對解》之寫作方式，其所引之書或他人言論，皆放在其注解行文之中，唯此處是書寫在文末且小字記載：「朱熹曰：『啟棘賓商』當作啟夢賓天，如秦穆公、趙簡子夢上賓於鈞天，九奏萬舞也。古篆書夢字似棘，天字似商。」〔註58〕筆者

〔註52〕〔宋〕楊萬里，《誠齋集》，卷16，頁154。

〔註53〕同前註，卷107，頁914。

〔註54〕〔宋〕楊萬里撰，辛更儒箋校，《楊萬里集箋校》，第7冊，頁3636。

〔註55〕于北山著，于蘊生整理，《楊萬里年譜》，頁553。

〔註56〕同前註，頁541～542。

〔註57〕〔宋〕楊萬里，《誠齋集》，卷24，頁230～231。

〔註58〕同前註，卷95，頁828。

以爲不合楊萬里之作解之體例，而此二行是小字雙行注解的方式，向來古籍注解方式多爲如此，故推論可能爲後人加之，或者是楊萬里於朱熹注解之後再加註其上，然文本已定，故只能書在其下作爲注解。雖楊萬里向周必大請益的隻言片語並未留下，而周必大的文集或其書信亦不存之，但可以確定的是楊萬里就教的動作是事實存在的。此句「啓棘賓商」，其注解全採王逸《楚辭章句》同樣的說法：「棘，陳也。賓，列也。商，宮商也。《九辯》《九歌》，啓所作樂也。」〔註59〕然楊萬里作注簡易，對於王逸和洪興祖之說，特在其注解〈天問〉時多直書，畢竟其重點多著力在〈天對〉部分。而朱熹有此問，勢必見過前賢之書而不滿意，知楊萬里有此《天問天對解》之作而詢問其意，未料楊萬里亦從古人之書，故使楊萬里轉向周必大請教之以爲解答。朱熹之問引發其思，故將朱熹的注解亦載入其作品中，不無可能。

　　無論如何，我們若從楊萬里的詩集中去剖析，永州零陵縣丞的任職應是其追隨柳宗元的開始：因其亦曾任職於此，而〈天對〉亦作於永州之時。其間楊氏亦處處訪造山林古祠，特別是對柳子祠的感懷特多，遙想柳宗元的公忠體國而不爲所用，貶謫永州，棄之如敝屣，空有才幹卻駢死於槽櫪之間，令人感慨萬分。杜甫〈蜀相〉一詩：「丞相祠堂何處尋？錦官城外柏森森。映堦碧草自春色，隔葉黃鸝空好音。三顧頻繁天下計，兩朝開濟老臣心。出師未捷身先死，長使英雄淚滿襟。」〔註60〕杜甫在諸葛武侯祠堂前發思古之幽情，對忠貞愛國、鞠躬盡瘁的英雄，內心予以無限的崇敬和感慨。一個「自」，一個「空」，顯現祠堂環境的幽靜和寂寥，正如楊萬里緬懷柳宗元一樣：柳子祠前春殘的景象，除了春寒料峭之意外，更使柳子祠予人孤寂之感，特別筆下的柳子祠竟是蛛絲成網的景象，不免讓人在懷古之時也有傷今的感慨。因接觸柳宗元的開始，讀其在貶永州時所寫的〈天對〉，因〈天對〉是自古至今敢於對〈天問〉的一種回答，〈天問〉註解向來很多，然對〈天對〉因沒有註解可提供參考，讀之艱澀難懂，故興起作《天問天對解》的動機。因受理學思維的影響，對於文中訓詁之處並不多見，多講義理的疏通，目的也在於讓讀者能輕鬆了解柳宗元闡述的道理，表達其唯物主義的觀點，推闡其思想，

〔註59〕　〔漢〕王逸，《楚辭章句》（台北：藝文印書館據無求備齋自藏明萬曆十四年丙戌，馮紹祖觀妙齋所刊版本影印，1974 年），頁 124。

〔註60〕　〔唐〕杜甫撰，〔清〕仇兆鰲注，《杜詩詳注》（台北：台灣商務印書館影印文淵閣四庫全書，1986 年），卷 9，頁 24a。

故義理的闡釋較多，或許這也是被學者目爲思想性質的著作原因。至於此書成於何時，沒有其他文獻可以佐證其確切年代，但筆者根據其他資料推論，其一，可能是在零陵縣丞之時，撫今追昔，遙想前賢，懷古詩作不少，因而有寫作之動機；其二，可能是在紹興、隆興元年擔任臨安府教授，此可能爲其教學範本，且此時《江湖集》亦多有關於柳宗元詩作；其三，是作者知常州時，興建城南書院，此可能爲其教本。雖然，《朝天集》出現較多提到屈原的作品，但畢竟和柳宗元的「實地」接觸，想見哲人，感悟良深，要來得晚些，且〈天問天對解引〉已述說明白是因〈天對〉用字奇僻難懂故而有是作。其四，則是辛更儒先生以爲是受朱子影響而有是作，但筆者分析之下認爲仍有闕漏，故不敢遽有是論。

文獻中並沒有明確的記載《天問天對解》的寫作年代，從筆者所臚列資料推論，雖無法窺見其全貌，但亦可見其梗概，對於此作又能多一些認識了。

第四章　《天問天對解》之訓解方式

楊萬里在〈陸贄不負所學論〉中提到：「天下有無用之學，有有用之學，訓詁者，無用之學也，學之僞也。名節者，有用之學也，學之眞也。」〔註1〕楊萬里以爲名節方是學問的基礎，能見用於社會，具有文學的實用性。而訓詁如學問的枝節末流，非眞正的學問之道，故不應獨重訓詁，應從義理之中融會貫通，貢獻於社稷才是。又在《千慮策》中論〈人才〉一文中，他也強調：「以訓詁之苟碎而求磊落之士，以蟲魚之散殊而鈞文武將相之才！不幾於施鰌鱣之苟以羅江之鯨，掛黃口之餌以望風之來食也耶？」〔註2〕雖是論取人才之主張，但也表明了對於只習訓詁之學的讀書人，並不能成爲經世治國的人才。顯然，楊萬里認爲讀書著作，應當避免只在字詞訓詁中挖掘堆砌，應多從義理的推源和心靈的頓悟中觀照人生的哲理。尤其，宋代興起的理學，其所強調的是不同於漢唐時代注疏之學，他們重視的是對義理的闡發，不同於以前的儒家之學。基於上述的概念，楊萬里在《天問天對解》的訓解方式，也多著重在義理申講的部分，亦即對義理的疏通，而非專務於字句的訓詁之學，由此可證。

茲將《天問天對解》訓解的方式，以其對〈天問〉、〈天對〉的注解，分別加以整理剖析，分述於以下二節：

第一節　楊萬里對〈天問〉之訓解方式

楊萬里對〈天問〉的訓解方式，筆者分析歸納約有八種方式：無注解、直書「王逸云」或「王逸曰」、未書「王逸云」但實採用王逸《楚辭章句》、

〔註1〕　〔宋〕楊萬里，《誠齋集》，卷90，頁778。
〔註2〕　同前註，卷87，頁742。

引用洪興祖《楚辭補注》、引用柳宗元〈天對〉自注、引用其他古籍、自述「楊萬里曰」及「亦同此問」。試分述如下：

一、無注解：在章句之下沒有任何注解

條　　目	楊萬里《天問天對解》	王逸《楚辭章句》
1. 何所多暖，何所夏涼	無	暖，溫也。言地之氣何所有多溫而夏寒者乎？
2. 該秉季德，厥父是臧	無	該，包也。秉，持也。父謂契也。季，末也。臧，善也。言湯能包持先人之末德，修其祖父之善業，故天祐之以爲民主也。
3. 干恊時舞，何以懷之	無	干，求也。舞，務也。恊，和也。懷，來也。言夏后相既失天下，少康幼小，復能求得時務，調和百姓，使之歸己，何以懷來之也？

　　按：第一句可能頗爲「白話」，理解不致有困難，故楊萬里不作註解；第二句，從〈天對〉分析，可知其從柳宗元之說法以爲是擔任蓐收官職的「該」，是爲人名，而「恒秉季德」和此句文法相同，柳宗元以爲是殷武而言，故二句皆指人名，似頗爲合理。然王逸注「該，苞也」，而洪興祖則視「該，兼也」，分指商湯或夏啓，不合文意，故楊萬里或因未認同王逸和洪興祖之說法，故而未作是解。且柳宗元又曰：「該爲蓐收，王逸注誤也。」或許對追隨柳宗元的楊萬里而言，更以爲其說是也。而近人王國維根據出土的卜辭判斷，以爲是商之先公「王亥」，「王恒」則是其弟。〔註3〕至於第三句，柳宗元以爲所指爲舜，然王逸的《章句》卻以爲是少康。綜合觀之《天問天對解》一書，通常〈天問〉和〈天對〉的對應，其所言的主語往往是同一個，只是看法不同。但觀此二、三句所指的對象，〈天問〉和〈天對〉是有所出入，推論萬楊里似取〈天對〉說法，故而不作〈天問〉的注解，以致有「無注解」的狀況。

二、直書「王逸云」或「王逸曰」

條　　目	楊萬里《天問天對解》	王逸《楚辭章句》
1. 女歧無合，夫焉取九子	王逸云：女歧，神女，無夫而生九子。	女歧，神女，無夫而生九子也。

〔註3〕 游國恩，《天問纂義》（北京：中華書局，1982 年），頁 311。

2. 伯強何處，惠氣何在	王逸云：伯強，疫鬼也。惠氣，和氣也。	伯強，大厲，疫鬼也，所至傷人。惠氣，和氣也。言陰陽調和則惠氣行，不和調則厲鬼興，此二者當何所在乎？
3. 不任汨鴻，師何以尚之	王逸云：汨，治也。鴻，鴻水也，師，眾也。	汨，治也。鴻，鴻水也，師，眾也。尚，舉也。言鯀才不任治洪水，眾人何以舉之乎？
4. 康回馮怒，地何故以東南傾	王逸云：康回，共工名也。共工與顓頊爭為帝，不得，怒而觸不周之山，天維絕，地柱折，故東南傾。	康回，共工名也。《淮南子》言共工與顓頊爭為帝，不得，怒而觸不周之山，天維絕，地柱折，故東南傾。
5. 日安不到，燭龍何照	王逸曰：天之西北有幽冥無日之國，有龍銜燭而照之。	言天之西北有幽冥無日之國，有龍銜燭而照之。
6. 焉有虬龍，負熊以遊	王逸云：角曰龍，無曰虬。有無角之龍，負熊獸以遊。	有角曰龍，無角曰虬。言寧有無角之龍，負熊獸以遊戲者乎？
7. 雄虺九首，倏忽焉在	王逸云：虺，蛇也，倏忽，電光也。	虺，蛇別名也，儵忽，電光也。言有雄虺一身九頭，速及電光，皆何所在乎？
8. 何所不死？長人何守	王逸云：《括地象》曰：有不死之國。長人，防風氏，又長狄。	《括地象》曰：有不死之國。長人，長狄。《春秋》云：防風氏也。禹會諸侯，防風氏後至，於是使守封禺之山也。
9. 靡蓱九衢，枲華安居	……王逸云：交道，衢。言萍草有生於水中，無（根），乃蔓衍於九交道，又有枲麻垂不（垂草華榮），何所有此物乎？	九交道曰衢。言寧有蓱草生於水中，無根，乃蔓衍於九交道，又有枲麻垂草華榮，何所有此物乎？
10. 鯪魚何所？鬿堆焉處	王逸云：鯪魚，鯪鯉也。四足，出南方。鬿堆，奇獸也。	鯪魚，鯉也，一云鯪魚，鯪鯉也。有四足，出南方。鬿堆，奇獸也。
11. 何勤子屠母，而死分竟地	……王逸云：禹膭剝母背而生，其母之身分散竟地。	勤，勞也。屠，裂剝也。言禹膭剝母背而生，其母之身分散竟墜。何以能有聖德，憂勞天下乎？
12. 薄暮雷電，歸何憂？厥嚴不奉，帝何求……何試上自予（予），忠名彌彰	王逸云：屈原放逐，見楚有先王之廟及公卿祠堂，圖畫天地山川神靈及古賢楚人，因論述之，故其文義不次敘去（云）……	

按：楊萬里在《天問天對解》的引中提到「因取〈離騷天問〉及二家舊注釋文……」，〔註4〕根據筆者統計，至少有十二處的〈天問〉注解直接書「王逸云」。從其直接書「王逸云」之此舉，可以知其在注解〈天問〉乃多採《楚辭章句》之注解，畢竟，「他的《楚辭章句》是現存《楚辭》注本中最早的一部」。〔註5〕又言：「王逸對書中各篇都作了敘文，說明寫作的背景和命意。注中除提出自己的見解外，也采用不同的說法，引作『或曰』云云，可能是吸收了班固、賈逵的《離騷經章句》及劉向、揚雄的《天問》注解等。王逸出生于楚地，又去古未遠，所以能一一指明辭中的楚地方言……」〔註6〕或許，這樣的豐富的背景和參考資料，使其佔有舉足輕重的地位，流傳之廣布，因而使得楊萬里亦得以參考此書。

另外，楊萬里在取用王逸注解時，不少是關於字詞的訓詁，例如上述表列之第一、二、三、七、十等條目，皆多出於字義方面的摘釋，而第四、五、六、九、十一等條目，則取其文句詮釋之義。至於最後一條，並非摘《楚辭章句》之字詞意義，反而是在〈天問〉即將結束時，楊萬里竟引用王逸對屈原作〈天問〉的原因和其「文義不次序」之意加以描寫，似乎也在呼應屈原寫至此時的心境之憤懣、悲慟，特別凸顯情感部分，故「文義不次序」似可以理解，因而引序之說相爲印證之。只是其文字簡省不少，大概也是其「以易其難」原則的展現，強調義理疏通即可。

三、未書「王逸云」但實採用王逸《楚辭章句》

（一）訓詁方面

條　　目	楊萬里《天問天對解》	王逸《楚辭章句》
1. 遂古之初，誰傳道之	遂古，往古也……	遂，往也。
2. 天何所沓，十二焉分	天運之會合，何以有子丑之辰？辰者，日月所會也，沓，合也。	沓，合也。
3. 夜光何德，死則又育	夜光，月也。	夜光，月也。
4. 角宿未旦，曜靈安藏	角，東方星。曜靈，日也。	角亢，東方屋。曜靈，日也。

〔註4〕　〔宋〕楊萬里，《誠齋集》，卷95，頁821。
〔註5〕　〔宋〕洪興祖，《楚辭補注》，出版說明部分，頁1。
〔註6〕　同前註。

條　　目	《天問天對解》	《楚辭章句》
5. 九河（州）何錯？川谷何洿	洿，深也。	洿，深也。
6. 東西南北，其脩孰多	脩，長也。	脩，長也。
7. 南北順櫹，其衍幾何	櫹，音妥，狹長也。衍，廣也。	衍，廣也。
8. 四方之門，其誰從焉？西北闢啓，何氣通焉	天地，四方之門。	言天四方，各有一門，其誰從之上下？
9. 羲和之未揚，若華何光	羲和，日御也。若華，若木也。	羲和，日御也。言日未出之時，若木何能有明赤之光華乎？
10. 黑水玄趾，三危安在	玄趾、三危，皆山名，黑水出崑崙。	玄趾、三危，皆山名，在西方，黑水出崑崙山也。
11. 禹之力獻功，降省下土四方……何勤子屠母，而死分竟地	……離，遭也。虋音孽，憂也。台桑，地名也。拘，隔也。射，行也。薶，音鞠，窮也。謂有扈氏之所行皆窮惡也。棘，陳也，賓，列也。商，宮商也。〈九辯〉〈九歌〉，啓所作樂也。屠，副剝也。	……離，遭也。虋，憂也。拘隔者，謂有扈氏叛啓，啓率六師以伐之也。射，行也。薶，窮也。言有扈氏所行皆歸於窮惡，故啓誅之，並得長無害於其身也……棘，陳也。賓，列也〈九辯〉〈九歌〉，啓所作樂也。屠，裂剝也。
12. 馮珧利決，封豨是射	馮，恃也。珧，弓名也，音姚。封豨，神獸也。	馮，挾也。珧，弓名也。決，射韝也。封豨，神獸也。
13. 何由并投，而鯀疾脩盈	由，用也，投，棄也……	疾，惡也、脩，長也。盈，滿也。由，用也。

以上共 13 條目，是楊萬里據王逸《楚辭章句》之字詞訓詁而來。訓詁之詞語，多為相似，如第 1 至 7 條及 9、10 條。至於第 8 條，則是貫通王逸之意而整理成的釋詞。而第 7、11、12 條目，在王逸的基礎上，再加上音讀部分。第 11 條目下，楊萬里或多或少有所省略，沒有「全都錄」，只求文義明白。第 13 條則取一字作釋義。

（二）釋義方面

條　　目	《天問天對解》	《楚辭章句》
1. 不任汨鴻，師何以尚之……鯀何所營？禹何所成	……堯放鯀於羽山，飛鳥蟲曳，銜鯀而食之，三年不施，謂不舍其罪也。鯀很愎而生禹，禹何以變鯀	言鯀才不任治沌水，眾人何以舉之乎？眾人舉鯀治水，知其不能，眾曰：「何憂哉？何不先試之也？」鯀治水績用不成，堯乃放殺之羽

		之愎？洪水之淵泉極深，禹何以填塞？墳，分也。九土，禹何以能分別？禹治水時有神龍以尾畫導水徑焉。	山，飛鳥水蟲，曳銜而食之，鯀何復能不聽之乎？鯀設能順眾人之欲而成其功，堯當何爲刑戮之乎？堯長放鯀於羽山，絕在不毛之地，三年不捨其罪也。鯀愚狠腹而生禹，禹少見其所爲，何以能變化而成聖德也？禹能纂代鯀之遺業，而成考父之功也。禹何能繼續鯀業而謀慮不同也？洪水淵泉極深大，禹何用實塞而平之乎？九州之地，凡有九品，禹何以能分別之乎？河海所出至遠，應龍過歷游之，無所不窮也。或曰：禹治洪水時，有神龍以尾畫導水徑所當決者，因而治之。鯀治洪水，何所營度？禹何所成就乎？
2.	崑崙縣圃，其尻安在	崑崙山在西北，其顛曰縣圃。縣圃上通於天。尻，古居字。	崑崙，山名也，在西北，元氣所出。其巔曰縣圃，乃上通於天也。
3.	增成（城）九重，其高幾里	《淮南子》：崑崙之山，其高萬五千里。	《淮南》言崑崙之山九重，其高萬二千里也。
4.	一蛇吞象，厥大何如	《山海經》：南方有靈蛇，吞象三年，然後出其骨。	《山海經》云：南方有靈蛇，吞象三年，然後出其骨。
5.	羿焉彈（彃）日，烏焉解羽	《淮南子》：堯時十日並出，堯令羿射中九日，日中九烏皆死，墮其羽翼。	《淮南》言：堯時十日並出，草木焦枯，堯令羿仰射十日，中其九日，日中九烏皆死，墮其羽翼。
6.	胡射夫河伯，而妻彼雒嬪	河伯化爲白龍，羿何射眇其左目也？羿又夢與雒水神宓妃交。	《傳》：河伯化爲白龍，遊於水旁，羿見射之，眇其左目。河伯上訴天帝曰：爲我殺羿。天帝曰：爾何故得見射？河伯曰：我時化爲白龍出遊。天帝曰：使汝深守神靈，羿何從得犯也？汝今爲蟲獸，當爲人所射，固其宜也。羿何罪歟？羿又夢與雒水神宓妃交接也。
7.	浞娶純抓（狐），眩妻爱谋	羿之相寒浞娶於純狐氏女，眩惑愛之，遂與浞謀殺羿也。	言浞娶於純狐女，眩惑愛之，遂與浞謀殺羿也。
8.	阻窮西征，巖何越焉	言堯放鯀於臉（險）阻窮荒之地，使之西行而度越巖險也。	言堯放鯀羽山，西行度越岑巖之險，因墮死也

9. 化為黃能（熊），巫何活焉	言化而為黃熊入於羽淵，雖有巫醫，不能活也。熊，音奴來切，三足鼈也，見《國語》。	言鯀死後化為黃熊，入於羽淵，豈巫醫所能復生活也？
10. 咸播秬黍，莆雚是營。	言禹能平水土，使民得播黑黍於莆雚棘茨之地，變蕪為田也。	言禹平治水土，萬民皆得耕種黑黍於藿蒲之地，盡為良田也。
11. 白蜺（蜺）嬰茀，胡為此堂？安得夫良藥，不能固臧？天式從橫，陽離爰死。大鳥何鳴，天（夫）焉喪厥躰（體）	蜺（蜺）雲之似龍者，茀雲之似蛇者，白蜺（蜺）與茀氣相嬰，胡為在此祠堂乎？此原之所見也。安得夫良藥，不能固臧者，崔文子學仙於王子僑，子僑化為白蜺（蜺）而嬰茀，持藥與崔文子，文子驚怪，引戈擊蜺（蜺），因墮其藥。視之，則子僑之尸也，言得藥不善也。天式從橫，陽離爰死者，言天法陰陽從橫，陽氣去則人死也。大鳥何鳴，夫焉喪厥躰（體）者，崔文子取子僑之尸，覆之以弊筐，須臾化為大鳥而鳴飛而去，言文子焉能亡子僑之身也。	言此有蜺茀，氣透移相嬰，何為此堂乎？蓋屈所見祠堂也。崔文子學仙於王子僑。子僑化為白蜺而嬰茀，持藥與崔文子，崔文子驚怪，引戈擊蜺，中之，因墮其藥。俯而視之，子僑之尸也，故得藥不善也。天法有善陰陽從橫之道，人失陽氣則死。崔文子取子僑之尸，置之室中，覆之以弊筐，須臾則化為大鳥而鳴，開而視之，翻飛而去，文子焉能亡子僑之身乎，言仙人不可殺也。
12. 萍號起雨，何以興之	萍，萍翳，雨師名也。雨師號呼則雨興，何以然也？	萍，萍翳，雨師名也。號，呼也。興，起也。言雨師號呼則雲起而雨下，獨何以興之乎？
13. 撰躰（體）恊脅，鹿何膺之	天撰十二神鹿，一身八足兩頭，何以受此形？	膺，受也。言天撰十二神鹿，一身八足兩頭，獨何膺受此形體乎？
14. 鼇戴山抃，何以安之？釋舟陵行，何以遷之	鼇，大龜也。擊手曰抃。巨靈之鼇，背負蓬萊山而抃戲於海，何以能安？龜負山若舟，使龜捨水而行於丘陵，何能遷從（徙）此山乎？	鼇，大龜也。擊手曰抃。《列仙傳》曰：「有巨靈之鼇，背負蓬萊之山而抃舞，戲滄海之中，獨何以安之乎？」龜所以能負山若舟船者，以其在水中也。使龜釋水而陵行，則何以能遷徙山乎？
15. 惟澆在戶，何求於嫂？何少康逐（逐）犬，而顛隕厥首？女歧縫	澆，多力。《論語》曰：「澆盪舟。」至其嫂之戶，佯有所求，而遂淫其嫂。少康因獵放犬，遂襲澆而斷	澆，古多力者也。《論語》曰：「澆盪舟。」言澆無義，淫伏其嫂。往至其戶，佯有所求，因與行淫亂也。夏后少康因田獵放犬逐獸，遂

裳，而館同爰止。何顛易厥首，而親以逢殆	其首。女歧，即澆嫂也，假縫裳而同室也。少康初以夜襲得女歧頭，誤以為澆，故言易厥首。	襲殺澆而斷其頭。女歧，澆嫂也。館，舍也。爰，於也。言女歧與澆淫佚，為之縫裳，於是共舍而宿止也。逢，遇也。殆，危也。言少康夜襲得女歧頭，以為澆因斷之，故言易首，為遇危殆也。
16. 湯謀易旅，何以厚之？覆舟斟尋，何道取之？桀伐蒙山，何所得焉？妹嬉何肆，湯何殛焉	湯謀變夏眾以從已，以何恩厚之而得其從也？少康滅斟尋氏，易若覆舟，何道以取也？桀伐蒙山之國而得妹嬉，肆其情意而殛之。	殷湯欲變易夏眾使之從己，獨何以厚待之乎？少康滅斟尋氏，奄若覆舟，獨何以取道之乎？夏桀征伐蒙山之國而得妹嬉也。桀得妹嬉，肆其情意，故湯放之南巢。
17. 璜臺十成，誰所極焉	紂作玉臺十重。	言紂作象箸而箕子歎，預知象箸必有玉杯，玉杯必盛熊蹯豹胎，如此必崇廣宮室，紂果作玉臺十重，糟丘酒池，以至於亡也。
18. 女媧有體，孰制匠之	女媧，人頭蛇身，一日七十化。其體如此，誰制匠而圖之	傳言女媧人頭蛇身，一日七十化。其體如此，誰所制匠而圖之乎？
19. 舜服厥弟，終然為害。何肆犬體，而厥身不危敗	舜卑以服事其弟，而象欲害舜，肆其大（犬）豕之心，而不能危敗舜之身。	言舜弟象施行無道，舜猶服而事之，然象終欲害舜也。象無道，肆其犬豕之心，燒廩寶井，欲以殺舜，然終不能危敗舜身也。
20. 吳獲迄古，南嶽是止。孰期去斯，得兩男子	自古公之子有吳大（太）伯，而太伯採藥南嶽，止而不還，以讓周於王季。兩男子，謂太伯、仲雍二人，皆去吳，孰相期而使之去也。	言吳國得賢君，至古公亶父之時，而遇太伯陰讓避王季，辭之南嶽之下採藥，於是，遂止而不還也。昔古公有少子曰王季，而生聖子文王。古公欲立王季，今天命至文王，長子太伯及弟仲雍去而之吳，吳立以為君，誰與期會而得兩男子。兩男子者，謂太伯、仲雍二人也。
21. 緣鵠飾玉，后帝是饗。何承謀夏桀，終以滅喪？帝乃降觀，下逢伊摯。何條放致罰，而黎伏（服）大說	后帝，湯也。伊尹因緣烹鵠羹、飾玉鼎，以事湯。湯賢之，以為相。遂承用尹之謀而謀桀，桀遂滅亡。又云：湯出觀風俗，而逢伊尹，遂放桀於鳴條，而黎民大說。	言伊尹始仕，因緣烹鵠鳥之羹、修飾玉鼎，以事於湯。湯賢之，遂以為相也。湯遂承用伊尹之謀而伐夏桀，終以滅亡也。湯出觀風俗，乃憂下民，博選於眾，而逢伊尹，舉以為相也。湯行天下之罰，以誅於桀，放之鳴條之野，天下眾民大喜悅也。

22. 簡狄在臺，嚳何宜？玄鳥貽，女何喜	簡狄，帝嚳妃也。簡狄侍帝嚳於堂上，有燕墮卵，吞而生契。	簡狄，帝嚳之妃也。玄鳥，燕也。貽，遺也。言簡狄侍帝嚳於臺上，有飛燕墮遺其卵，喜而吞之，因生契也。
23. 胡終弊于有扈，牧夫牛羊	有扈，澆國名也。澆滅夏國相，相之子少康爲有仍牧正，典牛羊，後殺澆，滅扈以復夏。	有扈，澆國名也。澆滅夏后相，相遺腹子曰少康，後爲有仍牧正，典主牛羊，遂攻殺澆，滅有扈，復禹舊跡，祀夏配天也。
24. 平脅曼膚，何以肥之	紂宜憂亡者也，憂則臞矣，而肥何也。	紂爲無道，諸侯背畔，天下乖離，當懷憂癯瘦，而反形體曼澤，獨何以能平脅肥盛乎？
25. 有扈牧豎，云何而逢？擊牀先出，其命何從	夏啟時，有扈氏本牧豎，何逢而得侯？及啟攻之，親擊殺之於牀。	言有扈氏本牧豎之人耳，因何逢遇而得爲諸侯乎？啟攻有扈之時，親於其牀上擊而殺之，其先人失國之原，何所從出乎？
26. 恒秉季德，焉得夫朴牛？何往營班祿，不但還來	湯能常秉契之末德，出獵，得大牛之瑞，湯獵而還，以禽遍班祿惠於百姓，不但往還田獵而已。	言湯能常秉持契之末德，修而弘之，天嘉其志，出田獵，得大牛之瑞也。湯往田獵，不但驅馳往來也，還輒以所獲得禽獸，徧施祿惠於百姓。
27. 昏微循（遵）迹，有狄不寧。何繁鳥萃棘，負子肆情	晉大夫解居父聘於吳，過陳之墓門，見婦人負其子，欲強暴焉。婦人引《詩》刺之曰：「墓門有棘，有鴞萃止。」獨不愧鴞乎？言循闇微之迹，而有夷狄之行，不可以寧其身。	言人有循闇微之道，爲姪泆夷狄之行，不可以安其身也，謂晉大夫解居父也。解居父聘乎吳，過陳之墓門，見婦人負其子，欲與之淫泆，肆其情欲。婦人則引《詩》刺之曰：「墓門有棘，有鴞萃止。」故曰「繁鳥萃棘」也。言墓門有棘，雖無人，棘上猶有鴞，汝獨不愧乎？
28. 眩弟並淫，危害厥兄。何變化以作詐，後嗣而逢長	象眩惑其父，以危害其兄，而子孫久長居有鼻，何也？	言象爲舜弟，眩惑其父母，並爲淫佚之惡，欲其危害舜也。象欲殺舜，變化其態，內作姦詐，使舜治廩，從下焚之；令舜浚井，從上窴之，終不能害舜。舜爲天子，封象於有鼻，而後嗣之子孫長爲諸侯。
29. 成湯東巡，有莘爰極。何乞彼小臣，而吉妃是得？水濱之木，得彼小子。夫何惡之，勝（媵）有莘之婦？湯出	湯巡有莘而得妃。有莘惡伊尹生於空桑，故使之送女也。重泉，地名也。桀拘湯於重泉，何罪也？湯不勝民心而伐桀，桀自排（挑）之。	言湯東巡狩，至有莘國，以爲婚姻也。湯東巡狩，從有莘氏乞勻伊尹，因得吉善之妃，以爲內輔也。伊尹母妊身，夢神女告之曰，曰竈生鼃，亟去無反。居無幾何，曰竈中有生鼃，母去東走，顧視其邑，盡爲大水，母因溺死，化爲空

重泉，夫何皋尤？不勝心伐帝，夫誰排（挑）之		桑之林。水乾之後，有小兒啼水涯，人取養之。既長大，有殊本，有莘惡伊尹從木中出，因以送女也。桀拘湯於重泉，而後出之，夫何用罪法之不審也？湯不勝眾人之心而以伐桀，誰使桀先挑之也？
30. 會鼂爭盟，何踐吾期？蒼鳥群飛，孰使萃之？到（列）擊紂躬，叔旦不嘉。何親揆發足（定），周之命以咨嗟？授殷天下，其位安施？反成乃亡，其罪伊何？爭遣伐器，何以行之？並驅擊翼，何以將之	武王將伐紂，紂遣膠鬲視師。膠鬲問曰：「欲以何日？」武王曰：「甲子日。」還報。會大雨，道難，武王曰：「吾甲子日不至，紂必殺膠鬲，吾欲救賢者之死。」蒼鳥，鷹也。言武王之將師（帥），如鷹之群飛，此孰聚之者？白魚入舟，周公曰：「雖休勿休。」故曰：「叔旦不嘉。」爭遣伐器者，伐紂之器爭先也。並驅擊翼者，三軍爭先，奮擊其翼也。	言武王將伐紂，紂使膠鬲視武王師。膠鬲問曰：「欲以何日至？」殷武王曰：「以甲子日。」膠鬲還報紂。會天大雨，道難行，武王晝夜行。或諫曰：「雨甚，軍士苦之，請上休息。」武王曰：「吾許膠鬲以甲子日至殷，今報紂矣。吾甲子日不到，紂必殺之，吾故不敢休息，欲救賢者之死也。」遂以甲子日朝誅紂，不失期也。蒼鳥，鷹也。萃，集也。言武王伐紂，將帥勇猛如鷹鳥群飛。誰使武王集聚之者乎？《詩》云：「惟師尚父，時惟鷹揚也。」武王始至孟津，八百諸侯不期而到，皆曰紂可伐也。白魚入於王舟，群臣咸曰：「休哉！」周公曰：「雖休勿休。」故曰：「叔旦不嘉也」。周公於孟津揆度天命，發足還師而歸，當此之時，周之命令已行天下，百姓咨嗟嘆而美之也。天始授殷家以天下，其王位安所施用乎？善施若湯也。殷王位已成，反覆亡之，其罪惟何乎？罪若紂也。武王伐紂，發遣干戈攻伐之器，爭先在前，獨何以行之乎？武王三軍，人人樂戰，並載驅載馳，赴敵爭先，前歌後舞，兒藻讙呼，奮擊其翼，獨何以將率之也？
31. 昭后成遊，南土爰底。厥利惟何，逢彼白雉？穆王巧梅，夫何為周流？環理天下，夫何索求？妖夫曳衒，何號于市？周幽誰	周昭王南遊，以越裳氏不獻白雉，親往逢迎之，為楚人所沈。梅，貪也。妖夫者，周幽王前世有童謠曰：「檿弧箕服，寔（實）亡周國。」後有夫婦賣此器者，以為妖，執而曳戮於市。夏之衰，有二龍上	言昭王背成王之制而出遊，南至於楚，楚人沈之而遂不還也。昭王南遊，何以利於楚乎？此為越裳氏獻白雉，昭王德不能致，欲親往逢迎之乎？穆王乃巧於辭令，貪好攻伐，遠征犬戎，得四白狼、四白鹿，自是後夷狄不至，諸侯不朝。穆王乃更巧詞周流而往說之，欲以德來也。王者當

誅，焉得夫褒姒	（止）於是庭而言曰：「子（予）褒之二君也。」夏后布幣精（糈）而告之，龍亡而漦在，櫝而藏之。至周厲王之末，發而觀之，漦流于庭，化為元黿。入後宮，處妾遇之而孕，生子，棄之，被戮之夫婦（聞啼聲），哀而收之，奔褒。褒人後獻此女，是為褒姒。姄音每。	修道德來四方，穆王何為乃周旋天下而求索之也？昔周幽王前世，有童謠曰：「檿弧箕服，實亡周國。」後有夫婦賣此器，以為妖怪，執而曳戮於市也。昔夏后氏之衰也，有二龍止於夏庭而言曰：「余褒之二君也。」夏后布幣糈而告之，龍亡而漦在，櫝而藏之。夏亡傳殷，殷亡傳周，比三代莫敢發也。至厲王之末，發而觀之，漦流於庭，化為元黿。入王後宮，後宮處妾遇之而孕，無夫而生子，懼而棄之時，被戮夫婦夜亡，道聞後宮處妾所棄女啼聲，哀而收之，遂奔褒。褒人後有罪，幽王欲誅之，褒人乃入此女以贖罪，是為褒姒，用以為后，惑而愛之，遂為犬戎所殺也。
32. 稷維元子，帝何篤之？投之於冰上，鳥何燠之？何馮弓挾矢，殊能將之？即驚帝切激，何逢長之？伯昌號衰，秉鞭作牧。何令徹彼岐社，命有殷之國？遷藏就岐，何能依？殷有惑婦，何所譏？受賜茲醢，西伯上告。何親就上帝罰，殷之命以不救？師望在肆，昌何志？鼓刀揚聲，后何喜？武發殺殷，何所悒？載尸集戰，何所急	殊能將之，謂后稷有將相之才也。帝，謂紂也。武王承稷之業誅紂，而切激數其過也。伯昌，文王也。紂號令既衰，文王執政以為州牧也。徹彼岐社者，武王誅紂，徹去邠岐之社，而為天下太社也。遷藏就岐，言文王徙其寶藏來就岐下也。受賜茲醢者，文王受紂所賜梅伯之醢，以祭告於上天也。師望，呂望也。在肆鼓刀，文王問之，對曰：「下屠屠牛，上屠屠國。」文王喜，載與歸也。載尸者，武王載文王木主以伐紂也。馮，音憑。	言后稷之母姜嫄，出見大人之迹，怪而履之，遂有娠而生后稷。后稷生而仁賢，天帝獨何以厚之乎？姜嫄以后稷無父而生，棄之於冰上，有鳥以翼覆薦溫之，以為神，乃取而養之。《詩》云：「誕寘之寒冰，鳥覆翼之？」后稷長大，持大強弓，挾箭矢，桀然有殊異，將相之才也。武王能奉承后稷之業，致天罰，加誅於紂，切激而數其過，何逢後世繼嗣之長也。紂號令天下既衰，文王執鞭持政，為雍州之牧也。武王既誅紂，令壞邠岐之社，言已受天命而有殷國，徙以為天下太社也。太王始與百姓徙其寶藏來就岐下，何能使其民依倚而隨之也？妲己惑誤於紂，不可復譏諫也。紂醢梅伯，以賜諸侯，文王受之，以祭告語於上天也。天帝親致紂之罪罰，故殷之命不可復救也。太公在市肆而屠，文王何以志知之也？呂望鼓刀在列肆，文王親往問之。呂望對曰：「下屠屠牛，上屠屠國。」文王喜，載與俱歸也。武王發欲誅殺紂，何所悁悒而不能久忍也？武伐紂，載文王木主，稱太子發，急欲奉行天誅，為民除害也。

33. 伯林雉經，維其何故？何感天抑墜，夫誰畏懼	伯，長也。林，君也。晉太子申生雉經也。墜，古地字。	伯，長也。林，君也。言太子申生為後母驪姬所譖，遂雉經而自殺也。
34. 勳闔夢生，少離散亡。何壯武厲，能流厥嚴	吳王壽夢生諸樊，生闔廬。少放在外，及壯而厲其武，以流其威。	勳，功也。闔，吳王闔廬也。夢，闔廬祖父壽夢。壽夢卒，太子諸樊立。諸樊卒，傳弟餘祭。餘祭卒，傳弟夷末，夷末卒，太子王僚立。闔廬，諸樊之長子也。恐不得為王，少離散亡放在外，乃使專諸刺王僚，代為吳王，子孫世盛，以伍子胥為將，大有功勳也。
35. 彭鏗斟雉，帝何饗？受壽永多，夫何久長	彭鏗，彭祖也。進雉羹於帝堯，壽八百歲，猶自悔不壽，恨枕高而唾遠。	彭鏗，彭祖也。好和滋味，善斟雉羹，能事帝堯，帝堯美而饗食之。彭祖進雉羹於堯，堯饗食之以壽考。彭祖至八百歲，猶自悔不壽，恨枕高而唾遠也。
36. 中央共牧，后何怒？蚉蟻（蛾）微命，力何固	牧，草名。中州有岐首之蛇，爭共食牧草，自相嚙。	牧，草名也。后，君也。言中央之州有岐首之蛇，爭共食牧草之實，自相啄嚙。以喻夷狄相與忿爭，君上何故當怒之乎？蚉蟻有虫若毒之蟲，受天命負力堅固。屈原以喻蠻夷自相毒虫若，固其常也，獨當憂秦吳耳。
37. 驚女采薇，鹿何祐？北至回水，萃何喜	昔有女子采薇，驚而走，至回水之上，止而得鹿，家遂昌，有福喜也。	祐，福也。言昔者有女子采薇，有所驚而走，因獲得鹿，其家遂昌熾，蒙天祐之也。萃，止也。言女子驚而北走，至於回水之上，立而得鹿，遂有福喜也。
38. 薄暮雷電，歸何憂？厥嚴不奉，帝何求？伏匿穴處，爰何云？荊勳作師，夫何長？悟過改更，我又何言？吳光爭國，久余是勝。何環穿自閭社丘陵，爰出子文？吾告堵敖以不長，何試上自子（予），忠名彌	……薄暮雷電，原所問略訖，日暮欲去，天雨電也。厥嚴不奉者，楚王之威，日墮不可復奉，雖求福於天，無如之何也。伏匿穴處者，原將退伏巖穴，復何言也？荊勳作師者，言楚先王之功，與楚之眾將，亡而不長久也。悟過改更者，言楚王能悟而改，則又何言也？吳光爭國，久余是勝者，言楚嘗為闔廬所勝，不可不戒也。	言屈原書壁，所問略訖，日暮欲去時，天大雨雷電，思念復至，自解曰：「歸何憂乎？」楚王惑信讒佞，其威嚴當日墮，不可復奉成，雖從天帝求福，神無如之何。爰，於也。云，言也。吾將退於江濱，伏匿穴處耳，當復何言乎？荊，楚也。師，眾也。勳，功也。初，楚邊邑處女，與吳邊邑處女爭采桑於境上，相傷，二家怒而相攻。於是，楚為此興師，攻滅吳之邊邑，而怒始有功。時屈原又諫，言我先為不直，恐不可長久也。欲使楚王覺悟，引

| 彰 | （環）穿（自）間，爰出子文者，原見楚將亡而無賢人以救之，故思得如楚先王時賢臣令尹子文也。吾告堵敖以不長者，楚人謂未成君而死者曰敖。堵敖者，楚文王兄也。原哀懷王將如堵敖不長而死，以此告之也。何試上自子（子），虫（忠）名彌彰者，言原何敢嘗試其君，自號忠直之名以彰於後世乎？誠以同姓，義不能已也。 | 過自與，以謝於吳。不從其言，遂相攻伐，言禍起於細微也。光，闔廬名也。言吳與楚相伐，至於闔廬之時，吳兵入郢都，昭王出奔。故曰：「吳光爭國，久余是勝。」言大勝我也。子文，楚令尹也。子文之母，鄖公之女，旋穿閭社，通於丘陵以淫，而生子文，棄之夢中，有虎乳之，以為神異，乃取收養焉。楚人謂乳為鬭穀，謂虎為於菟，故名鬭穀於菟，字子文，長而有賢人之才也。堵敖，楚賢人也。屈原放時，告語堵敖曰：「楚國將衰，不復能長久也。」屈原言：「我何敢嘗試君上，自號忠直之名，以彰顯後世乎？誠以同姓之故，忠心懇惻，義不能已也。」 |

　　此種注解在《天問天對解》中是佔不少比例，楊萬里加以分析整理後呈現，包括訓詁或釋義等，從上述圖表，可以明顯感覺其注解〈天問〉時多採「簡易」原則，特別是串講釋義部分，更是如此。茲將略分為五類：有直接回答釋義、省略字詞釋義、部分文句釋義、逐句釋義及修辭釋義：

1、直接回答釋義

　　例如第十七條與其說是注解，不如代之「回答」。觀屈原之所問，以「紂作玉臺十重」回應，雖是出自王逸之說，但略去「箕子之歎」，其表現形式易讓人誤以為如〈天對〉般的回答，或者是受柳宗元的影響而直書其意。

2、省略字詞釋義

　　例如第一條其省略帝堯和眾人的對話，直接描述鯀失敗後被流放至羽山的情況。顯然和屈原一樣，對鯀有所同情，對禹的治水並未多言，末則綴以簡單的傳說。而第六條則減省《左傳》的記載，只以簡單方式釋義。第二十條則在吸收後「去蕪存菁」，對於太伯、仲雍和王季之間的故事不多作描述，但不影響文義。第二十九條萬里省去王逸所記載伊尹的身世傳說，並未大肆記錄，整個注解簡易。然於〈天對〉的注解中，其描述伊尹的傳說，但其作用當是為配合柳宗元之說，表達其為無稽之談而已。因為在前已以「孟子知言」，表達對伊尹生於空桑及「緣鵠飾玉，后帝是饗」的否定。第三十四條則省去王逸對吳國傳位世系繁複的描寫，代以簡潔的文字鋪陳。

3、部分文句釋義

例如第三十條對於引《詩》和武王伐紂過程描繪的細節加以刪修，同時，只採對某些字句上的解釋，而「何親揆發定」至「其罪伊何」並未作解，似乎對於情感性的問句不多作注解。又第三十一條對於昭王之迹簡單陳述，然對「穆王巧挴，夫何爲周流？環理天下，夫何索求」卻未作注解。而關於夏亡之傳說——褒姒的出生，卻加意描述，未知是否有強調作用，以回應屈原時代楚王受女禍蒙蔽之事實，感受屈原的傷痛無奈。第三十二條對於「殷有惑婦，何所譏」並未作解。此段直可看作一部「周朝興盛史」，從周之始祖稷到文王、武王之努力，皆人事使之興盛。相對於商紂的滅亡，並非是妲己所一手造成，其本身荒淫放蕩，怠惰成性，失去民心所致，故對於女禍亡國之事略而不談。或者是強調周之盛，紂之亡，即在於「志使之耳」，若說「女禍」則有失焦作用，故而不論，此乃筆者推論之辭。第三十六條，只作「中央共牧，后何怒」的解說，其餘略去，是否因王逸之注皆喻其「蠻夷自相毒害」之意，故略而不解，然又未如前面「亦同此理」的注解，令人費猜疑。

4、逐句釋義

上述第二至十六條、第十八至十九條、第二十一至二十八條、第三十八條，此段注多爲逐句釋義，或許這一段是整首〈天問〉中情感的最高潮，誠如楊萬里引王逸的序，作爲總結上文的結尾，但也開啓下文澎湃的情感，文字短促彷彿義憤填膺之狀，透過一句句的詮釋，看到屈原和楚國命運的聯繫，不可分割。且從「荊勳作師」到結束，楊萬里已少用王逸之注解，以自身感受融會貫通義理爲之。另外，對「堵敖」的注解，王逸以爲是楚國賢人，洪興祖以爲大謬，並提到〈天對〉注（此應爲柳宗元的自注）認爲是文王兄，亦誤矣。而楊萬里從柳氏之說亦以爲「文王兄」，雖亦有錯，但可以看出，其作注解時，多從柳宗元之意，且以〈天對〉和〈天問〉之間相互爲訓

5、修辭釋義

黃慶萱在《修辭學》一書中提到：「修辭學的『辭』，在形式方面必須包括語辭和文辭……修辭的『修』，在方式上包括表意方法的調整，和優美形式的設計。」〔註7〕故修辭的運用是透過文字的精鍊使文更具文采。而楊萬里在注解時便注意到文辭的修飾，例如第十九條則以一個「卑」字代替王逸所注

〔註7〕 黃慶萱，《修辭學》（台北：三民書局，2002年），頁6。

「舜弟象，施行無道，舜猶服而事之」之意。象對其兄，不僅不能和順恭敬對待，並時時置之於死地，燒廩寳井，欲以殺舜，正是「施行無道」的說明。然舜卻仍友愛其弟，不計宿怨，甚至封之於有鼻。這樣的行爲，王逸以爲「猶服而事之」，而楊萬里則用精簡的「卑」字表達，使舜的謙卑形象更加顯明，除文辭的精鍊外，文則更有張力。而第二十一條，此段文字簡省王逸之注，使文氣呵成。「又云」一詞，乃因前已說明伊尹和商湯的相輔相成而滅夏，事已完足，但又因〈天問〉回過頭述及湯發掘伊尹的契機，故而如此解，亦配合王逸之注。同時，避免贅詞冗句的影響，使注解的文字達到「以易其難」的原則。第二十五條，據王逸和洪興祖之說法，「有扈牧豎」應在「擊牀先出」之後所產生的結果，故回想其先祖當時如何能爲諸侯之事。然楊萬里此段有「導果爲因」之感，易生誤會，不甚恰當。

此外，第三條雖從《淮南子》一書引出，但實仍爲引王逸解。然不同是王逸作「其高萬二千里」，而萬里作「萬五千里」，應是受到洪興祖的《楚辭考異》：「二或作五」之影響，足見其必然參考洪興祖的《楚辭補註》。總而言之，楊萬里作《解》，對〈天問〉的注解多因襲舊說，且以王逸的《楚辭章句》作爲基調，明引也好，暗說也有，釋義的比例仍佔大多數，也顯示其理學方法研究的影響。

四、引用洪興祖《楚辭補注》

條　　目	《天問天對解》	洪興祖《楚辭補注》
1. 天何所沓？十二爲分	天運之會合，何以有子丑之辰？辰者，日月所會也。沓，合也。	洪興祖《補》引《左傳》曰：日月所會是謂辰，故以配日。
2. 康回馮怒，地何故以東南傾	馮，怒。見《左傳》：馮，猶盛滿也。馮怒者，盛怒也……	洪興祖引《春秋傳》：震電憑怒。注云：馮，盛也。又《方言》云：憑，怒也，楚曰憑。注云：恚盛貌。
3. 南北順橢，其衍幾何	橢音妥，狹長也。衍，廣也。	洪興祖《補》引《爾雅》云：蠯小而橢。橢音妥，又徒禾切，狹而長也。
4. 化爲黃能（熊），巫何活焉	言化而爲黃熊入於羽淵，雖有巫醫不能活也。熊，音奴來切，三足鼈也，見《國語》。	洪興祖《補》引《國語》作黃能。按：熊，獸名。能，奴來切，三足鼈也。
5. 兄有噬犬，弟何欲？易之以百兩，卒無祿	秦伯有犬，弟鍼請之。百兩謂車也。魯昭公元年，秦鍼奔晉，其車千乘，坐車多，故出奔。	洪興祖《補》引《春秋》：昭元年，夏，秦伯之弟鍼出奔晉。

楊萬里自言乃取二家舊注以為參考，從上述各條目看來，除了王逸的《楚辭章句》之外，洪興祖的《楚辭補注》應是其參考的書籍之一。雖然注解中未明言出自洪興祖的《楚辭補注》，但觀其所引用之處，多為訓詁方面或音切者，「他的《楚辭補注》，先列王逸原注，而後補注于下，逐條疏通，對名物訓詁作了詳盡的考證和詮釋……尤其是只見本書引及的《楚辭釋文》佚文七十七條，對研究《楚辭》的古字、古音有一定的參考價值。」〔註8〕此段簡介非常扼要又中肯。且洪氏所引之書頗為豐富，考證詳實，故楊萬里參考其著作，必然可以省略不少訓詁方面的功夫，可以多花時間在義理的鑽研上。前已陳述楊萬里受洪氏《楚辭考異》之影響，而在詮釋用語之時亦多有洪氏之行跡，下節另有分析歸納。

五、引用柳宗元〈天對〉自注

條　　　目	《天問天對解》	柳宗元《天對》
1. 陰陽三合，何本何化	獨陰不生，獨陽不生，獨天不生，三合然後生，此穀梁子之言也。陰陽三合，若之何而本原？若之何而化生？	《穀梁》：獨陰不生，獨陽不生，獨天不生，三合然後生。逸以為天地人，非也。
2. 兄有噬犬，弟鍼請之。易之以百兩，卒無祿	秦伯有犬，弟鍼請之。百兩謂車也。魯昭公元年，秦鍼奔晉，其車千乘，坐車多，故出奔。	〈問〉云「百兩」，蓋謂車也。王逸以為百兩金，誤也。
3. 吾告堵敖以不長	楚人謂未成君而死者曰「堵敖」者，楚文王兄也。原哀懷王將如堵敖不長而死，以此告之也。	楚人謂未成君而死曰「敖」，堵敖者，楚文王兄也。今哀懷王將如堵敖不長而死，以此告之也。逸注以為堵敖不長，楚賢人，大謬。

由上述可得訊息二：其一是楊萬里注解〈天問〉時，整合柳宗元〈天對〉之語加以輔助說明，以證王逸說法之誤謬。誠如洪湛侯先生所言：「即既能從屈原發問的角度解釋柳宗元〈天對〉中章句的意義；又能從〈天對〉的角度，從柳宗元對屈原〈天問〉理解、注釋和回答問題的角度來闡發屈原〈天問〉中的旨意。」〔註9〕其二是楊萬里傳承柳氏之說，足見其接受和受柳氏影響之程度匪淺。

〔註8〕〔宋〕洪興祖，《楚辭補注》，出版說明部分，頁2。
〔註9〕洪湛侯編，《楚辭要籍解題》，頁18。

六、引用其他古籍

條　目	《天問天對解》	王逸《楚辭章句》
1. 馮翼惟像，何以識之？明明闇闇，惟時何爲	天地之馮馮而盛滿，萬形之翼翼而眾多，何以然也？其像初誰，識而命之者？人物之明明，鬼神之闇闇，是又誰爲之者？時，是也。馮馮，盛滿；翼翼，眾多。見顏師古《漢書・禮樂志》：「桂華馮馮翼翼。」	言天地既分，陰陽運轉，馮馮翼翼，何以識其形象乎？純陰純陽，一晦一明，誰造爲之乎？

　　《說文》：「馮，馬行疾也。」其下注云：「按馬行疾馮馮然，此馮之本義也，展轉他用馮之本義廢矣。馮者，馬蹏箸地堅實之皃，因之引申其義爲盛也、大也、滿也、蘉也，如《左傳》之『馮怒』，〈離騷〉之『馮』，以及〈天問〉之『馮翼惟象』，《淮南》書之『馮馮翼翼』，《地理志》之『左馮翊』，皆謂充盛，皆冟字之合音，假借冟者滿也，或假爲凭字……」〔註10〕此段將「馮」字作了完整的解釋。王逸對「馮翼」一詞未作解釋，洪興祖則引《淮南》一書解爲「無形之貌」，觀看《詩經・大雅・生民之什・卷阿》：「有馮有翼，有孝有德，以引以翼。豈弟君子，四方爲則。」〔註11〕朱《傳》：「馮，謂可爲依者。翼，謂可輔者。」〔註12〕又《注疏》：「翼，助也。」〔註13〕《通釋》：「有馮有翼，猶云有輔有翼也。」〔註14〕然而楊萬里突出於前人註解，乃引《漢書》訓詁「馮翼」之意。楊萬里在注解〈天問〉時所引之書，有些是從王逸之《楚辭章句》延用，或從洪興祖的《楚辭補注》，非眞爲己意，但有些的確也參考其他古籍而有己意之展現。上述所引，是唯一一處作者所自引，其他多從王逸和洪興祖之書引用其說，足見其對〈天問〉之注解，多從前人之意，並未有所創新。或許其採取「以易其難」之原則，且先人所作的努力已不少，故多採他人說法。反倒是集中火力在〈天對〉的注解中，

〔註10〕　〔漢〕許慎撰、〔清〕段玉裁注，《說文解字注》（台北：黎明文化事業股份有限公司，1989年），頁470～471。

〔註11〕　〔宋〕林岊撰，《毛詩講義》（台北：台灣商務印書館影印文淵閣四庫全書，1986年），卷8，頁5a～5b。

〔註12〕　〔宋〕朱熹，《詩經集傳》（台北：台灣商務印書館影印文淵閣四庫全書，1986年），卷6，頁32a。

〔註13〕　〔唐〕孔穎達注疏，《毛詩注疏》（台北：台灣商務印書館影印文淵閣四庫全書，1986年），卷24，頁89a。

〔註14〕　〔元〕劉瑾，《詩傳通釋》（台北：台灣商務印書館影印文淵閣四庫全書，1986年），卷17，頁29b。

從其兩相比較中，〈天對〉部分，萬里用力甚多，其所採集的古籍亦不少，以爲佐證，文更繽紛。

七、自述「楊萬里曰」

條　　目	《天問天對解》	王逸《楚辭章句》
不任汨鴻，師何以尙之……應龍何畫，河海何歷？鯀何所營？禹何所成？	……萬里曰：「汨謂亂，不任汨鴻者，謂鯀之才不能任治水之事，故於鴻水反汨亂奔潰而益甚也。《書》曰：鯀堙洪水，汨陳其五行。王逸東漢人，時古文尙書未出，故誤爾。」	汨，治也。鴻，鴻水也。師，眾也。尙，舉也。言鯀才不任治沌水，眾人何以舉之乎……有鱗曰蛟，有翼曰應龍。歷，過也。言河海所出至遠，應龍過歷游之，無所不窮也。或曰：「禹治洪水時，有神龍以尾畫，導水徑所當決者，因而治之。」

洪興祖《楚辭補注》引《尙書·洪範》：「鯀堙洪水，汨陳其五行。」此舉本是要補足王逸《章句》之說，然楊萬里以爲王逸時代，古文尙書未出，故王逸對鯀的看法並不周備。此處雖是《天問天對解》中唯一一處表明萬里自己的看法，以「萬里曰」直書想法，亦可看出在前人的智慧中亦步亦趨下的努力突破。

八、「亦同此問」

條　　目	《天問天對解》	王逸《楚辭章句》
1. 斡維焉繫？天極焉加？八柱何當？東南何虧？九天之際，安放安屬	天維之斡旋，何所繫綴？天地之根涯，又何所加？八柱、九天，亦同此問也。	斡，轉也。維，綱也。言天晝夜轉旋，寧有綱維繫綴？其際極安所加乎？天有八山爲柱，皆何當值？東南不足，誰虧缺之？九天，東方皞天，東南方陽天，南方赤天，西南方朱天，西方成天，西北方幽天，北方玄天，東北方變天，中央鈞天。其際會何分？安所屬繫乎？
2. 隅隈多有，誰知其數？天何所沓？十二焉分？日月安屬？列星安陳	天地之旁角，誰知其眾多之數？天運之會合，何以有子丑之辰？辰者，日月所會也。日月、列星，亦同此問。	言天地廣大，隅限眾多，寧有知其數乎？沓，合也。言天與地合會何所？分十二，誰所分別乎？日月眾星安所繫屬，誰陳列也？

第一條、王逸以爲天有八柱爲山，而洪興祖則引《河圖》、《淮南》八柱作爲地下之柱，引《神異經》則認爲是「天柱」。無論如何，所問即是有關天地之事。而「九天之際會何分，安所繫屬乎？」不正是「斡維焉繫」之問題，萬里以爲同類事物之問，故書「亦同此問」回應。第二條、洪氏《楚辭補注》引《左傳》曰：「日月所會是爲辰，故以配日。」注云：「一歲日月十二會，所會爲辰。十一月辰在星紀、十二月辰在元枵之類是也……」〔註15〕所描述即是日月星辰之陳列狀況，故「日月安屬？列星安陳？」同於「十二焉分」的問題，故書「亦同此問」回應。故由上述可以約略了解，對於宇宙事物的了解，楊萬里多採用「歸納法」綜合之，則此對於讀者而言，可以達到「觸類旁通」之效能，亦符合其「以易其難」的原則。

另外，楊萬里在注解「天命反側，何罰何佑？齊桓九會，卒然身殺。」時言：「齊桓一人之身，而始乎九合諸侯，終乎一身不保。天命之佑與罰，何不常也？」其解之順序和王逸相反，以「歸納法」結論「天命反側」的道理，不似王逸以「演繹法」注解，舉齊桓公作例子以印證「天命反側」的事實。

第二節　楊萬里對〈天對〉之訓解方式

楊萬里對〈天對〉的訓解方式，筆者分析歸納約有八種方式：無注解、未詳、引用王逸《楚辭章句》、引用洪興祖《楚辭補注》、引用柳宗元〈天對〉自注、引用其他古籍、訓詁方面及釋義方面。試分述如下：

一、無注解：在章句之下沒有任何注解

〈天問〉條目	〈天對〉條目	《天問天對解》
1. 南北順橢，其衍幾何	茫忽不準，孰衍孰窮	

此條《天問天對解》並無作注解，而對〈天問〉：「南北順橢，其衍幾何？」其下注解「橢，音妥，狹長也，衍，廣也。」未知是否已於〈天問〉注解清楚，且文意不難明白，故未注解，抑或其他因素，無從得知，只能作此推論。

〔註15〕〔宋〕洪興祖，《楚辭補注》，頁127。

二、未　詳

〈天問〉條目	〈天對〉條目	《天問天對解》
1. 增成（城）九重，其高幾里	增城之里，萬有五千	五又作三，未詳。
2. 黑水玄趾，三危安在	黑水淫淫，窮於不姜。玄趾則北，三危則南	不姜，未詳，蓋地名也。
3. 會鼉爭盟，何踐吾期？蒼鳥群飛，孰使萃之？到（列）擊紂躬，叔旦不嘉。何親揆發足（定），周之命以咨嗟？授殷天下，其位安施？反成乃亡，其罪伊何？爭遣伐器，何以行之？並驅擊翼，何以將之	膠鬲比糵，雨行踐期。捧盎救灼，仁興以畢隨。鷹之咸同，得使萃之。頸紂黃鉞，且孰喜之。民父有糵，嗟以美之。位庸庇民，仁堯蒞之。紂淫以害，師殛坁之。咸遒厥死，爭殂器之。翼鼓顛禦，謹舞靡之	糵，沫也。紂將殺膠鬲而為沫矣，故武王如期而往，如捧盎水以救焚灼。顛禦，未詳。糵，音禧。

　　「未詳」一詞，蓋萬里不知此說之來源或別有寓意而名之也。第一條，王逸引《淮南》之說：「崑崙之山九重，其高萬二千里也。」洪興祖《楚辭考異》言「二或作五」。而《柳宗元集》作「增城之高，萬有三千」之說，故楊萬里書作「五又作三」，或許因洪興祖「二或作五」和柳宗元之作「三」，故書為「五又作三」，但不知何者為確，因而書「未詳」之詞。只是洪湛侯《楚辭要籍解題》亦提到：「……如『增城之高，萬有五千』一句，《柳宗元集》中作『萬有三千』，與楊氏《天問天對解》中『萬有五千』不同，今世不少研究者，遂據楊氏《天問天對解》中『五千』改正柳集中『三千』之句。」〔註16〕亦說明楊萬里對於後世仍有影響。

　　而第二條，王逸注：「玄趾、三危，皆山名也。在西方，黑水出崑崙山也。」知其淵源之處，但未明其窮盡於何所？而洪興祖引《書》：「道黑水至於三危，入於南海。」〔註17〕亦只說其流入南海，並未提到「不姜」之名。故楊萬里對於所得資料未有此名，不知柳宗元的「不姜」所指為何，不敢遽以是告，故言「未詳」。然在《山海經・大荒南經》中提到：「大荒之中有不姜之山，黑水窮焉。」〔註18〕故「不姜」是古時傳說中的一座山，它是黑水的盡頭，正是柳宗元所說「黑水淫淫，窮於不姜」之意。在《炎黃源流史》一書記載著：「《後漢

〔註16〕洪湛侯編，《楚辭要籍解題》，頁20。
〔註17〕〔宋〕洪興祖，《楚辭補注》，頁138。
〔註18〕〔晉〕郭璞注，《山海經》（台北：台灣商務印書館影印文淵閣四庫全書，1986年），卷15，頁2a。

書・西羌傳》云：『西羌之本，出自三苗，姜姓之別也。其國近南岳，及舜流四凶，徙之三危，河關之西南羌地是也。』是謂羌人乃姜姓之別支，即姜、羌同源……」〔註19〕此段將「三危」和「姜」有了初步的連接，可見當屈原發出疑問時，柳宗元應閱讀過《後漢書》的相關記錄，且對於《山海經》亦有涉獵，故而解答為「不姜」。然《山海經》的記載為「不姜」而非「姜」，觀看「不」字或許有「否定」的意味。「舜流四凶，徙之三危」，雖言之者「羌」，但實二者為同源，因此「不姜」似乎也在反應著當代人對「羌」之看法。但這些關聯似乎楊萬里並未明瞭，或者另有其意，乃吾所不知。由上推論，其一，楊萬里並未看過《山海經》，故不知有此山名之記錄。其二，也許楊萬里知「不姜」乃語出《山海經》，但對於《山海經》所涉及的內容荒誕不經不以為然，故而直說「未詳」。楊萬里和柳宗元都是唯物主義的論者，他們亦為無神論的支持者，故其作《天問天對解》或有「撥亂反正」的意味，想導正時下過當的觀念，使人心更加務實。

至於第三條，洪氏引《六韜》云：「翼其兩旁，疾擊其後。擊翼，蓋兵法也。」〈天對〉乃逐條對〈天問〉的回答，若以此推論，則此句應是對〈天問〉中「並驅擊翼，何以將之」之答。故「翼鼓顛嚻」應指作戰時的戰術或狀況，而「讙舞靡之」便是戰後結果的呈現。而許慎《說文解字注》對「顛」字之解為：「頂也，從頁眞聲。」〔註20〕其中又引《離騷》注曰：「自上下曰顛。」未知是否指眾人（包括紂王之下的子民）在武王的號召下，「陣前倒戈」的結果，大家爭相拿著武器夾擊紂王軍隊，而其士兵採取自上自下「兩翼夾擊」的防禦方式，當戰勝脫離暴政時，自是人民歡呼不已？但沒有佐證，也只能推論之。萬里不知其出處，故直言「未詳」，表現了「知之為知之，不知為不知，是知也」的實事精神。

三、引用王逸《楚辭章句》

〈天對〉條目	《天問天對解》	王逸《楚辭章句》
1. 烏傒繫維，乃麼身位？无極之極，漭彌非垠。或形之加，孰取大焉？皇熙曡曡，	天有繫以維，則羈麼其體與位矣。天無待於繫者也，天有極以加，則有形而不大矣，天無極而大者也。皇熙者，天大而	王逸云：九天，東方皥天，東南方陽天，南方赤天，西南方朱天，西方成天，西北方幽天，北方玄天，東北方

〔註19〕何光岳，《炎黃源流史》（南昌：江西出版社，1992年），頁908。
〔註20〕〔漢〕許慎撰，〔清〕段玉裁注，《說文解字注》，頁420。

胡棟胡宇？完離不屬，焉恃夫八柱？无青无黃，无赤无黑，无中无旁，烏際乎天	廣也，天廣大而亹亹不息。不棟不宇，全然離物而無所連屬，豈有八山爲柱之恃哉？九天者，東方曰皞天，東南曰陽天，南曰赤天，西南曰朱，西曰成，西北曰幽，北曰玄，東北曰鸞天，中央曰鈞天也。天無色而亦無方，豈有九天之涯際哉？	變天，中央鈞天。
2. 震皢厥鱗，集矢于皖。叫帝不誖，失位滋嫚	震皢厥鱗，集矢于皖者，言河伯化爲白龍，其鱗皢皢，不深居而妄出，自取矢之集其目也。皖者，明星也，謂龍之目如星之明也。《左傳》云：「集矢於其目肆。」叫帝不誖，失位滋嫚者，言河伯爲羿所射，上訴天帝，乞帝殺羿，而帝不允。蓋訴之不誠，故帝責河伯曰：汝深守，則羿何從而犯也？河伯失水之位而妄出宜乎？遭羿之嫚侮也。	王逸引《傳》曰：河伯化爲白龍，遊於水旁，羿見射之，眇其左目。河伯上訴天帝，曰：爲我殺羿。天帝曰：爾何故得見射？河伯曰：我時化爲白龍出遊。天帝曰：使汝深守神靈，羿何從得犯？汝今爲蟲獸，當爲人所射，固其宜也。羿何罪歟？
3. 紂臺于璜，箕克兆之	紂初作象箸，箕子歎之，知必至於玉杯，必盛熊蹯豹胎，則璜臺之兆，箕子知之久矣。	王逸云：紂作象箸，而箕子歎，預知象箸必有玉杯，玉杯必盛熊蹯豹胎，如此，必崇廣宮室。紂果作玉臺十重，糟丘酒池，以至於亡也。
4. 胡木化於母，以蝎厥聖？喙鳴不良，謖以詭正。盡邑以墊，孰譯彼夢	伊尹母妊身，夢神女告之曰：「臼竈生鼃，亟去。」母走，其邑盡爲大水，母溺死，化爲空桑。有兒啼，人取養之，即伊尹也。柳子曰：或者爲是說，以蠱伊尹之聖也。爲是說者，不良之人，欺謖以害正道也。盡邑皆溺，果孰傳此夢哉？其誕也必矣。	王逸云：伊尹母妊身，夢神女告之曰：「臼竈生鼃，亟去無顧。」居無幾何，臼竈中生鼃，母去東走，顧視其邑，盡爲大水，母因溺死，化爲空桑之木。水乾之後，有小兒啼水涯，人取養之。既長大，有殊才。有莘惡伊尹從木中出，因以送女也。

　　《四庫全書總目提要》提到：「是書取屈原〈天問〉、柳宗元〈天對〉，比附貫綴，各爲之解合……」〔註21〕又《楚辭要籍解題》：「即既能從屈原發問的角度解釋柳宗元〈天對〉中章句的意義；又能從〈天對〉的角度，從柳宗元對屈原〈天對〉理解、注釋和回答問題的角度來闡發屈原〈天問〉的旨

〔註21〕 〔清〕紀昀纂，《欽四庫全書總目》（台北：藝文印書館，1997年），頁689。

意。」〔註22〕綜合此二段文字，可知此為楊萬里作《天問天對解》的寫作方法之一，故不難想像在對〈天對〉的注解中，他亦引用王逸的注加以說明，正是此原則的表現方式。

四、引用洪興祖《楚辭補注》

〈天對〉條目	《天問天對解》	洪興祖《楚辭補注》
1. 禹母產聖，何罷厥旅	《詩》曰：「不坼不副。」副與罷同音，逼迫切	片畐，判也，音罷……《詩》云：不坼不副，無災無害。
2. 夷羿滔淫，割更后相	虞人之箴曰：「在帝夷羿，冒于原獸。」	左氏云：在帝夷羿，冒於原獸，忘其國恤，而思其麀牡，武不可重，用不恢於夏家。

觀洪興祖《楚辭補注》中引柳宗元之《天對》，其中有柳氏自注之部分，也同樣出現在楊萬里的《天問天對解》中，未知是其柳本中原有的，抑或是楊萬里參考自洪氏之書？但觀其他引書，《詩經》和《左傳》乃從洪氏之書而來，故知萬里在注疏的語言上多有運用洪氏注解方式，顯現其繼承之痕跡。因此，從〈天問〉和〈天對〉的注解中所引，所謂「二家舊注」之說，應可指向王逸和洪興祖了。

五、引用柳宗元〈天對〉自注

條　目	《天問天對解》	柳宗元自注
1.南有怪虵，羅首以噬。儵忽之居，帝南北海	《莊子》：南方之帝曰儵，北方之帝曰忽。王逸以為電，非也。	儵忽在《莊子》甚明，王逸以為電，非也。
2. 有蒢九衢，厥國以詭。浮山孰產，赤華伊槀	舊注《山海經》多言「其枝五衢」，又云「四衢」。衢，歧也。王逸以為生九衢中，恐謬。又浮山有草焉，其葉如麻。赤華，即槀華也。華，即花字。	《山海經》多言「其枝五衢」，又云「四衢之歧」也。王逸以為生九衢中，恐謬。又浮山有草焉，其葉如麻。赤華，即槀華也。
3. 鯪魚人貌，邁列姑射。魭雀峙北號，惟人是食	舊注《山海經》：鯪魚在海中，近列姑射山。堆當為雀，魭雀在北，號山如雞，虎爪食人，王逸誤注。	《山海經》：鯪魚在海中，近列姑射。堆當為雀，魭雀在號山，如雞，虎爪，食人，王逸注誤

〔註22〕洪湛侯編，《楚辭要籍解題》，頁18。

4. 焉有十日，其火百物。羿宜炭赫厥體，胡庸以枝出？大澤千里，群鳥是解	舊注《山海經》：大澤千里，群鳥之所解，〈問〉作烏字，當爲鳥，後人不知，因配上句改爲烏。	《山海經》曰：大澤千里，群鳥之所解，〈問〉作烏字，當爲鳥，後人不知，因配上句改爲烏也。
5. 闔綽厥武，滋以侈頽。於菟不可以作，怠焉庸歸	闔廬以武而強，以侈而頽，而況楚哉？於菟，子文也。原之思子文，而子文死矣，不可作矣，原其誰與歸也。	〈問〉云：爰出子文。哀今無此人，但任子蘭也。

　　楊萬里注解〈天對〉亦經常引用柳宗元之自注，顯見其對柳宗元說法之吸收。《四庫全書總目》評之曰：「……訓詁頗爲淺易，其間有所辨證者，如〈天問〉：『雄虺九首，儵忽焉在？』引《莊子》：『南方之帝曰儵，北方之帝曰忽。』證王逸註電光之誤。特因〈天對〉：『儵、忽之居，帝南北海。』而爲之說。又如〈天問〉：『鯪魚何所，鬿堆焉處？』獨謂：『堆當爲雀，鬿雀在北，號山如雞，虎爪，食人。』證王逸註奇獸之誤。亦因〈天對〉：『鬿雀在北號，惟人是食。』而爲之說，未嘗別有新義也。」或許就是因爲多採用柳宗元自注爲解，故予人惟柳氏是從之錯覺而了無新義之感。

六、引用其他古籍

條　　目	《天問天對解》	其他古籍
1. 昭黑晣眇，往來屯屯	昭爽昭晣而爲晝，昏黑窈眇而爲夜……昭爽，見《漢書・郊祀志》謂昧爽也。	《前漢書・郊祀志》：泰一祝宰則衣紫及繡，五帝各如其色，日赤月白。十一月，辛巳朔旦，冬至昒爽。師古曰：昒爽謂日尙冥，蓋未明之時也。昒音忽。〔註23〕
2. 盜堙息壤，招帝震怒。賦刑在下，投棄於羽	《左氏傳》：國武子好盡言以招人過，所謂招帝震怒與此招同。柳子〈息壤記〉云：昔之異書，有記洪水滔天，鯀竊帝之息壤以堙洪水，帝乃令祝融殺鯀於羽郊。	〈永州龍興寺息壤記〉：昔之異書，有記洪水滔天，鯀竊帝之息壤以堙洪水，帝乃令祝融殺鯀于羽郊。其言不經，見令是土也。夷之者不幸而死，豈帝之所耶？〔註24〕

〔註23〕　〔漢〕班固撰，〔唐〕顏師古注，《前漢書》（台北：台灣商務印書館影印文淵閣四庫全書，1986年），卷25上，頁36a。
〔註24〕　〔唐〕柳宗元撰，〔宋〕陸之淵注，《註釋音辯唐柳先生集》，卷28，頁139。

3. 圜則廓大，厥立不植。地之東南，亦已西北。彼回小子，胡顛隕爾力？夫誰駭汝為此，而以懇天極	天謂屈原曰：天之廓大者，亦立於虛而無所植，則地之立豈有植乎？地之東南傾，亦猶吾之西北傾也。已者，天自謂也。是地之東南傾，莫知其然而然也，豈康回小子之力所能觸而折絕乎？誰為是說以駭汝，而汝以此說懇擾天聽也。《陸賈傳》云：毋久懇汝為。	《前漢書·陸賈傳》：所死家得寶劍車騎侍從者，一歲中以往來過它客率不過再過。數擊鮮毋久溷女為也。師古曰：鮮謂新殺之肉也。溷，亂也。言我至之時，汝宜數數擊殺牲宰與我鮮食，我不久住亂累汝也。數音所角反，溷音下困反。〔註25〕
4. 州錯富媼，爰定於趾	富媼，后土神也。《前漢書·禮樂志》云：媼神宴娭。	《前漢書·禮樂志》云：七始華始，和聲肅倡。神來宴娭，庶幾是聽。〔註26〕
5. 南有怪咄，羅首以噬。儵忽之居，帝南北海	《莊子》：南方之帝曰儵，北方之帝曰忽。王逸以為電，非也。	《莊子·應帝王》：南海之帝為儵，北海之帝為忽，中央之帝為渾沌，待之甚善。〔註27〕
6. 鮌殛羽岩，化黃而淵，子宜播殖樨，于丘于川	樨，《玉篇》云：幼禾也。	《玉篇》云：樨，除致切，幼禾也。〔註28〕
7. 穆憯祈招，猖徉以遊	祈招之詩，見《左傳》。	《左傳》：臣嘗問焉昔穆王欲肆其心，周行天下，將皆必有車轍馬迹焉。祭公謀父作〈祈招〉之詩，以止王心，王是以獲沒於祗宮。臣問其詩而不知也，若問遠焉，其焉能知之？王曰：「子能乎？」對曰：「能。」其詩曰：「祈招之憯憯，式昭德音，思我王度，式如玉，式如金，形民之力，而無醉飽之心。」〔註29〕
8. 胡絎娛戴勝之獸，觴瑤池以迭謠	王母虎骨戴勝，觴穆王于瑤池之上。為王謠其詩曰〈白雲〉，見《列子》。	《列子》：別日升崑崙之五以觀黃帝之宮，而封之以詒後世遂賓于西王母，觴于瑤池之上，西王母為王

〔註25〕〔漢〕班固撰，〔唐〕顏師古注，《前漢書》，卷43，頁9a～9b。

〔註26〕同前註，卷22，頁18a。

〔註27〕〔晉〕郭象注，《莊子注》（台北：台灣商務印書館影印文淵閣四庫全書，1986年），卷3，頁24a。

〔註28〕〔梁〕顧野王，《玉篇》（台北：台灣商務印書館據上海商務印書館編四部叢刊初編縮印建德周氏藏本，1968年），卷15，頁57。

〔註29〕〔晉〕杜預注，《春秋左傳注疏》（台北：台灣商務印書館影印文淵閣四庫全書，1986年），卷45，頁54a～54b。

		謠，王和之徒歌曰謠，詩名曰白雲。〔註30〕
9. 喻梁粢囊，擅仁萃蟻	喻梁粢囊者，《詩》所謂「于橐不囊」也。擅蟻，見《莊子》	《莊子‧雜篇》：卷婁者，舜也。羊肉不慕蟻，蟻慕羊肉，羊肉擅也。舜有擅行，百姓悅之，故三徙成都，至鄧之虛而十有萬家。堯聞舜之賢，舉之童土之地，曰冀得其來之澤。舜舉乎童土之地，年齒長矣，聰明衰矣，而不得休歸，所謂卷婁者也。〔註31〕
10. 奮刀屠國，以髀髖厥商	髀髖，見《賈誼傳》。	《漢書‧賈誼傳》：屠牛坦一朝解十二牛，而芒刃不頓者，所排擊剝割，皆眾理解也。至于髖髀之所，非斤則斧。夫仁義恩厚，人主之芒刃也；權勢法制，人主之斤斧也。今諸侯王皆眾髖髀也，釋斤斧之用，而欲嬰以芒刃，臣以為不缺則折。胡不用之淮南、濟北？勢不可也。〔註32〕
11. 惟栗厥文考，而虔予以徂征	《禮》小祥以栗為主。	《禮記‧曲禮》：至小祥作栗主入廟，乃埋桑主於祖廟門左埋重處。〔註33〕

　　楊萬里對〈天對〉所作的注解中引自古籍的部分，較之〈天問〉中要為多且廣，包括《詩經》、《左傳》、《列子》、《莊子》、《漢書》……等。雖然《天問天對解》不乏有引自洪興祖的《楚辭補注》中的引書，以及從柳宗元的自注中引《莊子》一書，但所佔的篇幅畢竟不多，顯示其在較無古人注解〈天對〉的基礎上所下的功夫。利用旁徵博引，透過考證，將使注解更為明晰，使人在融會貫通之餘，對文意更能了然於心，如此便達到其「以易其難」的目標。

七、訓詁方面

　　由於宋代理學發達，且解經方法不似漢代的章句訓詁，故楊萬里對於文

〔註30〕　〔晉〕張湛注，《列子》（台北：台灣商務印書館影印文淵閣四庫全書，1986年），卷3，頁4b。

〔註31〕　〔晉〕郭象注，《莊子注》，卷8，頁26b～27a。

〔註32〕　〔漢〕班固撰，〔唐〕顏師古注，《前漢書》，卷48，頁13a～13b。

〔註33〕　〔清〕阮元校勘，《十三經注疏》（台北：藝文印書館，1979年），頁80。

字的訓詁，無論是字音、字形或字義方面，並不多施力於此，其仍強調對義理的貫通，不求甚解，若只拘泥在訓詁的框架，如此將有礙於對文意的疏通，故此部分在《天問天對解》中所佔比例不高。但仍略舉如下：

（一）音　訓

形　式	〈天對〉條目	《天問天對解》
某，音某	1. 同度厥義，以嘉吳國	度，音鐸
	2. 肉梅以頒，烏不台訴	台，音怡
某，某音切	3. 惟軻知言，瞷焉以為不	瞷，視也，音胡澗切。不，音方鳩切
	4. 䰟醨已毒，不以外肆	䰟，胡對切
某，某聲	5. 堯專以女，茲俾胤厥世	女，去聲
	6. 怪瀰冥更，伯強乃陽	更，去聲
某，與某同	7. 禹母產聖，何飀厥旅	《詩》曰：「不坏不副。」副與飀同音，逼迫切

根據〈洪興祖《楚辭補注》研究〉一文中，李溫良先生將洪氏作注所用的詮釋用語之例，歸納其用語方式，其中包含表肯定之辭：「某，某也」、「某，謂某也」、「某，言某」、「某，猶某」、「某，喻某」、「某，與某同」、「某，通作某」、「某，古某字」、「某，俗作某」、「某，讀若某」、「某，已見上」；而表未定之釋語則有「某，疑作某」及「某，未詳」等共十四類的詮釋用語方式。〔註34〕而觀楊萬里《天問天對解》在字音方面，其所注解的方式有「某，音某」、「某，某音切」、「某，某聲」、「某，與某同」等形式，形式上比《楚辭補注》「某，讀若某」用語更為活潑。

（二）形　訓

形　式	《天對》條目	《天問天對解》
某，又作某	1. 增城之里，萬有五千	五又作三，未詳
某，疑作某	2. 后惟師之難，瞷額使試	帥疑當作師
	3. 孺賊厥誐，爰墜其弧	誐，疑作說
某，當作某	4. 惟粟（粟）厥文考，而虔予以徂征	粟，當作粟
某，與某同	5. 禹母產聖，何飀厥旅	旅與膂同

〔註34〕李溫良，〈洪興祖《楚辭補注》研究〉，（台南：國立成功大學中國文學所碩士論文，2003年），頁166～177。

字形方面，楊萬里以「某，又作某」、「某，疑作某」、「某，當作某」、「某，與某同」等形式表示，而洪興祖除了「某，疑作某」、「某，與某同」之外，尚有「某，通作某」、「某，古某字」、「某，俗作某」，足見洪氏在訓詁等方面更為嚴謹，也反應出楊萬里較為偏向義理的訓釋。

（三）義 訓

形　式	《天對》條目	《天問天對解》
某，某也	1. 蒙以圜號	蒙，加也；號，名也
	2. 州錯富媼，爰定於趾	富媼，后土神也
某，猶某也	3. 怪彌冥更，伯強乃陽	彌，猶彌也
	4. 卒燥中野，民攸宇攸暨	暨，猶墍也。墍者，安也
某者，某也	5. 吁炎吹冷，交錯而功	炎者，元氣之吁也；冷者，元氣之吹也
	6. 折算剡莛，午施旁豎。鞠明究曠，自取十二。非余之為，焉以告汝？規燬魄淵，大虛是屬。綦布萬熒，咸是焉託？	午施者，布算於中而橫也。旁豎者，布算於邊而直也。鞠者，推也。余者，天也。汝者，屈子也。規者，圜也。燬者，日也。魄者，缺也。淵者，月也。萬熒者，星也
某，謂某也	7. 巧欺淫誑，幽陽以別	巧，謂機巧也。淫，謂巫史之淫瞽也
	8. 修龍口燎，爰北其首	口燎，謂銜燭也
某，以喻某	9. 輻旋南晝，軸奠於北	輻以喻天體，軸以喻天極
某，即某	10. 浮山敤產，赤華伊枲	赤華，即枲華也。華，即花也
	11. 宅靈之丘，棹焉不危	丘，即蓬丘也

在字義方面，楊萬里以「某，某也」、「某，猶某也」、「某者，某也」、「某，謂某也」、「某，以喻某」、「某，即某」等形式呈現，使用字詞多和洪興祖相同，唯「某，言某」及「某，已見上」不同，然在串講之處「某，言某」是其常用之句型，而對於同義者，楊萬里乃以「亦同此問」回應，尚有變化。

從以上所臚列的資料看，也可看出楊萬里在注解時亦注重藝術手法的表現，也因此在文章中，不致顯得呆板。而且，藉由文字上的採用，讀者對其所取用的資料可知其可信度多少，是肯定的語氣，亦或是不肯定的狀況，都能藉由文字表達清楚。

八、釋義方面

誠如《四庫全書總目》所云：「是書取屈原〈天問〉、柳宗元〈天對〉，比附貫綴，各為之解。」〔註35〕楊萬里對〈天對〉釋義方面表現最為用力，因為要求「以易其難」的原則，故文義的串講方面，目的在於「疏通」，故其取〈天問〉和〈天對〉以「比附綴貫」方式作適當的分段，使人讀之兩相對照文意有所連貫而明白。且其從柳宗元在批判、繼承屈原的基礎上，以及自己承繼和發揚柳宗元的思維上完成注解，使其釋義的特色能更加繽紛。筆者試將其釋義方法，分類臚述於下：

形　式	《天對》條目	《天問天對解》
只作字音注解	1. 東西南北，其極無方。夫何潨洞，而課校修長	潨音，胡孔切
只作字詞訓詁	2. 脩龍口燎，爰北其首。九陰極冥，厥朔以炳	口燎，謂銜燭也
	3. 澆嫪以力，兄麀聚之。康假于田，肆克宇之。既裳既舍，宜咸墜厥首	澆淫且力也，故曰嫪以力
	4. 湯摯之合，祚以久食。昧始以昭末，克庸成績	臣之茲謂昧，承之茲謂昭
只有作字形注解	5. 增城之里，萬有五千	五又作三，未詳
只作字音和字詞訓詁	6. 蚳醢已毒，不以外肆。細腰群螫，夫何足病	蚳，胡對切，蠶蛹也
逐句釋義	7. 本始之茫，誕者傳焉。鴻靈幽紛，曷可言焉	古蓋茫乎其不可考也，傳其有初者，虛誕者為之也。鴻荒靈怪，幽深紛紊，何可得而言哉？言且不可得而言也，考且得而考也耶
	8. 曶黑晰眇，往來屯屯，厖昧革化，惟元氣存，而何為焉	曶爽昭晰而為晝，昏黑窈眇而為夜，蓋日往月來，月往日來，自爾而已。屯屯而昧焉，則冥昭瞢闇之理，蓋不可得而窮極也。二儀之盛滿者，自盛滿爾；萬形之眾多者，自眾多爾。人物之明明者，自明明爾；鬼神之闇闇者，自闇闇爾。倏焉而革，泯焉而化，此其厖昧之氣像，蓋不可得而測試也。日月晝夜之由不可窮也，天地人物鬼神之由不可識也，又孰有為之者哉？蓋亦強名之曰「惟元氣存」而已。曶爽，見《漢·郊祀志》：謂昧爽也。

〔註35〕　〔清〕永瑢主編，《四庫全書總目》，卷148，頁12。

	9. 怪彌冥更，伯強乃陽。和順調度，惠氣出行。時屈時縮，何有處鄉	彌，猶彌也，更，去聲。怪而彌怪，冥而更冥，彌怪與更冥合此，伯強之所以生也。和順既調，則惠氣行矣。故伯強緣瘌氣而屈，惠氣以瘌氣而縮者也。惠氣以和順而屈，伯強緣和順而縮者也。莫非一氣也，又烏有伯強居處之鄉
	10. 圜燾廓大，厥立不植。地之東南，亦已西北。彼回小子，胡顛隕爾力？夫誰駭汝爲此，而以慁天極	天謂屈原曰：天之廓大者，亦立於虛而無所植，則地之立豈有植乎？地之東南傾，亦猶吾之西北傾也。已者，天自謂也。是地之東南傾，莫知其然而然也，豈康回小子之力所能觸而折絕乎？誰爲是說以駭汝，而汝以此說慁擾天聽也。《陸賈傳》云：毋久慁汝爲。
	11. 解父狄淫，遭愍以赧。彼衷之不目，而徒以色視	以解父之強暴，而遭陳婦之正言，安得不愧赧乎？此解父不見陳婦之心，而見其色者也
	12. 象不兄夔，而奮以謀，蓋聖孰凶怒，嗣用紹厥愛。	象不恭其兄，而謀危其兄，此象之凶也。然舜之聖豈怒其凶哉？不藏怒而親愛之，此象之嗣所以繼紹而久長，皆舜之親愛所延也。
	13. 天邈以蒙，人么以離。胡克合厥道，而詰彼尤違？桓號其大，任屬以傲。幸良以九合，逮孽而壞	天遠而幽，小人而散，何可以合天人而論之？又從而責其罰知之不常哉？齊桓之事，皆自取爾。天何與焉？挾其大以號令天下，而忽于屬任之人，故幸而得良臣，則能成九合之功，乃不幸而遭嬖孽小人則壞矣。皆人事，非天命也。
	14. 紂無誰使惑，惟志爲首。逆圖倒視，輔讒以寵，干異召死，雷濟克后。文德邁以被，芮鞫順道，醓梅奴箕，忠咸喪以醜厚	紂誰使之惑哉？志使之爾。志使之惑，故倒行逆施，惟讒是寵。比干以異己而死，雷開以同惡相濟而侯也。文王行以被天下，故虞芮之訟，順之。紂以醓梅伯之直，奴箕子之忠，故忠良皆喪，而醜德愈厚
	15. 中譖不列，恭君以雉。胡蛹訟蟯賊，而以變天地	恭太子爲驪姬譖之于內，而不得陳列也。死者如蛹之訟，譖者如蟯之賊爾，此安能感天地？柳子之論，大抵以天人爲不相關，以天理爲漠然無知，皆憤懟狠忮之所發，非正論也
整段文意疏通	16. 嚳狄禱祺，契形于胞。胡乙轂之食，而怪焉以嘉	言契以謀而生，不以燕之怪
	17. 清溫燠寒，迭出于時。時之丕革，由是而門。辟啟以通，茲氣之元	春夏秋多氣之出者，即四方之門也

	18. 巴蛇腹象，足覿厥大。三歲遺骨，其脩已號	足見其大，稱其長也。號，稱也
	19. 員丘之國，身民後死。封隅之守，其橫九里	防風氏，身長九里
	20. 仙者幽幽，壽焉孰慕？短長不齊，咸各有止。胡紛華漫汗，而僭謂不死	名生而實死也
	21. 瞽父仇舜，鯀以不儷。堯專以女，茲俾胤厥世。惟蒸蒸翼翼，于嬀之汭	瞽不可告，故堯自專而女焉。女，去聲
	22. 扈釋于牧，力使后之。民仇焉寓，啓牀以斳	扈以力而侯，故失民心而無所居
	23. 光徵夢祖，憾離以屬。仿偟激覆，而勇德益邁	惟其憾于離散，是以屬其威武
簡省文意，只作部分釋義	24. 陽健陰淫，降施蒸摩。岐靈而子，焉以夫爲	岐女既曰神靈，則不夫而子也宜
	25. 石胡不林，往視西極。獸言嘵嘵，人名是達	西極有不木之山
	26. 王子怪駭，蜺形茀裳。文襹操戈，猶懵夫藥良。終鳥號以游，奮厥箧箧。召漠莫謀，形胡在胡亡	文襹操戈者，襹音斯，福也。又音褫，祁宮名，二義皆與此句不通。襹，恐當作褫音直爾切，奪衣也。謂文子見子喬蜺形茀裳，而魂魄驚怖褫奪，遂操戈以擊之也。召漠莫謀，謂明爽昏黑，莫得而究也。形胡在胡亡，存亡不可得而推也
	27. 膠鬲比糵，雨行踐期。捧盎救灼，仁興以畢隨。鷹之咸同，得使萃之。頸紂黃鉞，且孰喜之。民父有鼇，嗟以美之。位庸庇民，仁堯滋之。紂淫以害，師殪坯之。咸道厥死，爭徂器之。翼鼓顛禦，讙舞靡之。	糵，沬也。紂將殺膠鬲而爲沬矣，故武王如期而往，如捧盎水以救焚灼。顛禦，未詳。鼇，音禧
反詰釋義	28. 鏗羹于帝，聖就嗜味。夫死自暮，而誰饗以俾壽	其死自晚爾，豈有饗其羹而使之壽者

	29. 萃回禍偶昌，鹿曷祐以女	其昌偶然，鹿何爲爲
引書釋義	30. 有萍九衢，厥圖以詭。浮山孰產，赤華伊桑	舊注《山海經》多言「其枝五衢」，又云「四衢」。衢，歧也。王逸以爲生九衢中，恐謬。又浮山有草焉，其葉如麻。赤華，即桑華也。華，即花字
	31. 鯪魚人貌，邇列姑射。魌雀峙北號，惟人是食	舊注《山海經》：鯪魚在海中，近列姑射山。堆，當爲雀。魌雀在北號山，如雞，虎爪食人，王逸誤注
	32. 焉有十日，其火百物。羿宜炭赫厥體，胡庸以枝出？大澤千里，群鳥是解	舊注《山海經》：大澤千里，群鳥是所解。〈問〉作烏字，當爲鳥，後人不知，因配上句改爲烏

　　由上述可知，楊萬里注解《天問天對解》時仍多有理學家的態度，多強調義理的理解，對於訓詁之處，比例上而言則有懸殊的差別。但從以上約略分類探討時發現，楊萬里無論是在訓詁時的用字方式，或是在釋義時所採用的取捨狀況，皆使《天問天對解》在形式變得活潑，而非只是思想上的成就而已，其在藝術手法上亦多有用心，使此著作不因只是「解」而枯燥，尚能在文學中領略形式的多彩繽紛。

第三節　《天問天對解》與〈天問〉〈天對〉之關係

　　張燮〈刻楊氏天解序〉：「屈平原本忠愛，用寫其侘傺無聊之感，而警采絕豔，奮飛辭前。〈天問〉一篇，大率窮宇宙之所始，就中取類雖雜，其於興衰成敗，有餘恫焉，鉤頤抉隱，藉以豎義，非必斤斤焉事理所有，沿其垢囊也。子厚之對，蓋亦牢愁自放，故託天口，與屈子相酬酢。擢繭成絲，端竟自在，亦若經著而傳隨耳。二書從昔單行，未有爲之合給者。宋楊廷秀始參錯之，分壘就班，遞相呼應。又爲之釋義以行，末學不至艱於披展矣……」〔註36〕張燮以爲屈原作〈天問〉除寫其失意憤懣感情之外，尚有「豎義」的諷刺作用；而柳宗元的〈天對〉，雖有憂思愁悶、不平之氣外，但對〈天問〉之回答，彷彿爲經作傳注一般，在一問一答之間，也可互爲注解；至於楊萬里，其功在於「合給二者，並參錯以釋義」，使後之學者能在二者「遞相呼

〔註36〕崔富章，《楚辭書目五種續編》，頁45。

應」之關係中，透過簡易的注解，也能知其「來龍去脈」。故此序已充分說明《天問天對解》與〈天問〉〈天對〉的著作動機和彼此的關係。然而，不僅是作品之間有著依存關係，其實三位詩人的外在環境和內在思維彷彿有條命運的鎖鍊牽連著，故筆者將從知人論世和文本探討加以剖析說明，庶幾能明瞭此三者之間的繼承和發揚，試分析如下：

一、知人論世方面

　　一部著作的完成多是作者本人所處時代的外在環境，以及內在的感情相互激宕而成。故《天問天對解》的完成，乃肇因於柳宗元〈天對〉的難懂，故而作解比附〈天問〉，於是屈原、柳宗元和楊萬里三者的感情交相融合，猶如一場超越時空的對話，掀起跨世紀的浪潮，一來一往的回應和創新中，關係更加透明化了。

（一）政治背景和遭遇

　　屈原是生長在戰國草木皆兵的時代，各諸侯爭權奪利，蠶食也好，鯨吞也罷，目的在於掠奪他人，擴展王權。周天子的王道早已衰微，諸侯僭禮，倫理喪亡，而西方強秦又已虎視眈眈直逼東方六國，有角逐中原之勢。楚雖為大國，然在逸豫安身的糖衣下，其實內已包裹著「毒藥」而不知。但屈原知曉，於是提倡改革，起草憲令，力圖振作，並強調「聯齊抗秦」。無奈君臣積習甚久，上官的譖言使得楚懷王疏遠屈原，疏於漢北之際，心情憂悶而作〈天問〉。

　　柳宗元生活在唐帝國衰頹之際，宦官僭權，藩鎮割據日趨嚴重，知識份子有著憂患意識，欲振作國勢，唯有改革一途。於是在順宗的擢用之下，王叔文等集團受到重用，便開始一連串的政治革新。然此一新氣象，卻隨著順宗的下位而消失。憲宗登立，王叔文等人坐貶，包括柳宗元等八人遭難，史稱為「八司馬事件」。柳宗元謫邵州刺史，中途，再貶永州。這樣的境遇，對於一個心懷魏闕，有著抱負理想的朝臣，必是滿腹委屈。在永州的謫宦生活時，柳宗元憑弔千年之前的楚地詩人——屈原，在〈弔屈原文〉：「後先生蓋千祀兮，余再逐而浮湘。求先生之汨羅兮，攬蘅若以荐芳。」〔註37〕其極力追慕屈原，對其愛國心志不能被理解而懷著憂憤跳下汨羅江的心境，心有戚

〔註37〕　〔唐〕柳宗元，〔宋〕陸之淵注，《註釋音辯唐柳先生集》，卷19，頁101。

戚,故對〈天問〉回應而作〈天對〉。除了展現自己的對宇宙和歷史的價值觀外,其實亦在對屈原的際遇理解和感受下,委婉地表達自身情感的歸向。

　　楊萬里乃生長於南宋敗亡之際,高宗登帝是為南宋的開始,本該一番作為和新氣象,卻是倉皇逃命,甚至聽信小人讒言,接受和議,喪權辱國,帝王沉淪在江南溫柔鄉,不再有恢復之志。對於忠貞愛國之士而言,「逸豫足以亡身」,更遑論君臣上下一氣,若不圖改革以求振作,只是苟延殘喘,敵人豺狼之心必亡南宋,因此諸如張浚等人主張抗金。紹興二十八年(1158)萬里有零陵縣丞之命,翌年十月至永州。此間,並上書張浚,數次請見,終於如願以償。張浚平素主張抗金,言談之間,對他有所期望,故受其恩師影響,其奉行不悖。來至永州時,其多所遊歷,懷古思人,柳子祠前,詣故宅,造愚溪,想見幾百年前的柳宗元獨居永州的苦悶,以及報效無門的失望和無奈,這些深深觸動了楊萬里。雖不能確知《天問天對解》作於何時,但可推論這是一個動機的開始。觀看這一時期關於柳宗元的詩文特多於其他詩集,不管是憑弔其故居或祠堂,或是感懷其著作境意中的孤寂,如〈江雪〉一詩。永州,應是楊萬里和柳宗元情感交會之地,所謂「哲人日已遠,典型在夙昔。風簷展書讀,古道照顏色。」〔註38〕對於柳宗元的愛國情操,欲圖展抱負,挽國家於危瀾之中,楊萬里必有感動而書之於詩文。

　　由上述政治的背景和作者們的遭遇可以體會到,所謂「急風知勁草,板蕩識忠臣」,在國家紛亂之際,有志之士總有「君子無一朝之患,有終身之憂」強烈的使命感,「捨我其誰」的正直作風,力挽狂瀾。因此,前賢們寫作的動機,似乎也和政治脫離不了關係。只是,遭逢現實的考驗時,屈原因小人讒毀被疏,柳宗元政治鬥爭中失敗,楊萬里則憂時感慨,然其最終的結果也因個人性格之差異而有不同的解脫方式。

(二)個人情感和理想

　　《史記‧屈原列傳》中寫到:「信而見疑,忠而被謗,能無怨乎?屈平之作〈離騷〉,蓋自怨生也。」〔註39〕屈原的個性是忠貞信實,但其情感的表現卻也是直接的。在〈漁父〉一文中,屈原藉漁父之問深切表達自己的情感和對理想的堅持:「吾聞之,新沐者必彈冠,新浴者必振衣。安能以身之察察,受物之汶汶者乎?寧赴常流而葬乎江魚腹中,又安能以皓皓之白而蒙世之塵

〔註38〕　〔宋〕文天祥,《文山集》,卷20,頁13a。
〔註39〕　〔漢〕司馬遷,《史記》,頁1004。

埃乎？」〔註40〕其志高遠，不應許自我墮落；其行廉潔，不容許俗世玷污。〈離騷〉：「謇吾法夫前修兮，非世俗之所服。雖不周於今之人兮，願依彭咸之遺則……忳鬱邑余侘傺兮，吾獨窮困乎此時也。寧溘死以流亡兮，余不忍爲此態也！」〔註41〕其情感直接而奔放，對理想亦爲堅持，志士的形象展露眼前。也因此其在不能見容於世，抱負不得施展，愛國之心無處宣洩，又不願隨波逐流，故跳江自沈，發出最悲慟的呼號。故柳宗元在〈弔屈原文〉：「委故都以從利兮，吾知先生之不忍。立而視其覆墜兮，又非先生之所志。窮與達固不渝兮，夫唯服道以守義。」〔註42〕柳宗元大概是最能了解屈原的人，一方面是其頗有類似的政治遭遇，二方面是楚辭的特色便在「憂思」，其所作的騷賦頗得屈原之情：長於哀怨，能得騷之餘意。明代吳訥在《文章辨體》中對於「辭」「賦」和「騷」作了區別：「采摭事物、摛華布體之賦……幽憂憤悱、寓之比興謂之騷；傷感事物、托於文章謂之辭。」〔註43〕柳宗元貶永州作賦有十多篇，其憂思怨懟之情多藉此表現，無怪乎嚴羽在《滄浪詩話‧詩評》評論：「唐人惟柳宗元得騷學，退之、李觀皆所不及。」〔註44〕因爲相同的經驗，故在心境上能對屈原有所理解和同情，故爲文也能得其傳，不似宋玉、唐勒、景差等人，如司馬遷所評論「皆好辭而以賦見稱，然皆祖屈原之從容辭令，終莫敢直諫。」〔註45〕

　　雖然二人在政治上遭遇相似，但情感呈現究竟不同。屈原直接激昂，但柳宗元是內斂自抑的。觀其在〈愚溪詩序〉一文中表述：「予以愚觸罪，謫瀟水上……古有愚公谷，今予家是溪而名莫能定，土之居者猶齗齗然，不可以不更也，故更之爲愚溪。」〔註46〕其觸目所望皆以「愚」命之，愚丘、愚泉、愚島，接著方才道出其愚之處：「寧武子『邦無道則愚』，智而爲愚者也；顏子『終日不違如愚』，睿而爲愚者也。皆不得爲眞愚。今予遭有道，而違於理，悖于事，故凡爲愚者莫我若也。」〔註47〕情感多爲內斂而壓抑，和屈原的情

〔註40〕同前註，頁1006。
〔註41〕〔宋〕洪興祖，《楚辭補注》，頁277～278。
〔註42〕〔唐〕柳宗元，〔宋〕陸之淵注，《註釋音辯唐柳先生集》，卷19，頁101。
〔註43〕王水照編，《歷代文話》（上海：復旦大學出版社，2007年），第二冊，頁1590。
〔註44〕〔宋〕嚴羽《滄浪詩話》（台北：台灣商務印書館影印文淵閣四庫全書，1986年），頁15a。
〔註45〕〔漢〕司馬遷，《史記》，頁1007。
〔註46〕〔唐〕柳宗元，〔宋〕陸之淵注，《註釋音辯唐柳先生集》，卷43，頁122～123。
〔註47〕同前註。

感頗不相類。屈原在理想的堅持上亦為直接，故自沉汨羅江而不悔；然柳宗元在永州生活中多抑鬱，只能藉由山水景物撫慰不平之氣，但仍有所期待，生活在「仕」與「隱」的矛盾中。從其所寫的〈永州八記〉觀察，其在遊覽美景時，常對時人不知其美之處而為之哀悼，但事實上也多是自我的哀悼，才美不受重用，正值壯年卻投閒置散，心情的起伏必如波濤。而此點楊萬里在其政治生涯中，便時常流露此情感，應也心有同感吧。

也許受其師王庭珪的影響，在初任贛州司戶參軍時，掌管戶籍賦稅等事，廷秀有所不樂，欲棄官而去，其父怒撻之方止。是對官場的厭惡？抑或是抱負未能展現？從小的家庭教育，先祖的風範企慕，再到受恩師正直氣概的濡染，楊萬里的個性亦是忠直敢言，剛正不阿，只是淡泊名利和崇尚自然的個性也處處生發。或許對政治和社會的無力感，其解構的過程中，多流出「隱」的思想，故而在晚年時，上書致仕，當個真正的隱者，這一點和柳宗元是不同的。

三人的情感因其個性不同，表現亦有所不同，甚至其最後解脫的方式也有所不同。但是，三者同中有異，異中有同，在時代的脈動中，他們以「革命家」的實際行動力促社稷的改變。也許楊萬里不似屈原起草憲令，或像柳宗元參與改革，但是他始終堅持抗金，並上書談治國方法，只是未被採用罷了。故《天問天對解》和〈天問〉、〈天對〉在情感上是互相聯繫著。

二、文本探討

所謂「文如其人」，作品往往能反映出作者的思想和看法，其在選擇材料和布局時便已透露出其當時的心態和堅持。

（一）主題趨向

《文心雕龍‧辨騷》：「〈遠遊〉、〈天問〉，瓌詭而惠巧。」〔註48〕〈天問〉可說是屈原作品中最為詭譎的一部，且僅次於〈離騷〉的第二首長篇。從其內容視之，雄偉旁雜，有涉及天文、地理、宇宙萬物，甚至神話、傳說，無奇不有。然有更多的篇幅在於所述的三代歷史和楚國的史實之人事問題，藉以表達國家興亡命運和個人的情感。王逸以〈天問〉是屈原「以渫憤懣，舒瀉愁思」之作，而明末清初王夫之《楚辭通釋》提到：「原以造化變遷，人事得失，莫非天理之昭著。故舉天之不測不爽者，以問儓不畏明之庸主具臣，

〔註48〕劉勰，《文心雕龍》，卷1，頁10a。

是爲天問，而非問天。篇內言雖磅礴，而要歸之旨，則以有道則興，無道則喪。黷武忌諫，耽樂淫色，疑賢信奸，爲廢興存亡之本。原風諫楚王之心，於此而至。欲使其問古以自問，而躪三王五伯之美武，違桀紂幽厲之覆轍。原本權輿享毒之樞機，以盡人事綱維之實用，規瑱之盡辭，於斯備矣，抑非徒渫憤舒愁已也。」〔註 49〕張燮亦以爲有「豎義」作用。故可知屈原作〈天問〉，其體製之龐大，內容之宏博，乃藉此對當時社會觀的一種省思。在諷諭中，冀楚王能引以爲鑑，故王巍〈試論柳宗元對屈原的繼承與發展〉：「屈原還將哲學思維、辨證觀念融入其詩的創作中，在〈天問〉中，他問自然現象、神話傳說和歷史記載的傳統觀念，提出一系列不可理解的現象，並提出了質疑或反問，表現出否定神權、蔑視眞宰、力圖從自然界本身探求對複雜自然現象的科學解釋的樸素唯物主義傾向……」〔註 50〕由此可看出〈天問〉的主題趨向，同時也和〈天對〉作了聯結。

柳宗元的〈天對〉，表面上確實是對宇宙觀和歷史觀的闡發，表達了其反天命和無神論的觀點。然張國棟〈從〈天問〉〈天對〉看屈原與柳宗元的貶謫心態〉一文中提到：「即便將〈天問〉與〈天對〉作比，近人也沒有跳出哲學範疇『反天命』與『無神論』單一主題的囿限，而忽視了屈柳作爲貶謫臣子的個體內思想與心態的眞實體現……在〈天對〉中，作爲思想家的柳宗元通過對於屈原向天質詢的逐一解答，對於屈原遭遇與感受作出了回應，曲折地流露了自己的情感趨向與不同見解。」〔註 51〕此段話正回應了張燮〈刻楊氏天解序〉：「子厚之對，蓋亦牢愁自放，故託天口，與屈子相酬酢。擢繭成絲，端竟自在，亦若經著而傳隨耳。」從前述的境遇描述，可以知柳宗元是在理解屈原的心境下，對〈天問〉的質詢發出共鳴之音，在其中也流露出自身情感的歸趨，〈天對〉：「咨吟於野，胡若之很？嚴墜誼殄丁厥任，合行違匿固若所，咿嚘忿毒意誰與？醜齊徂秦啗厥詐，讒登狡庸唏以施。甘恬禍凶甌鋤夷，愎不可化徒若罷。闒綽厥武，滋以侈纇。於菟不可以作，感焉庸歸？欸吾敖之闕以旅尸。誠若名不尙，曷極而辭？」藉由對屈原的反問，也表達了自我

〔註49〕 〔明〕王夫之，《楚辭通釋》（台北：藝文印書館據《續修四庫全書》影印清同治四年湘鄉曾氏金陵節署刻船山遺書本），集部楚辭類卷3，頁213。

〔註50〕 王巍，〈試論柳宗元對屈原的繼承與發展〉，《遼寧大學學報（哲學社會科學版）》，第35卷第3期（2007年5月），頁44。

〔註51〕 張國棟，〈從〈天問〉〈天對〉看屈原與柳宗元的貶謫心態〉，《甘肅廣播電視大學學報》，第17卷第3期（2007年9月），頁5。

情感的歸宿。柳宗元以爲身爲士人，對國家當盡棉薄之力，特別是國家處於
「風雨如晦」之際，更應力挽狂瀾方是，正也顯示對朝廷的重用仍有所期待，
這是他身爲知識份子的使命感。在詰問規勸之餘，也在自我提醒。

　　洪湛侯先生在《楚辭要籍解題》中評論《天問天對解》是在「從屈原發問
的角度解釋柳宗元〈天對〉中章句的意義；又能從〈天對〉的角度，從柳宗元
對屈原理解、注釋和回答問題的角度來闡發屈原〈天問〉中的旨意」。〔註52〕
因此，楊萬里的見解必是來自對此屈原和柳宗元的理解下，輔以自己的見解，
形成《天問天對解》的精華。故此書對柳宗元樸素的唯物主義有所繼承，也有
發揚自我更深一層的看法，亦不可不爲豐贍。明代陳朝輔〈刻天解引〉析論到：
「粵稽三閭之問憂天，悱惻幽探，其不論、不議者，以示一沖一溢之節。河東
之對回天，牢騷顯著，其論不論、議不議者，以究千之萬之之紀。蓋其慮方蹶
者思深，望有隕者旨遠。麈尾之餘，主賓互析，若鼓之有捊……顧微言久晦，
未免河漢之怖；訛字難耐，莫質魯魚之疑。自廬陵楊誠齋先生字比句櫛，剖殆
鈎玄，然後燦若列眉。問奇者不沒其苦心，斠若畫一；汲古者亦得修緪。視河
東爲三閭之忠臣，廬陵又三閭河東之功臣也……」〔註53〕其對屈原、柳宗元和
楊萬里三者的定位，頗爲中肯。

（二）實例分析

　　洪湛侯《楚辭要籍解題》：「《天問天對解》分段爲釋，採取先列出屈原〈天
問〉一段原文加以注釋，然後列出柳宗元〈天對〉中回答的部分加以注釋的
方法，間雜以王逸《楚辭章句》注釋，稍加評論。」〔註54〕試舉例如下：
　　〈天問〉：

　　　不任汩鴻，師何以尚之？僉答何憂？何不課而行之？鴟龜曳銜，鯀
　　　何聽焉？順欲成功，帝何刑焉？永遏在羽山，夫何三年不施？伯禹
　　　愎鯀，夫何以變化？纂就前緒，遂成考功。何續初繼業，而厥謀不
　　　同？洪泉極深，何以寘之？地方九州，則何以墳之？應龍何畫，河
　　　海何歷？鯀何所營？禹何所成？

　　〈解〉：

　　　堯放鯀於羽山，飛鳥蟲曳銜鯀而食之。三年不施，謂不舍其罪也。

〔註52〕洪湛侯編，《楚辭要籍解題》，頁18。
〔註53〕崔富章，《楚辭書目五種續編》，頁46。
〔註54〕洪湛侯編，《楚辭要籍解題》，頁17。

鯀狠愎而生禹，禹何以變鯀之愎？洪水之淵泉極深，禹何以填塞？填，分也。九土禹何以能分別？禹治水有神龍以尾畫，導水徑焉。

萬里曰：汩謂亂，不任汩鴻者，謂鯀之才不能任治水之事，故於鴻水反汩亂奔潰而益甚也。《書》曰：鯀垔洪水，汩陳其五行。王逸東漢人，時古文尚書未出，故誤爾。

〈天對〉：

「惟鯀譊譊，鄰聖而矗。恒師庬蒙，乃尚其圮。后惟師之難，矉頟使試。盜垔息壤，招帝震怒。賦刑在下，而投弃於羽。方阽元子，以胤定功地。胡離厥考，而鴟龜肆喙？氣孳宜害，而嗣續得聖。汙塗而蕖，夫固不可以類。眩躬蹷步，橋栯勘踣，厥十有三載。乃蓋考醜宜，儀形九疇，受是玄寶，昏成厥孽。昭生於德，惟氏之繼，夫孰謀之式？行鴻下隤，厥丘乃降，焉填絕淵，然後夷於土？從民之宜，乃九於野。填厥貢藝，而有上中下。胡聖爲不足，反謀龍智？畬錙究勤，而欺畫厥尾。

〈解〉：

鯀狠愎而譊譊，故近堯舜之聖，而其矗不移。師言之尚之，蓋眾人之蒙，而不知其圮族故也。后惟師之難，帥疑當作師，謂堯難於違眾，不得已深矉蹙額而使試焉。鯀乃盜垔上帝之息壤，以招上帝之震怒，故刑而弃之於羽山，堯於是升其子禹嗣其功。以鯀之孽而生禹之聖，此如汙泥之生芙蓉，豈以類云乎哉？鯀之昏，禹之昭，何害於姒氏之繼，豈有所謂厥謀之不同哉？行鴻水而下傾之，此所以降丘宅土也，初無所謂竇決泉之說也。從民之宜而分九土，此本於禹之聖而勤也，初無所謂龍尾畫之說也。爲此說者，皆欺者爲之也。

《左氏傳》：「國武子好盡言，言以招人過。」所謂「招帝震怒」，與此「招」同。柳子〈息壤記〉云：昔之異書，有記洪水滔天，鯀竊帝之息壤，以垔洪水，帝乃令祝融殺鯀於羽郊。

楊萬里在對〈天對〉作注解時，是根據屈原〈天問〉發問的角度去闡釋之；而對〈天問〉的注解中，也是在柳宗元對屈原〈天問〉的理解和注釋中爲之，並發出自己的看法，即此例中以「萬里曰」表達自我的見解，在繼承之中有所發揚，而不單單只是作〈解〉而已。

第五章 《天問天對解》之文學特色、價值及影響

　　明代吳訥《文章辨體序說》:「按說者,釋也,述也,解釋義理而以己意述之也……若夫『解』者,亦以講釋解剝爲義,其與說亦無大相遠焉。」〔註1〕而徐師曾《文體明辨序說》亦言:「按字書云:『解者,釋也。因人有疑而解釋之也。』揚雄始作〈解嘲〉,世遂倣之。其文以辯釋疑惑、解剝紛難爲主,與論、說、議、辯,蓋相通焉。其題曰解某,曰某解,則惟其人命之而已……」〔註2〕觀楊萬里在〈天問天對解引〉自言:「予讀柳文,每病於〈天對〉之難讀……因取〈離騷天問〉及二家舊注釋文,而酌以予之意以解之,庶以易其難云。」〔註3〕故《天問天對解》當屬於「辯釋疑惑、解剝紛難」爲主要的目的。而「酌以予之意以解之」正是「解釋義理而以己意述之」之意。且當求語意清楚,文字明白爲要務。然楊萬里在注解時,除了文字和語意要求「以易其難」的原則呈現,對於文學的藝術形式的表現亦時有注意。故本章筆者不揣淺陋,欲探討《天問天對解》的文學特色、價值及其對後世的影響之處,冀求對文本有更深刻的認識。

第一節　《天問天對解》之文學特色

　　對於《天問天對解》和〈天問〉、〈天對〉的關係,洪湛侯先生認爲:「〈天

〔註1〕　王永照編,《歷代文話》,頁 1624。
〔註2〕　同前註,頁 2104。
〔註3〕　〔宋〕楊萬里,《誠齋集》,卷 95,頁 821。

對〉在回答屈原問題的同時，既批判繼承又發展了屈原〈天問〉中的思想，它與屈原的〈天問〉，在我國哲學史和科學史上，同樣佔有重要地位，因此，楊氏將屈原〈天問〉和柳宗元〈天對〉合在一起加以注釋時，就能根據問、答內容加以參照，互為補充。即既能從屈原發問的角度解釋柳宗元〈天對〉中章句的意義；又能從〈天對〉的角度，從柳宗元對屈原〈天問〉的理解、注釋和回答問題的角度來闡發屈原〈天問〉中的旨意。」〔註4〕此段文字很明確地傳達了三者之間的繼承和發揚之關係。又言楊萬里的《解》是「在吸取〈天對〉，即吸取柳宗元對屈原〈天問〉研究成果的基礎上，形成自己的見解。一些地方，能糾正前人的偏頗、失誤之處。雖然不少觀點都不是楊氏的發明，而是他根據〈天對〉及柳宗元注文的闡發。」〔註5〕這篇批判可謂「入木三分」，明白道出了楊萬里在注釋《天問天對解》的原則和不足之處。雖然如此，但仍可以找出一些「蛛絲馬跡」，呈現其在繼承中仍有發展之處。

　　個人不揣淺陋，欲探討《天問天對解》所體現的文學特色，因其立意在〈天問〉和〈天對〉的基礎上，自會有承襲之處，但亦會有個人的特色，畢竟楊萬里也是個文學家。故筆者試從其作品的結構、章句、思想和修辭作一探討，冀能在〈天問〉和〈天對〉的注解中，尋找文學的藝術形式。盼其不再只是被以哲理的範疇看待，甚至注解的文字都可以是一種欣賞的美。

一、結構方面

　　楊萬里的《天問天對解》圍於是對〈天問〉、〈天對〉作注解，其結構自不像散文一樣能有嚴謹的布局。然在注解的結構上，乃分段為釋，其先列出〈天問〉的原文，並加以注解後，再列柳宗元〈天對〉的原文，並於其後加以注解。逐條或逐段的說明，相互對照。對於〈天問〉其多採王逸《楚辭章句》的注解，然在其行文中，楊萬里注解有時會直書「王逸云」或「王逸曰」，但又有部分雖採其說卻不直書其名，這二種同為注解，卻有不同的表現手法，似乎有所寓意，不然直書或全部不書亦可，又如何需有模稜兩可之態度？觀看〈天問〉中的注解，直書其名者約有十二處。觀察這十二處，發現除一處異於其他者之外，其餘直書「王逸云」者，多是不贊成《楚辭章句》之注解方式，對照〈天對〉的注解便可知其一二。而直書「王逸云」的表達方式，

〔註4〕 洪湛侯編，《楚辭要籍解題》，頁 18。
〔註5〕 同前註。

其反應比未書者更為強烈而直接，故書「王逸云」。例如：

〈天問〉：

　伯強何處，惠氣何在？

《天問天對解》：

　王逸云：伯強，疫鬼也。惠氣，和氣也。

〈天對〉：

　怪瀰冥更，伯強乃陽。和順調度，惠氣出行。時屆時縮，何有處鄉？

《天問天對解》：

　怪而彌怪，冥而更冥，彌怪與更冥合此，伯強之所以生也。和順既調，
　則惠氣行矣。故伯強緣癘氣而屆，惠氣以癘氣而縮者也。惠氣以和順
　而屆，伯強緣和順而縮者也。莫非一氣也，又烏有伯強居處之鄉？

　　對於伯強所居何處的問題，楊萬里在接受柳宗元的觀點，以為癘氣和惠
氣是相互制衡的，如同一陰一陽之消長，因而沒有恆常的住所。故加以延伸
其義以反駁王逸所說的話，表現其唯物的理念。又如：

〈天問〉：

　雄虺九首，倏忽焉在？

《天問天對解》：

　王逸云：虺，蛇也，倏忽，電光也。言有雄虺，一身九頭，速及電
　光。皆何所在乎。

〈天對〉：

　南有怪虺，羅首以噬。儵忽之居，帝南北海。

《天問天對解》：

　《莊子》：南方之帝曰儵，北方之帝曰忽。王逸以為電，非也。

　　柳宗元自注：「倏忽在《莊子》甚明，王逸以為電，非也。」〈招魂〉：「雄
虺九首，往來儵忽，吞人以益其心些。」其下王逸注云：「儵忽，疾急貌也。」
然在〈天問〉卻注以為「電光」之意。楊萬里乃從柳宗元之說，並進一步引
《莊子》：「南方之帝曰儵，北方之帝曰忽。」以證之，特對王逸之說加以非
是。雖後人以為《莊子》乃為寓言，據之以為證並不恰當。但其對王逸的錯
誤直陳之，亦足見其發微義理之用心。再如：

〈天問〉：

　靡萍九衢，枲華安居？

《天問天對解》：

> 萍，水草，而生於九衢之路。枲，麻也。王逸云：交道，衢。言萍草有生於水中，無根，乃蔓衍於九交道，又有枲麻垂不（垂草華榮），何所有此物乎？

〈天對〉：

> 有萍九衢，厥國以詭。浮山孰產，赤華伊枲。

《天問天對解》：

> 舊注《山海經》多言「其枝五衢」，又云「四衢」。衢，歧也。王逸以為生九衢中，恐謬。又浮山有草焉，其葉如麻。赤華，即枲華也。華，即花字。

柳宗元自注：「《山海經》多言「其枝五衢」，又云「四衢之歧」也。王逸以為生九衢中，恐謬。又浮山有草焉，其葉如麻。赤華，即枲華也。」楊萬里所注解顯然乃以柳宗元自注為之，故注解文字幾乎相同，因此對王逸之說法亦從柳宗元以為非也。

歸納上述，可知楊萬里在《天問天對解》直書「王逸云」之例，多是直接而強烈地反對其說，不予認同。直陳其名，代表是王逸個人之看法，楊萬里雖引之注解〈天問〉，然其從柳宗元之說法，以此非王。當然，其他未書其名卻暗用王逸之注解者，並未表其是贊同之意，不能以二分法為之。但至少，其直書其名者，其反對語氣較為直接而明顯。

二、章句方面

楊萬里在作《天問天對解》時，其所選用的輔助材料，由上述各章節的探討，必然包括了王逸的《楚辭章句》。此書大概是目前現存較早注《楚辭》的注本。《楚辭著作提要篇目》記載：「一般說來，《楚辭章句》中的訓詁都是比較精當的。這正如《四庫提要》所云：『逸注雖不甚詳賅，而去古未遠，多傳先儒之訓詁。』正因為王逸去古未遠，所以尚能掌握先儒的許多經典的訓詁，運用這些訓詁知識詮解《楚辭》作品，就能夠比較接近屈原及其以後的《楚辭》作家的原意。」〔註6〕又言：「王逸的注解方法基本上是以兩句為一個單位，先分句（必要時也將兩句放在一起），逐字逐詞明訓詁，然後疏通講

〔註6〕 潘嘯龍、毛慶主編，《楚辭著作提要篇目》（武漢：湖北教育出版社，2003 年），頁 5。

解兩句的意思。」〔註7〕然楊萬里雖引其注解，但形式卻不同於王逸的注解方式，王逸乃採二句一組解釋，但萬里基本上其所採的是「段落詮釋」方式。先將〈天問〉適度的分段，使其具有某種意義，而後在注解時則多採二句爲一單位，使文意明白。在分段中，並不限於二句的注解，而是依其相關的內容來分段的。不過，在問女歧、伯強、康回、東西南北長度、南北寬度、崑崙縣圃、九重之城、燭龍、若華、冬暖夏寒之所、石林、虺龍、雄虺、長人、麾萍、大蛇、黑水、玄趾、神仙、鯪魚、鴝雀、后羿射日、蓱翳、神鹿、璜臺、女媧、該等傳說或奇聞時，其所採取的是「二句獨立注釋」，各不相連屬，以表現其各自的神異性和獨特性。

而對鯀禹治水一段，其從「不任汨鴻，師何以尙之」至「鯀何所營？禹何所成」，共有二十四句。如此分段，首尾連貫，使其自成一個完整的故事結構：描寫鯀治水的過程，到失敗後所受的懲罰。而鯀之子克紹箕裘，繼承父業。功成之後，又進一步分別九土，完成治水工程。於是，「治水神話」有個清晰的脈絡，特別是注解時以串講爲原則。而整段乃採起、承、轉、合之結構，彷彿自成一個故事，對於初學者而言，能給予一個較完整概念，也是楊萬里《天問天對解》的「以易其難」的著作原則。且其末乃以「萬里曰」表達「酌以己意」的看法，同時，又引《尙書》加以說明：「鯀堙洪水，汨陳其五行。王逸東漢人，時古文尙書未出，故誤爾。」又對於夏朝「家天下」的形成，楊萬里取「禹之力獻功，降省下土四方」至「何勤子屠母，而死分竟地」爲一段，共有二十句，並爲之注解。此段從禹立業而後成家描寫，接著，禹禪讓政治於益，益乃退位於啓，而啓如何鞏固自己的地位而做的努力，平有扈之國，強調國以治。文氣一轉，綴以「何勤子屠母，而死分竟地」之事蹟，似乎爲平順的政治即將掀起一場狂風暴雨到來而預作了伏筆。另外，對於夏王朝的政變，由盛而衰則從「帝降夷羿，革孽夏民」到「何羿之射革，而交吞揆之」共十二句，此段專究夷羿之作爲，特有突出之作用。羿之作爲爲自己種下禍根，即使射箭能力高超，但爲德不「足」，故自取滅亡。顯然楊萬里的分段，有所刻意對應，以呼應後面「天命反側」之意。

此外，楊萬里取「白蜺嬰茀，胡爲此堂」到「大鳥何鳴，夫焉喪厥體」爲一段，對於崔文子學仙於王子僑一事，注解明確而完整。又爲描述武王伐紂的故事，其場景的取攝從「會鼂爭盟，何踐吾期」到「並驅擊翼，何以將

〔註7〕同前註。

之」，呈現整個戰爭的過程，活潑而生動，可以想像戰爭的浩大，士氣的高昂，眾志成城的決心，表達了「事在人為」的努力。故其將之合在一段注解，也注意到結構的完整性和文學性，而非只是哲學思理的闡發，這也是萬里在理解和感悟〈天問〉的過程中的一種表現手法。

因此，我們可以了解到楊萬里《天問天對解》時其所採的分段方式，既不同於王逸的《楚辭章句》的二句為一單位，也異於洪興祖《楚辭補注》的分段，他更重視整個文章的連貫性和完整性，使〈天問〉的藝術形式，可以透過其重新組合而呈現。而且，對於後世學者在閱讀時較能有整體性的概念，方便學習。

三、思想方面

楊萬里的《天問天對解》是既承襲柳宗元的〈天對〉，但又能將之加以發揚，使柳宗元在認識屈原的心境上對應〈天問〉，發揮其學說和精神；同時，楊萬里也能在理解柳宗元的原則下注解〈天問〉和〈天對〉。故分別整理其特出之思想，以顯《天問天對解》的創見：

（一）馮翼惟像，何以識之

王逸《楚辭章句》言「天地既分，陰陽運轉，馮馮翼翼，何以識知其像乎？」然對於「馮翼」一詞，並未加以注解。只知此時的天地王逸以為分開，但景況如何莫能明曉。然觀〈天問〉：「遂古之初，誰傳道之？上下未形，何由考之？冥昭瞢闇，誰能極之？」皆是指天地未分之時，而洪興祖《楚辭補注》中乃引《淮南·天文訓》：「天墜未形，馮馮翼翼，洞洞屬屬，故曰大昭。」注云：「馮翼，無形之貌。」清楚指出此時是「天墜未形」，故應自「明明闇闇」天地方始分而有日月相推，晝夜相代之狀。王逸以為天地既分並不甚恰當。而楊萬里則解為「天地之馮馮而盛滿，萬形之翼翼而眾多，何以然也？其像初誰識而命之者？人物之明明，鬼神之闇闇，是又誰為之者？時，是也。馮馮，盛滿。翼翼，眾也。見顏師古《漢書·禮樂志》：桂華馮馮翼翼。」基本上其乃從王逸的基礎上，酌以己之意，加以擴大說解。其尋繹顏師古《漢書·禮樂志》一書，以證「馮翼」一詞應注為「盛滿、眾多」之意。再看《漢書·禮樂志》：「馮馮翼翼，承天之則。」顏注：「馮馮，盛滿也。翼翼，眾貌也。」〔註8〕徵之古籍，《左

〔註8〕 〔漢〕班固撰，《前漢書》，卷22，頁20b。

傳》昭公五年：「今君奮焉，震電馮怒。」杜預注云：「馮，盛也。」而〈離騷〉：
「憑不厭乎求索，唈憑心而歷茲。」其下王逸注云：「憑，滿也，楚人名滿曰憑。」
因此，楊萬里解此似乎和當時所習慣用語較爲切合，比較能貼近屈原時代，並
可和《楚辭》相印證，且在王逸的基礎上又往前一步，足見其所費的一番功夫，
說法也較爲圓滿。之後，朱熹《楚辭集注》則以爲「馮翼，氳氳浮動之貌」。而
陳本禮則以爲「馮翼」一詞爲「恍兮惚兮」〔註9〕之意，後世戴震在《屈原賦
戴氏注》亦言：「馮，滿也，翼之言盛也，謂氣化充滿盛作也。」〔註10〕應又是另
一解法了。

（二）厥利維何，而顧菟在腹

　　王逸《楚辭章句》云：「言月中有菟，何所貪利，居月之腹，而顧望乎？」
關此，楊萬里並未對〈天問〉有所注解，推論是對王逸之說有不明瞭之處，
甚至是「不以爲然」，故於《解》上並未詳加注解。反倒是在〈天對〉的基礎
上，楊萬里更進一步地推論。〈天對〉云：「玄陰多缺，爰感厥兔。不形之形，
惟神是類。」柳宗元以唯物主義的態度視之，月中有兔，於常理不合。故於
現實認知的基礎上，他以爲是月亮表面有所不平，因而造成了陰影。由於人
的想像，故誤以爲是兔在月腹之中，「不形之形」其實是人的想像力造成的作
用，月中陰影的形態頗似兔子，然並非是眞實現象，只是神態類似罷了，從
而否定了「月中有兔」的神話。而楊萬里則加以擴大解釋爲：「月之陰也，以
缺爲體也。以陰感陰，兔者，陰之類也；以缺感缺，兔者，缺之形也。」其
在柳宗元的觀點中，進一步推展更科學的觀念。他認爲所謂「月中有兔」，就
是月之陰、月之缺時從其彎彎曲曲的形體中所給人的一種錯覺。「『顧菟』爲
菟，此爲楚語。月中有兔之神話，至今仍流行於民間，其源即出於〈天問〉，
以先秦古籍言月中有菟者莫先於〈天問〉故爾。月中何以有菟？殆視月中陰
影有類菟形，於是輾轉流傳，成爲神話。」〔註11〕這段文字可以解說柳宗元
和楊萬里之說，也提供較具科學性的解說。無論如何，其解說之處又遠超王
逸時代的思維，也較接近現代科學的觀念了。

〔註9〕　〔清〕陳本禮，《屈辭精義》，（台北：新文豐出版公司據嘉慶刻本影印，1986
　　　　年），頁481。
〔註10〕　〔清〕戴震注，《屈原賦戴氏注》（據中國科學院圖書館藏乾刻本影印原書），
　　　　頁414。
〔註11〕　洪湛侯編，《楚辭要籍解題》，頁10。

（三）焉有石林？何獸能言

王逸《楚辭章句》曰：「言天下何所有石木之林，林中有獸能言語乎？《禮記》：猩猩能言，不離禽獸。」〈天問〉乃言「石林」，然此為王逸增字為「石木之林」，有贅述之嫌，亦易誤「石林」即為「石木」，文意更生不明。楊萬里則直釋〈天問〉「石山無木，猩猩能言」，以為「石林」乃為「石山」，和樹木應無相關，似較王逸說法合理。而〈天對〉：「石胡不林，往視西極。獸言嘐嘐，人名是達。」柳宗元以為往西方去，必定能找到怪石林立的景致，故言「石胡不林」。其在〈永州八記〉中對於鈷鉧潭上的怪石林立亦多加描寫，故以其生活經驗解〈天問〉頗具有務實的原則。故可知柳宗元謂「石林」應即為「怪石林立」的現象，故言往西極可以見之。而楊萬里則注為：「西極有不木之山。」此所謂「不木之山」，即「石山無木」中的「石山」而言，而「石山」則為柳宗元所說的「怪石林立」景致。而《淮南子》：「西方之極，石城金室。」而《淮南鴻烈解》：「西方之極，自崑崙絕流沙沈羽，西至三危之國。」〔註12〕其中亦沒有石林之記載，然石城的現象多少和「怪石林立」的景象有些關聯，故萬里所言的「不木之山」實際上即為「石山無木」的「石山」，也是柳宗元所提到的「怪石」奇景了。

（四）雄虺九首，儵忽焉在

王逸《楚辭章句》：「虺，蛇別名也。儵忽，電光也。言有雄虺，一身九頭，速及電光，皆何所在乎？」然其在注解〈招魂〉：「雄虺九首，往來儵忽。」則以為「疾急貌」。而柳宗元〈天對〉並不苟同，以為：「南有怪虺，羅首以噬。儵忽之居，帝南北海。」並自注曰：「儵忽在《莊子》甚明，王以為電，非也。」柳宗元引《莊子‧應帝王》之說非逸，但周禾在《楚辭著作提要篇目》中評論《天問天對解》時，則寫到：「其實，〈招魂〉中也有『雄虺九首，往來儵忽，吞人以益其心些。』王逸注：『儵忽，疾急貌也。』『儵忽』本來就是形容神速的，《莊子》拿來作南、北海神的名字，那只是寓言而已，本不能當真。所以，柳、楊雖然找到了『儵忽』的出處，但並沒有最終完成對它的解釋。」〔註13〕故以為此說尚有可議之處。而楊萬里《天問天對解》在柳宗元立意基礎上解說：「《莊子》：南方之帝曰儵，北方之帝曰忽。王逸以為電，非也。」其在注解〈天

〔註12〕〔漢〕劉安撰，〔漢〕高誘注，《淮南鴻烈解》（台北：台灣商務印書館影印文淵閣四庫全書，1986 年），卷 5，頁 24a。

〔註13〕洪湛侯編，《楚辭著作提要》，頁 25。

問〉時，直書「王逸云」，似乎暗示對王逸之說的存疑。而朱熹《楚辭集注》：「虵，蛇屬。《爾雅》云：博三寸，首大如擘。儵忽，急疾貌。〈招魂〉說：南方之害，雄虺九首，往來儵忽，正謂此也。」〔註14〕朱熹亦引《楚辭》中的〈招魂〉之說互為印證，言「儵忽」雖非為王逸所說之「電光」，然有其「疾速」之意。故柳宗元和楊萬里之說，雖能探究「儵忽」之本源，具有格物致知之精神，但因《莊子》多為寄託之言，作為證據，恐力量薄弱。

（五）麋萍九衢，枲華安尻

王逸《楚辭章句》云：「言寧有萍草，生於水上無根，乃蔓衍於九交之道，又有枲麻垂草華榮，何所有此物乎？」王氏認為「萍，水草也，而生於九衢之路。枲，麻也。」並以為「衢」為九交道之意。柳宗元〈天對〉：「有萍九歧，厥圖以詭。浮山孰產，赤華伊枲。」其下乃自注云：「《山海經》多云：『其歧五衢』，又云：『四衢之歧也。』王逸以為生九衢中，恐謬。又浮山有草焉，其華如麻。赤華即枲華也。」許慎《說文解字》：「衢，四達謂之衢，從行瞿聲。」〔註15〕其下注云：「《中山經》：『宣山桑枝四衢，少室山木曰帝休枝五衢。』〈天問〉：『麋萍九衢。』《淮南》書木大則根欋，皆謂交遺歧出。」故由此可知，王逸解「衢」乃就其本義為之，柳氏以為非，當為「歧出」之意。楊萬里《天問天對解》：「舊注《山海經》多言『其歧五衢』，又云『四衢』。衢，歧也。王逸以為生九衢中，恐謬。又浮山有草焉，其葉如麻。赤華即枲華也。華即花字。」觀其注解，可知仍在柳宗元的立論觀點上注解。其文字大致相同，足見其繼承和接受柳宗元的論點。

（六）鯪魚何所？魃堆焉處

王逸《楚辭章句》言：「鯪魚，鯉也。一云鯪魚，鯪鯉也。有四足，出南方。魃堆，奇獸也。」王逸以為鯪魚即是鯪鯉，而魃堆是一種奇獸，然柳宗元以為非也。於〈天對〉云：「鯪魚人貌，邇列姑射，魃雀峙北號，惟人是食。」其下自注曰：「《山海經》：鯪魚在海中，近列姑射。堆當為雀，雀在號山，如雞，虎爪，食人。王逸注誤。」關於鯪魚之說，《山海經·海內北經》記載：「陵魚人面手足魚身，在海中。」〔註16〕而《列子》亦記錄：「姑射山，在海

〔註14〕〔宋〕朱熹，《楚辭集注》（台北：藝文印書館，1983年），頁109。

〔註15〕〔漢〕許慎撰、〔清〕段玉裁注，《說文解字注》，頁78。

〔註16〕〔晉〕郭璞注，《山海經》（台北：台灣商務印書館影印文淵閣四庫全書，1986年），卷12，頁1a。

河洲中。山上有仙人焉。」又《爾雅翼》：「西海中近列姑射山，有陵魚，人面人手魚身。」〔註17〕柳宗元所說的鯪魚形象應是「人魚」之類。萬里亦承其說，對王逸「鯪魚，鯪鯉也，有四足」之說則不認同。其在注〈天問〉時，即言「王逸云」，直陳其名，似乎對其說乃其個人看法，和萬里自身無所牽涉。其注此條目亦云：「舊注《山海經》：鯪魚在海中，近列姑射。堆當為雀，雀在北號山，如雞，虎爪，食人。王逸注誤。」柳宗元作「號山」，而楊萬里改作「北號山」，據《山海經》一書中記載，「號山」並沒有魆雀這樣生物，故楊萬里所注較為正確。然柳宗元以據《山海經》所述的「堆當為雀」，並未說明其原由，而萬里承其說，卻也未多加考證，實有失之簡陋。

（七）萍號起雨，何以興之

王逸《楚辭章句》：「萍，萍翳，雨師名也。號，呼也。興，起也。言雨師號呼，則雲起而雨下，獨何以興之乎？」王逸以為雨師具有特異能力，可以呼風降雨。然柳宗元則以批判精神、唯物的觀點論之曰：「陽潛而爨，陰蒸而雨，萍馮以興，厥號爰所。」天會下雨乃是陰陽交錯作用，無關乎雨師神異能力，是大自然氣候變化所致。楊萬里則進一步闡發：「陰陽蒸炊而雨，爾彼萍翳，特馮藉以起而號呼其所也，非號而後雨也。」將王逸導果為因的方式加以推翻，以為是萍翳乃因雨而號呼。顯示其有科學的思維，亦表「無神」之論點，在前人的思想中又往前一步，了解大自然冷熱的對流作用。

（八）天命反側，何罰何佑？齊桓九會，卒然身殺

王逸《楚辭章句》：「言天道神明，降與人之命，反側無常，善者佑之，惡者罰之。齊桓公任管仲，九合諸侯，一匡天下；任豎刁、易牙，子孫相殺，蟲流出戶。一人之身，一善一惡，天命無常，罰佑之不恒也。」屈原雖以詰問方式表達，但從其舉例齊桓公事蹟，對於天命的懷疑正顯示其不相信天命。一個人的罰佑與否和天無涉，乃依照其人事作為的表現而來。柳宗元在理解屈原的心意下，進一步推闡而曰：「天邈以蒙，人么以離，胡克合厥道，而詰彼尤違？桓號其大，任屬以傲。幸良以九合，逮孽而壞。」充分說明人事與天道是分離不相涉的。柳宗元在其〈天說〉一文中提到，天是無意識的客體，同於那些瓜果一樣，不能予人事有任何懲罰和福祐的。楊萬里在接受柳宗元

〔註17〕〔宋〕羅願撰，《爾雅翼》（台北：台灣商務印書館影印文淵閣四庫全書，1986年），卷21，頁7a。

的論點中，亦表明了「反天命」的思想：「天遠而幽，人小而散，何可以合天人而論之？又從而責其罰佑之不常哉？齊桓之事皆自取爾，天何與焉。挾其大以號令天下，而忽於屬任之人，故幸而得良臣，則能成九合之功；及不幸而遭嬖孽小人則壞矣，皆人事非天命也。」首以「天遠人小」的具體形態表達出人事和天道是相隔邈遠而不相關，次以「忽」字顯現「無常」的狀態，「忽」是一種快速的轉變，用此字大概也表現出萬里對於齊桓公的轉變頗爲慨嘆，驚異其爲德不卒，而致身後事無人管的悲慘境遇。末則直書「皆人事，非天命」的結論。闡發義理，具體明白，能深入淺出表現對柳宗元理解下的意蘊——「重人事，不畏天命」的精神。

《四庫全書總目提要》曾評楊萬里尋柳宗元觀點而爲之說，「未嘗別有新義也」，在某些觀點甚至文字上，楊萬里確實是未能特出於柳氏之說法，然在注解的過程中，並未沒有己意之表現，只是礙於著作乃屬於「注解」之作，故能多所「出奇」創新，亦囿於限制。

三、修辭技巧

《天問天對解》乃是對〈天問〉和〈天對〉所作的注解，再加上作者之意本著「以易其難」的原則，故形式不同於二者。〈天問〉是一首以四言爲主的長詩，而〈天對〉亦是以四言爲主的說理性辭賦，二者都有講求韻叶之處，然《天問天對解》乃以散文形式表現，於此無涉。至於其他藝術形式的表現，楊萬里在其文學的領域和對前人屈原和柳宗元的繼承下，亦顯現其文學技巧的展現。

同於其他著作體裁的表現，雖然不是楊萬里的詩詞著作或散文文章，但楊萬里在注解時仍會有其習慣的語言方式。黃慶萱在《修辭學》透過分析比較和歸納方法得到結論：「我確定修辭的『修』，在方式上包括表意方法的調整和優美形式的設計。」〔註18〕其中「表意方法的調整」，黃慶萱歸納有二十種：感歎、設問、摹況、仿擬、引用、藏詞、飛白、析字、轉品、婉曲、夸飾、示現、譬喻、借代、轉化、映襯、雙關、倒反、象徵和呼告；而「優美形式的設計」則有十種：類疊、對偶、回文、排比、層遞、頂眞、鑲嵌、錯綜、倒裝和跳脫等。〔註19〕因此，筆者參考此觀點，對楊萬里注解〈天問〉〈天

〔註18〕黃慶萱，《修辭學》（台北：三民書局股份有限公司，2002 年），頁 9。
〔註19〕同前註，頁 37～836。

對〉的內容，分析其語言的修辭，以呈現其藝術技巧。茲分述如下：

（一）表意方法的調整

1、引　用

語文中引用別人的話或詩詞、成語、俗語等等，對照作者的本意，藉以增強文章或說話的說服力和感染力的，叫作「引用」。﹝註20﹞楊萬里在《天問天對解》中稽之古籍，提高說服力，並印證其所見，包括《詩經》、《漢書》、《左傳》、柳宗元〈息壤記〉、〈陸賈傳〉、《玉篇》、〈莊子〉、〈賈誼傳〉、《禮記》、《山海經》等書。例如〈天問〉：「馮翼惟像，何以識之？」句中「馮翼」一詞，王逸只作「馮馮翼翼」解，並未說明，故楊萬里乃引《漢書‧禮樂志》：「桂華馮馮翼翼。」以說明「馮馮，盛滿；翼翼，眾也」之意。〈天對〉：「曶黑晰眇，往來屯屯。」其注解「曶黑晰眇」為「曶爽昭晰而為晝，昏黑窈眇而為夜」。對於「曶爽」一詞，則引用《漢書‧郊祀志》：「謂昧爽也。」以加強注解之意，使人明白。又對於禹治水謂有龍尾畫地之傳說，楊萬里引柳宗元的〈息壤記〉：「昔之異書有記洪水滔天，鯀竊帝之息壤，以堙洪水，帝乃令祝融，殺鯀於羽郊。」此乃引用柳宗元作品以增強對〈天對〉：「胡聖為不足，反謀龍智，畚鍤究勤，而欺畫厥尾。」的說法。其中「異書」應指《山海經》，柳宗元以「異書」稱之，除了所記有奇異作用之外，似乎暗喻《山海經》的神話和其唯物思想、無神論點是不同。而楊萬里解柳宗元之書，又引其書以證之，應有再次強調之意。

2、轉　品

一個詞彙，改變其原來詞品而在語文中出現，使含意更新穎豐富，意義表達得更靈活生動，叫作「轉品」。﹝註21﹞〈天對〉：「胡棟胡宇，完離不屬。」其釋之曰：「不棟不宇，全然離物，而無所連屬。」句中的「棟」「宇」原為名詞「屋宇」之意，然在此作為動詞，強調其動作，使文章更為生動。又〈天對〉：「龍伯負骨，帝尚窄之。」楊萬里釋為：「有龍伯國人，一釣而連六鼇，帝尚以為窄而不足夸也。」句中的「窄」本為形容詞性，但此處乃作為動詞用，指龍伯國之人受天帝處分而被縮小身軀之傳說。故此「窄」字乃有「縮小」之意，文意更為豐富。又釋〈天對〉：「瞽父仇舜，鰥以不儷。堯專以女，

﹝註20﹞同前註，頁 125。
﹝註21﹞同前註，頁 241。

茲俾胤厥世。」楊萬里注曰：「瞽不可告，故堯自專而女焉。」句中的「女」本爲名詞，但此處作爲動詞用，意爲「把女兒嫁給他」。〈天問〉：「水濱之木，得彼小子。夫何惡之，媵有莘之婦？」對於伊尹奇異的出生方式，楊萬里闡述柳宗元之見解而言：「柳子曰：『或者爲是說以蠱伊尹之聖也』。」句中的「蠱」本作爲名詞，「蠱蟲」之意，然此處作爲動詞，說明伊尹聖明的形象「被蟲蛀食」，也呼應「喙鳴不良，謾以詭正」之意，文意更爲鮮活。

3、譬　喻

譬喻是一種「借彼喻此」的修辭法，凡二件或二件以上的事物中有類似之點，說話、作文時運用「那」有類似點的事物來比方說明「這」件事物的，就叫「譬喻」。〔註22〕〈天對〉：「綦施萬熒，咸是焉託。」楊萬里則言「萬熒者，星也」，熒字本爲火光微亮之意，然在此則喻爲「星星」，指其星光不似太陽之光亮，而「萬」字則爲形容其多。太虛如同一張棋局，列星安陳其間，有「星羅棋布」之象，形象鮮明又易於了解。又〈天對〉：「輻旋南晝，軸奠於北。」楊萬里以爲「輻以喻天體，軸以喻天極，天運而極不動，日之行遡而旋以成晝者也。」以譬喻的方式除了生動之外，由於所喻之物是人們日常生活中的事物，更易明白，也達到其「庶以易其難」的目的。另外，〈天對〉：「汙塗而藻，夫不可以類。」柳宗元對於鯀禹之別，以一個形象鮮明的例子作喻，而楊萬里接受並注解：「以鯀之孽而生禹之聖，此如汙泥之生芙蓉，夫豈以類云乎哉？」鯀之孽如汙泥，卻能生出禹這樣的聖人，如蓮之淤泥而不染的聖潔，更凸顯禹之聖明。楊萬里以激問方式更加肯定禹之賢能，也和鯀形成強烈對比。又對於夏桀的暴政，〈天對〉：「夫曷揆曷謀，咸逃叢淵。」楊萬里云：「桀之於湯，爲叢毆爵，爲淵毆魚者也，民皆逃鸇獺而歸叢淵。」故在此乃以桀爲「鸇獺」凶暴的殘害人民，而湯則爲「叢淵」，可以提供人民躲避危險，照顧黎民的安全，民心的向背，不言而喻，故比喻的形象頗爲生動。

4、轉　化

描述一件事物時，轉變其原來性質，化作另一種本質截然不同的事物，而加以形容敘述的，叫作「轉化」。〔註23〕〈天問〉此部著作，在柳宗元的看法中便是屈原在「問天」，在和天的對話。故行文中，時有將天予以擬人化。例如，

〔註22〕　同前註，頁 321。
〔註23〕　同前註，頁 377。

對於〈天問〉：「康回馮怒，地何故以東南傾？」一語，柳宗元對以「圜燾廓大，厥立不植，地之東南，亦已西北。彼康回小子，胡顚隕爾力。夫誰駭汝爲此，而以愍天極？」楊萬里注解曰：「圜燾，天也，天謂屈原曰：『天之廓大者，亦立於虛而無所植，則地之立豈有植乎？地之東南傾亦猶吾之西北傾也。』已者，天自謂也。是地之東南傾莫知其然而然也，豈康回小子之力所能觸而折絕乎？誰爲是說以駭汝，而汝以此說愍擾天聽也。〈陸賈傳〉云：『毋女愍汝爲。』」此段文字可以明顯看到「天」和「屈原」似乎在對話，這是擬人法的運用，使文法富有變化而不呆板。又〈天對〉：「肉梅以頒，烏不台訴？」楊萬里《天問天對解》：「烏不台訴者，台音怡，我也。我者，天自謂也。言紂肉梅伯以爲醢而頒諸侯，諸侯烏有不訴於天者哉？大抵屈原〈天問〉，原之問天也。柳宗元〈天對〉代天而答原也。」此段文字直接闡釋〈天問〉乃爲「問天」之意，並將〈天對〉的作意表示清楚，乃回應屈原〈天問〉而作。

5、映襯

在語文中，把兩種不同的，特別是相反的觀念或事實，貫串或對列起來，兩相比較，互爲襯托，從而使語氣增強，使意義明顯的修辭方法，叫作「映襯」。其中又有「對襯」和「反襯」等分法。把兩種或兩組不同的人、事、物，放在一起，加以對比、烘托、形容、描寫的，叫作「對襯」。〔註24〕例如〈天對〉：「昭黑晰眇」一詞，楊萬里則以「昭爽昭晰而爲晝，昏黑窈眇而爲夜」，這一晝一夜，一亮一黑，形成對比效果。又提到「伯強」和「惠氣」時，〈天對〉言：「怪瀰冥更，伯強乃陽，順和調度，惠氣出行，時屆時縮，何有處鄉？」楊萬里則注解爲「……伯強緣癘氣而屆，惠氣以癘氣而縮者也；惠氣以和順而屆，伯強緣和順而縮者也。」「惠氣」本是「和順之氣」，而「伯強」是「疫鬼」、「癘氣」，二者乃是相反的事物，但在彼此的互動中，又互相制衡著。這一來一往，又怎會有固定之所處哉？楊萬里巧妙運用修辭，使文意更加顯明。念及少康和有扈的不同下場，萬里解曰：「少康以戒懼興，有扈以驕淫亡。」簡單而明瞭的對襯下，少康和有扈的個人形象無所遁藏。

另外，對於一種事物，用恰恰與這種事物的現象或本質相反的語詞加以描寫，叫作「反襯」。〔註25〕例如〈天對〉：「仙者幽幽，壽焉孰慕。短長不齊，咸各有止。胡紛華漫汗，而潛謂不死？」對於能延年不死的人，楊萬里雖稱

〔註24〕同前註，頁 409～412。
〔註25〕同前註，頁 418。

之爲「仙」，然實際上這種「仙」是不存在的，故回應〈天對〉時，他以爲「名生而實死也」。其所注解是對「仙者」的看法。如此的反襯，強調雖名存，但實際如同柳宗元所說「短長不齊，咸各有止」之意。對於齊桓公的表現，〈天對〉云：「桓號其大，任屬以傲。幸良以九合，逮孽而壞。」楊萬里則注曰：「挾其大以號令天下，而於屬任之人，故幸而得良臣，則能成九合之功；及不幸而遭嬖孽小人則壞矣。」這同一人之身有「幸」與「不幸」，強烈的對比下，使人更明白「皆人事，非天命」所造成的結果。

（二）優美形式的設計

1、類　疊

同一個字、詞、語、句，或連接，或隔離，重複地使用著，以加強語氣，使講話行文具有節奏感的修辭法，叫作「類疊」。〔註26〕對於「馮翼」一詞，楊萬里釋之曰：「天地之馮馮而盛滿，萬形之翼翼而眾多。」「馮馮」「翼翼」，形成類疊。又釋〈天問〉：「何本何化」一句，其注云：「若之何而爲本原？若之何而爲化生？」具有節奏感，且形式整齊而優美。對於后羿被寒浞和其妻所殺，〈天對〉云：「舉土作仇，徒怙身弧。」楊萬里言：「舉率土與羿爲仇，而羿不知。方且徒怙其身之力，與弧矢之能而已。」然後更進一步說明「怙身而不怙民，怙藝而不怙德，此其亡也。」在「怙……而不怙……」的重疊之中，特出於「身」與「民」的相對，「藝」與「德」的對照，文字簡潔，有言近旨遠之含意。而對於象待其兄如仇人一般，處心積慮相誅除他，〈天對〉：「舜弟眠厥仇，畢屠水火。」楊萬里則言：「舜之弟眠舜如仇，浚井則屠之以水，焚廩則屠之以火。」將〈天對〉「屠水火」三字進一步闡發，在接連的行動下，足見象的「犬豕之心」，並用「屠之以」的節奏，令人毛骨悚然，重複之餘，又有不勝歔欷之感。

2、對　偶

把字數相等，語法相似，意義相關的兩個句組、單句或語詞，一前一後，成雙成對地排列在一起，就叫「對偶」。〔註27〕〈天對〉：「明焉非闢，晦焉非藏。」其本身便是駢偶句，而楊萬里解之曰：「且之明不得不明，非有所闢而明；夕之幽不得不幽，非有所藏而幽。」其所採取即爲對偶之句型，顯示其

〔註26〕同前註，頁531。
〔註27〕同前註，頁591。

除了在思想上繼承柳宗元外，對於文學的藝術表現亦有所體現。對於禹的用心，救黎庶於水生火熱之中，而得以安居樂業，〈天對〉：「卒燥中野，民攸宇攸暨。」楊萬里則言：「援天下之濕而置之於燥，宇天下之民而置之於安。」平整的對偶，形式頗為優美，用字精確，以「濕」代表人民所受水災的殘害，而禹的疏通水患使百姓可以趨於「乾燥」之境，生活怎不達於「安樂」之地，故楊萬里用字實為精準，且富意象。〈天對〉云：「扈仇厥正，帝授柄以撻兇窮，聖庸夫克害？」楊萬里言：「有扈氏不正也，以不正而讎正，天之所以授啟以征伐之柄以撻之也。兇之必窮，聖之必功，天之理也。孰能害聖哉？」句中的「兇之必窮，聖之必功」，正是所謂的「天理」，呼應人的善惡行徑，才是所有天理依據的準則。文字簡潔，又形成對照，句型工整而美。

3、回　文

上下兩句或句組，詞彙部分相同，而詞序大致相反的辭格，叫作「回文」，也稱「迴文」或「迴環」。〔註28〕〈天對〉：「吁炎吹冷，交錯而功。」楊萬里則釋之曰：「炎者，元氣之吁也；冷者，元氣之吹也。吁而吹，吹而吁，炎而寒，寒而炎，交錯而自爾功者也。」其中「吁而吹，吹而吁，炎而寒，寒而炎」，呼應著「交錯而功」的過程，表現了回環往復的感覺，藝術技巧圓融。

4、排　比

用三個或三個以上結構相似、語氣一致、字數大致相等的語句，表達出同範圍同性質的意象，叫作「排比」。〔註29〕《天問天對解》：「二儀之盛滿者，自盛滿爾；萬形之眾多者，自眾多爾；人物之明明者，自明明爾；鬼神之闇闇者，自闇闇爾。」其連用了四個排比，表達「倏焉而革，泯焉而化」那種厖昧之氣象。除了表達出同範圍同性質的意象外，並造成一種氣象萬千的盛景，也呼應了「厖昧」之感。又〈天問〉：「陰陽三合，何本合化？」楊萬里引柳宗元的自注言所謂的「陰陽三合」即「獨陰不生，獨陽不生，獨天不生，三合然後生，此穀梁子之言也」。以「陰」、「陽」和「天」表達了「三合」的意義，同時也形成了所謂的「排比」，使形式更有美觀之感。〈天問〉：「周幽誰誅，焉得夫褒姒？」〈天對〉回應曰：「幽禍拏以夸，憚褒以漁。淫嗜蔑殺，諫尸謗屠。」楊萬里乃注之云：「幽王以侵漁其民而亡，以淫於嗜慾而亡，以輕殺諫臣而亡。」連用三個排比句，述說著幽王不愛其民，又好女色，恣殺

〔註28〕同前註，頁629。
〔註29〕同前註，頁651。

忠臣而導致滅亡，和「龍漦化黿」之說無關，是個人行爲所致。

5、層　遞

　　凡要說的有三件或三件以上的事物，這些事物又有大小輕重等比例，於是說話行文時，依序層層遞進的，叫作「層遞」。〔註30〕例如〈天對〉曰：「紂臺于璜，箕克兆之。」楊萬里解曰：「紂初作象箸，箕子歎之，知必至於玉杯，必盛熊蹯、豹胎，則璜臺之兆，箕子知之久矣。」箕子之言，從「象箸」、「玉杯」至「熊蹯」、「豹胎」，這一層一層的擴大，在在顯示紂的豪奢侈靡生活，紂王欲望的無止盡。同時，呼應後面的「平脅曼膚」，肥滋滋的身體，是平時養尊處優的習慣形成，因此箕子的觀察可謂深入，殷朝滅亡亦是有跡可尋。

　　綜合上述各種修辭，雖然《天問天對解》是屬於注解的作品，但楊萬里本身所擁有的才學使他在寫作時，能運用語言文字的魔力，使其具有高度的表現力，在「淺易」的注釋文字中，發揮其想像力，使文能憑添巧妙。另外，須注意的是，楊萬理除了繼承柳宗元的思想外，由於不像柳宗元模擬〈天問〉而作，故文字上不受四言之影響，常能在注解〈天對〉時在文字上更加運用修辭以闡發，故雖爲解說著作，卻有豐富的藝術表現。

　　〈天問〉的文學價值一向被學者所質疑，因其認爲是哲理的著作而已。而與之相對應的〈天對〉學者對其亦有非議之處。明陸時雍《楚辭疏・讀楚辭語》：「柳宗元答〈天問〉，自是好事亦復不知事，彼痛迫而號呼，此從容而譚論，又何以爲是答也。〔註31〕又清胡文英《屈騷指掌》：「〈天問〉此篇皆鬱極無聊，搔首問天之語。王逸謂天尊不可問，非也。戰國時，百家雜說繁稱已盛，屈平借以抒憤，不必古來盡有事也……讀者正宜領其維皇降衷，眾庶馮生與一切治亂興亡之迹，斯有益於身心。若徒欣奇羨異則爲齊諧矣，何必干斯。至柳州〈天對〉未免爲蛇添足。」〔註32〕如此說來，更遑論有人對柳宗元〈天對〉進一步探討。然楊萬里從其說，將〈天對〉所給予的影響充分發揮在《天問天對解》中，除了思想內容之外，包括修辭技巧、章句和結構，柳宗元和王逸都在無形之中濡化了楊萬里，因而成就了《天問天對解》。

〔註30〕同前註，頁 669。
〔註31〕杜松柏主編，《楚辭彙編》（台北：新文豐出版公司，1986 年）第 3 冊，頁 83。
〔註32〕〔清〕胡文英，《屈騷指掌》（台北：新文豐出版公司據乾隆五十一年劇本影印原書，1986 年），頁 576。

第二節　《天問天對解》之價值

　　對於《楚辭》的研究，自古迄今，不勝枚舉。易重廉先生在《中國楚辭學史》一書中，將楚辭學的研究和發展加以分期述之，包括兩漢的初興期、魏晉南北朝的發展期、隋唐五代的中落期、宋代的興盛期、遼金元明的繼承期及清的大盛期。其中亦列舉許多學者的研究作品，當然也包括了楊萬里的《天問天對解》。他提到宋代的《楚辭》研究狀況：「專篇研究，從漢代就開始了。但那時是為了縮小範圍，為整體研究作準備。到了南宋，《楚辭》的整體研究已經有了長足的進步。為了進一步推動整體研究，一些學者又把注意力轉向了專篇研究。比較有名的著作有楊萬里的《天問天對解》和錢杲之的《離騷集傳》。」〔註33〕由此段文字可以說明，楊萬里《天問天對解》在楚辭學研究上有所貢獻，特別是在〈天對〉的部分更是具有參考價值，使後人在〈天問〉的研究時能較有全面性的了解。

　　對於《天問天對解》的價值，筆者分析歸納之約有四點：具有豐富的史料價值、具有進步的思想價值、具有反省思考的價值和具有客觀的治學態度。現分述如下：

一、具有豐富的史料價值

　　在洪湛侯先生所編的《楚辭要籍解題》中提到：「由於楊氏的《天問天對解》是較早注釋柳宗元〈天對〉的注本，因此具有史料價值。」〔註34〕自屈原作〈天問〉以來，能回應屈原之問的便是柳宗元的〈天對〉。《柳宗元集》卷十四〈天對〉一文的〈補注〉云：「……此篇公所作，以對〈天問〉也。晁無咎取此以續《楚辭》，序之曰：『〈天問〉蓋自漢以來，患其文義不次，後之學者或不能讀，讀亦不知何等語，而公博學無不窺，又妙於辭，頗愛〈離騷〉之幽，獨能高尋遠抉，其有所得，如墜雲出淵，於原之辭無廋焉。』此唐以來〈離騷〉之雄也。」〔註35〕此段話可以作為〈天對〉對於《楚辭》研究的貢獻。晁補之讚其能將屈原的〈天問〉的思想和義理發揮淋漓盡致，以巧妙的文辭為之，「高尋遠抉」猶如登高可以望遠，看的層面則更為廣泛而全面。〈天對〉實為自〈天問〉以後較能全面性探討屈原思想之作，然由於〈天對〉

〔註33〕易重廉，《中國楚辭學史》（長沙：湖南出版社，1991年），頁281。
〔註34〕洪湛侯編，《楚辭要籍解題》，頁20。
〔註35〕〔唐〕柳宗元，《柳宗元集》（北京：中華書局，1979年），第2冊，頁364。

文字奇奧難懂，楊萬里讀之深覺難讀，若至後世則更無以復加，故而爲之作注。此作是較早研究〈天對〉的注本，且較爲全面性的探討。注中亦擷取柳宗元的自注，使人更加明瞭作者的本意，在發揚之中能加以繼承，使史料得以傳之後世，故對後代學者多能發揮參考價值。試舉如下：

〈天問〉：

　　陰陽三合，何本何化？

《天問天對解》：

　　獨陰不生，獨陽不生，獨天不生，三合然後生，此穀梁子之言也。

〈天對〉：

　　合焉者三，一以統同。吁炎吹冷，交錯而功。

《天問天對解》：

　　陰陽之合以三，而元氣統之以一。炎者，元氣之吁也；冷者，元氣

　　之吹也。吁而吹，吹而吁，炎而寒，寒而炎，文錯而自爾功者也。

　　　王逸的《楚辭章句》詮釋此問時言：「謂天地人三合成德，其本始何化所生乎？」〔註36〕其以爲「陰陽三合」乃指「天、地、人」，而楊萬里對〈天問〉的注解乃採用柳宗元的自注加以說明，引《穀梁》以爲是「陰、陽、天」之說，提供了不同的思維和說法，具有保存史料的功用。然後在〈天對〉的注解上，則進一步深入闡釋，「陰、陽、天」的三合，是以「元氣」統合，提出「元氣說」。如同晁補之以爲柳宗元的〈天對〉具有「於原之辭無廔焉」的特色，那麼，楊萬里的《天問天對解》於〈天對〉言，亦具有「於元之辭無廔焉」的特色，不但如此，更能進一步闡發之。故明代陳朝輔〈刻天解引〉：「視河東爲三閭之忠臣，廬陵又三閭河東之功臣也。」〔註37〕所言或正爲此意。

二、具有進步的思想價值

　　　《柳宗元集》卷十四〈天對〉一文的〈補注〉：「蓋屈原作〈離騷〉，經揚雄爲〈反離騷〉，補之嘗曰：『非反也，合也。而宗元爲〈天對〉以媲〈天問〉，雖問對相反，其於發揚則同。〈離騷〉因反而始明，〈天問〉因對而益彰。』云云。」〔註38〕句中的「發揚則同」，正是柳宗元能闡述屈原〈天問〉的作意。

〔註36〕〔漢〕王逸，《楚辭章句》，頁116。

〔註37〕崔富章，《楚辭書目五種續編》，頁46。

〔註38〕〔唐〕柳宗元，《柳宗元集》，第2冊，頁365。

〈天問〉之奇在於全文以設問形式，雖溯及往古，問句形式雖不獨於〈天問〉所有，早在其前的《詩經》、《論語》、《孟子》、《老子》、《莊子》等書，即已出現此種形式的體製。然能通篇運用詰問形式，體製精深博大，內容包羅萬象者，恐〈天問〉獨步之，古往今來少有人能出其右者。

〈天問〉的問句是「有問無答」的句式，雖如此，並非是「不知而問」，其以問句為之，乃是對於當代思想的一種反動和反省。他在〈天問〉中表達了對天命的懷疑，說到：「天命反側，何罰何祐？齊桓九會，卒然身殺？」這是對當代儒家思想的一種質疑。《史記·孔子世家》：「孔子去曹適宋，與弟子習禮大樹下，宋司馬桓魋欲殺孔子，拔其樹，孔子去。弟子曰：『可以速矣。』孔子曰：『天生德於予，桓魋其如予何？』」〔註39〕而《孟子集注·萬章篇》：「萬章曰：『堯以天下與舜，有諸？』孟子曰：『否。天子不能以天下與人。』『然則舜有天下也，孰與之？』曰：『天與之。』」〔註40〕由此觀之，當時的儒家在天道觀方面是相信天命的。故屈原提出此問乃是對天命的質疑，且從其懷疑天命到否定天命，約略可看出屈原具有樸素的唯物思想。

這樣的思想也引起柳宗元和楊萬里的共鳴，試舉例如下：

〈天問〉：

> 天命反側，何罰何祐？齊桓九會，卒然身殺？

《天問天對解》：

> 齊桓一人之身，而始乎九合諸侯，終乎一身不保，天命之佑與罰何不常也。

〈天對〉：

> 天邈以蒙，人公（么）以離，胡克合厥道，而詰彼尤違。桓號以大，任屬以傲，幸良以九合，逮孽而壞。

《天問天對解》：

> 天遠而幽，人小而散，何可以合天人而論之，又從而責其罰佑之不常哉？齊桓之事，皆自取爾，天何與焉？挾其大以號令天下，而忽於屬任之人，故幸而得良臣，則能成九合之功；及不幸而遭嬖孽小人則壞矣，皆人事，非天命也。

〔註39〕 〔漢〕司馬遷，《史記》，頁 764。
〔註40〕 〔宋〕朱熹，《四書章句集注》（台北：台灣商務印書館影印文淵閣四庫全書，1986 年），卷 5，頁 7b。

　　易重廉先生的《中國楚辭學史》提到：「柳氏認爲：『自然合規律的運動是實在的，這些規律也是可以認識的。』……正因爲柳氏看到了物質自身運動的某些規律，所以柳氏能準確體察屈原的用心，堅決反對命定論。」〔註41〕因爲如此，柳宗元對於天命的看法以爲天如此高遠，而人是如此渺小，彼此是不相涉的，意指人事和天命是無關的。天命既不存在，那麼便沒有所謂聽從或違背的結果。而桓公的始善終惡，是和其個人本身有關，其傲慢的態度無禮於臣下，因幸運而得良臣管仲，九合諸侯成爲春秋第一位霸主，氣勢恢弘。然此倨傲的心態遇著奸臣豎刁、易牙、開方等人，便是不幸的開始。回應和闡發著屈原反天命的思想。又柳宗元自身命運多舛，但能以同理和同情的態度去了解屈原的境遇和心志，自然對於〈天問〉又比別人多了一份感情和理解，故若言〈天對〉是回應〈天問〉的一種答案，是對〈天問〉的繼承和發揚，亦不爲過。

　　易重廉先生的《中國楚辭學史》對楊萬里的《天問天對解》也作了如此的肯定：「借著對〈天問〉、〈天對〉的研究，表現楊氏本人不畏天命和事在人爲的進步思想，是《天問天對解》更爲突出的價值。」〔註42〕觀看注解〈天對〉時，以「皆人事，非天命」一語，直接闡釋不相信天命的看法，同時也具有「針砭時弊」的作用。試想南宋王朝的境況，王公貴族沒有風骨只想偷安江左，而帝王也沒有恢復江山之志，雖有愛國志士熱忱努力，卻屢遭排擠、被小人構誣陷害，國家終走向滅亡。面對如此的憂患，楊萬里在注解時也強調「齊桓之事，皆自取爾，天何與爲」，大概也希望爲政之君能引以爲戒，莫重蹈前人之覆轍。至此，透過「反對天命」的相同看法，將三人的生命的經歷加以聯結了。

三、具有積極的實用價值

　　楊萬里因注解〈天對〉而及於〈天問〉，故而完成了《天問天對解》的著作。然綜觀楊萬里對《楚辭》的注解，卻獨注〈天問〉作品，而未及於屈原其他作品的注解，易重廉先生以爲是「這與他的長於思辯和積極用世的儒家思想不無關係」。〔註43〕南宋是理學興盛的時期，受到這時代的文化思潮薰

〔註41〕易重廉，《中國楚辭學史》，頁 209～210。
〔註42〕同前註，頁 283。
〔註43〕同前註，頁 284。

染，楊萬里自然也有如此的思辯方式，對於天理性命之學加以研究，而〈天問〉的內容便包含此範圍。且楊萬里的文學思想中特別強調文章需具有實用價值，能爲時所用，提供爲政者省思和治道之法，改變社會，使國家能更爲長治久安。他認爲天下學問有「無用之學」和「有用之學」的分別，在〈陸贄不負所學論〉一文中提到：「訓詁者，無用之學也，學之僞也。名節者，有用之學也，學之眞也。」〔註44〕尤其在南宋特別的政治環境，北宋被金人滅亡，徽欽二帝蒙塵，本應該力圖振作以思恢復故土，然定都於魚米之鄉的江南後，許多人也沉溺在優美的環境中，於是主和之聲四起，甚至排擠主戰的愛國志士。喪權辱國，苟安江南，故身爲知識份子的楊萬里，欲提振及改變士子的觀念，使其具有名節操守，如此國家才能奮發有爲，正如其受到張浚的「正心誠意」的鼓勵，故以清直之操自我要求。故其選擇《楚辭》的作品注解，也是因屈原忠貞重氣節的形象深植其心。

除此之外，〈天問〉是屈原的作品中大概最富思辯的文章了。游國恩先生以爲〈天問〉「簡直是文學史上的怪物」，〔註45〕而林庚先生亦認爲是「詩壇的怪謎」。〔註46〕不論是「怪物」也好，或是「怪謎」也罷，大概是因其內容爲連續的發問所構成的龐大體製，且是有問無答，彷彿形成一道道的謎題。楊萬里在注解時雖有訓詁之處，但受到理學思維影響，對於〈天問〉和〈天對〉注解時，更能發揮其思辯功能，故注解時亦著重在義理的詮釋。明朝陸時雍《楚辭疏・讀楚辭語》：「屈原作〈天問〉，似謂天下都不可知者。天不可知，地不可知，人不可知，物不可知，古不可知，今不可知，惟其不知，所以爲怪。惟其爲怪，所以有問。千載以上，惟有此問，千載以下，竝無此答。」〔註47〕故知屈原的〈天問〉是無所不問，一切可問，則無所不包。且在〈楚辭條例〉下云：「屈原當戰國時，墳典未灰，史乘畢湊，兼以博識，宏材蹈揚千古，後之學者，誰瞷其藩。」〔註48〕屈原所處的戰國時代，諸子百家爭鳴，締造出豐富的思想。當時的諸子對於宇宙進行不少探索，提供許多思維的面向，例如列子、莊子、荀子、惠施、騶衍等，皆提出自己的看法，然屈原追求眞理的態度，並不僅止於知其一而已。故湯炳正《楚辭類稿・〈天問〉與屈

〔註44〕〔宋〕楊萬里，《誠齋集》，卷99，頁778。

〔註45〕游國恩，《楚辭概論》，頁87。

〔註46〕林庚，《詩人屈原及其作品研究》（上海：上海古籍出版社，1981年），頁8。

〔註47〕杜松柏主編，《楚辭彙編》（台北：新文豐出版公司，1986年）第3冊，頁82。

〔註48〕同前註，第3冊，頁53。

原的認識論》提到：「屈原作爲一個『宇宙可知論』者，却不滿足於舊時代的答案；作爲一個『宇宙無限論』者，又不急於提出新時代的結論。他不僅不同於莊、荀，也不同於惠、騶。他的偉大詩篇〈天問〉，是對傳統觀念的質詰，也是對客觀眞理的追尋。」〔註 49〕肯定屈原作〈天問〉的態度和價值，也鑑於對「傳統觀念的質詰」、「客觀眞理的追尋」，楊萬里對〈天問〉的注解更能使其思想馳騁於天地之間。

　　儘管《楚辭》作品中，〈天問〉的內容包羅萬象，包括宇宙天地和歷史人事，但其重點仍在於「以史爲鑑」的目的。關於〈天問〉的取材內容，傅錫壬《新譯楚辭讀本》以爲：「〈天問〉一篇凡一百七十二個疑問，上自天文，下至地理，中及人事。實在是一篇天下奇文。」〔註 50〕同時，傅氏乃就〈天問〉所問的對象，分爲十九類，足見其內容之繁複。而林庚〈〈天問〉注解的困難及其整理的線索〉一文云：「〈天問〉裏的問題，前面一小段是問天，後面一大段是問人。問天是問開天闢地的歷史……問人是問人類的歷史。」〔註 51〕並且認爲「〈天問〉中歷史的發問實以夏爲中心。」〔註 52〕林氏看似簡單的二分法，其實重點乃在凸顯人事部分，強調〈天問〉寫作的目的性和針對性。而郭世謙《屈原天問今釋考辨》：「〈天問〉反映了屈原對天地自然萬物乃至人類社會歷史內在規律的探求。」〔註 53〕而「人類社會歷史」則概括上古傳說、夏、商、周及楚先世諸鄰邦，最後，特獨立「楚國時事」一部分，似有強調之作用。故楊萬里或許希望藉注解屈原〈天問〉，能引起君王「以古爲鏡」的作用，也使此作積極的實用價值可以顯現。

　　另外，明代趙南星在其爲《離騷經訂註》的自序中肯定屈原，並提及其作之因由和目的：「余林居無事，諸生就學，頗集文繹，而值文章極衰之會，操觚者人人好奇，強非其質，每至絕不似物，而平正者又爲有司所斥。余乃合〈離騷〉與〈屈子傳〉刻之，而於王逸所註，稍加刪改，名曰《訂註》，使學者能讀萬過，令不思而誦於口，寤寐而悅於心，爲文不模擬而得其似，則亦可以動有司，取青紫矣……」〔註 54〕由於楊萬里曾興辦學校，故《天問天

〔註 49〕湯炳正，《楚辭類稿》（台北：貫雅文化事業有限公司，1991 年），頁 282。
〔註 50〕傅錫壬，《新譯楚辭讀本》（台北：三民書局，2005 年），頁 86。
〔註 51〕褚斌杰編，《屈原研究》，頁 333。
〔註 52〕同前註。
〔註 53〕郭世謙，《屈原天問今釋考辨》（天津：天津古籍出版社，2006 年），頁 4。
〔註 54〕同前註。

對解》可能爲其教學範本，也因此其注解的原則是「以易其難」，唯有容易方能記之於心，正如趙氏所說的「令不思而誦於口，寤寐而悅於心」之意。而其於跋語中亦言：「孟子謂誦詩讀書，宜論其世。善哉乎其言之也。非論其世，烏知《詩》《書》之所謂哉……」〔註55〕所謂「宜論其世」即楊萬里所秉持的觀念，文章要能「爲時所用」，文章要具有經世濟民之用，即使是注解亦是如此。所以，其注解《天問天對解》時採取簡單的詮釋，使人看得明白，以作者的名節爲學習的典範。傳達無神論和唯物觀，以強調落實教育，使讀書人有高尚情操，繼而貢獻社稷，以挽救南宋頹敗局勢，作爲士人永遠的職責。

四、具有客觀的治學態度

朱熹《楚辭集注》一書，〈天問〉的序言：「此篇所問，雖或怪妄，然其理之可推，事之可鑒者，尚多有之。而舊注之說，徒以多識異聞爲功，不復能知其所以問之本意，與今日所以對之明法。至唐柳宗元始欲以義理爲之條對，然亦學未聞道，而誇多衒巧之意，猶有雜乎其間。以是讀之常使人不能無遺恨。若補注之說，則其厖亂不知所擇，又愈甚焉……」〔註56〕朱熹對於柳宗元的〈天對〉深具貶意，認爲其「學未聞道」。柳宗元所主張的是樸素的唯物主義觀，對於宇宙的形成以爲是「元氣說」；而朱熹雖爲理學家，然其所強調的是「唯心主義」之道，故此處所謂「學未聞道」，爲朱熹以柳宗元之異己觀點而發之言，似有所偏頗。而對於洪興祖的《楚辭補注》，因其多對名物訓詁作考證和詮釋的工作，和其強調名義理之學有所不同，故又發出「厖亂不知所擇，又愈甚焉」的論調，抹滅了洪興祖對於《楚辭》的貢獻。然觀〈天對〉和《天問天對解》，柳宗元和楊萬里對於作品雖提出自己的觀點但不加妄言，態度至少較爲客觀。楊萬里治學方式雖不似漢儒重章句之學，然對於訓詁亦有所涉獵，又加上理學的思辯方式，故在注解《天問天對解》時亦特強調對義理的疏通。雖然此作未像洪興祖的《楚辭補注》多訓詁名物，也不似朱熹的《楚辭集注》專以義理爲主，但能兼採他人之說，酌以己之意加以發揮，似較朱熹又爲客觀。

雖然朱熹在注解〈天問〉時對於疑竇之處，以「未詳」二字言之，能有存疑的態度是值得肯定，例如「焉有石林？」其下注：「石林，未詳。」又「焉有

〔註55〕同前註，跋語部分。
〔註56〕〔宋〕朱熹，《楚辭集注》，頁93～94。

虬龍，負熊以遊？」其下注云：「虬，見上，餘未詳。」又「鼇戴山抃，何以安之？釋舟陵行，何以遷之？」其下注云：「鼇，大龜也。擊手曰抃。舊注引《列仙傳》曰：『有巨靈之龜，背負蓬萊之山而抃舞。』事亦見《列子》。下二句，未詳。」故由此觀之，朱子不強以為知，足見其治學之態度。然若和楊萬里的《天問天對解》作比較，又可見楊萬里的治學較朱熹為嚴謹和客觀，不包含批評的性質，對於後世學者的學習態度更能提供典範。試舉例在〈天問〉的問句中，楊萬里從〈天對〉的回應和朱熹在注解上的回應之不同態度：

〈天問〉：

　　鴟龜曳銜，鯀何聽焉？順欲成功，帝何刑焉？

〈天對〉：

　　盜堙息壤，招帝震怒。賦刑在下，而投弃於羽。方陟元子，以胤定功地。胡離厥考，而鴟龜肆喙？

《天問天對解》：

　　鯀乃盜堙上帝之息壤，以招上帝之震怒，故刑而弃之於羽山，堯於是升其子禹嗣其功。

《楚辭集注》：

　　鴟龜事無所見舊說，謂鯀死為鴟龜所食，鯀何以聽而不爭乎？特以意言之耳，詳其文勢，與下文應龍相類似，謂鯀聽鴟龜曳銜之計而敗其事。然若且順彼之欲未必不能成功，舜何以遽刑之乎？然若此類無稽之談，亦無足答矣。

又

〈天問〉：

　　康回憑怒，地何故以東南傾？

〈天對〉：

　　彼回小子，胡顛隕爾力？夫誰駭汝為此，而以愚夫（天）極？

《天問天對解》：

　　豈康回小子之力所能觸而折絕乎？誰為是說以駭汝，而汝以此說愚擾天聽也。〈陸賈傳〉云：毋久愚汝為。

《楚辭集注》：

　　舊說康回，共工名也。憑，盛滿也。《列子》曰：共工氏與顓頊爭為帝，怒而觸不周之山，折天柱，絕地維。故天傾西北，日月星辰就

　　焉：地不滿東南，百川水潦歸焉。此亦無稽之言，不答可也。

　　由上述二例可以看出，楊萬里在注解時多採取正面的態度為之，一如柳宗元在〈天對〉的態度一樣。然朱熹的《楚辭集注》對於某些字句，其斥為無稽之談，並言「不足論也」、「不答可也」，如此注解已具有價值判斷，且對〈天問〉多少含有貶意，並非客觀態度。明代何喬新在〈楚辭序〉中對於屈原的貶意更有甚於朱熹，其言：「朱子以豪傑之才，聖賢之學，當宋中葉，阨於權奸迄不得施，不啻屈子之在楚也。而當時士大夫希世媒進者，從而沮之排之，目為偽學，視子蘭上官之徒，殆有甚焉。然朱子方且與二三門弟子講道武夷，容與乎溪雲山月之間，所以自處者，蓋非屈子之所能及……」〔註57〕其對朱熹的極度仰慕，甚至認為屈原已有所不及。不但如此，其評論「然王洪之註，隨文生義，未能有白作者之心。而晁氏之書，辨說紛拏，亦無所發於義理……」〔註58〕對於歷代研究《楚辭》的作品加以批評，而對朱熹的作品予以高度的肯定：「乃取王氏晁氏之書刪定，以為此書。又為之注釋，辨其賦比興之體，而發其悲憂感悼之情，繇是作者之心事昭然天下後世矣。」〔註59〕這樣的力捧《楚辭集注》，卻也落入朱熹注解〈天問〉時不能以正面的態度看待之，頗為可惜。故楊萬里對〈天問〉〈天對〉的注解，即便是其趨向樸素的唯物主義和無神論，但面對古代傳說時，其多不作批評的文字描述，此客觀的治學態度是此作的價值之一，也值得後人學習。

　　《天問天對解》雖只是一部注解的作品，但是從其對內容的注解，我們可以看到柳宗元對屈原的回應、楊萬里對柳宗元和屈原的認知而作的注解，再加上其所引用之古籍等，尤其楊萬里又是較早對〈天對〉注解，故我們可以看到史料的保存價值。除此之外，楊萬里對柳宗元說法的吸收，對屈原的理解和認知，思想的進步價值亦呈現其中，對於當代或後世都能給予刺激和思考。當然，文章乃是經國之大業，需具有經世濟民的實用價值，在注解〈天對〉和〈天問〉的選擇時業已現端倪。最後，治學態度的嚴謹和客觀，往往才能兼容並蓄，成就更偉大的作品。楊萬里對《楚辭》的態度能以正面回應，當作為後世那些鑽牛角尖，狹隘見解者的反省對象了。

〔註57〕〔明〕何喬新，《椒邱文集》（台北：台灣商務印書館影印文淵閣四庫全書，1986年），卷9，頁5a。

〔註58〕同前註，卷9，頁4b～5a。

〔註59〕同前註，卷9，頁5a。

第三節　《天問天對解》之影響

　　至於《天問天對解》對後世的影響，雖未能像同時代洪興祖的《楚辭補注》蒐羅廣益，訓詁名物多有考據，言之鑿鑿；亦不像朱熹《楚辭集注》以其理學思維，講學多家書院能發揚己意，甚至到了明代前期成爲一家之注。然在易重廉先生的《中國楚辭學》將其列入「《楚辭》專門研究的繁榮」一章中，也肯定對《楚辭》整體研究提供更進一步的動力，故筆者以爲其勢必對後世有所影響。

　　探究《天問天對解》對後世的影響，筆者試從其著作的內容、形式和治學精神加以分析，分述如下：

一、內容方面

　　楊萬里在〈天問天對解引〉已清楚表示：「因取〈離騷天問〉及二家舊注釋文，而酌以予之意以解之，庶以易其難云。」〔註60〕前已探論過，其所謂的二家舊注釋文，不外乎是王逸的《楚辭章句》及洪興祖的《楚辭補注》。而「酌以予之意以解之」的實例，在注解〈天問〉時僅有「馮馮翼翼」一詞能凸出於王逸和洪興祖的說法，並引《前漢書》加以證明，但相較於其他說法則多因襲舊注之說，或從柳宗元之說以證王逸說法之誤，故此部分對後世並未能造成影響。

　　由於楊萬里是較早注解〈天對〉的人，且能從訓詁和義理思辯的方向去注解，故對後人有一定程度的影響。試舉例如下：

〈天對〉：

　　輻旋南畫（晝），軸奠于北。孰彼有出次，惟汝方之仄。

《天問天對解》：

　　輻以喻天體，軸以喻天極。天運而極不動，日之行遫天而旋以成畫（晝）者也，彼有所謂出，有所謂次也哉？惟人見其方之仄而東，謂日出於東；見其方之仄而西，則謂日次於西，彼未始有出次也。

《天問天對註》：

　　當旋轉的車輪的某一根車輻劃向南方時，輪軸就處在它的北方。哪裏是太陽有升起和止息，是你所在之地跟太陽的方位在不斷地傾

〔註60〕〔宋〕楊萬里，《誠齋集》，卷95，頁821。

側、偏移。這裏含有明顯的地動思想。

《〈天問〉〈天對〉譯注》：

> 當車輻向南方旋轉時，輪軸就在它的北方。太陽哪裏有什麼起落，
> 是你所在之地跟太陽的方位在不斷的偏移。

雖然以現在的科學知識，可以知道「地動」的思想。但二書在注解時，基本上是根據楊萬里「天運而極不動，日之行遡天而旋以成畫（晝）者也」而來的。

另外，也有突出於楊萬里的注解，例如：

〈天對〉：

> 黑水淫淫，窮于不姜。

《天問天對解》：

> 不姜，未詳，蓋地名也。

《天問天對註》：

> 不姜，古代傳說中的山名，據《山海經·大荒南經》，它是黑水的盡
> 頭。

《〈天問〉〈天對〉譯注》：

> 黑水流向遠方，不姜山是它的源頭。（不姜：古代傳說中的山名。據
> 《山海經·大荒南經》說：「大荒之中，有不姜之山，黑水窮焉」，
> 不姜山是黑水的源頭。）

或許是受楊萬里「未詳」二字的啟發，後人作注更加追根究柢，故而查出是源出於《山海經》，顯然柳宗元應看過此「異書」（〈息壤記〉一文有提到此異書），而楊萬里也許沒親眼看過《山海經》而誤以為是「地名」，或者有其他含意（見第二章第四節之論述）。

二、形式方面

明代洪武至弘治年間，由於政局穩定，加以皇權高張，道學獨尊的形勢下，屈原受到道學家們的批判，楚辭學的發展一片沈寂，而流行於當時的《楚辭》著作，大概只有理學家朱熹的《楚辭集注》。明代中葉後，因學術思想的改變，道學式微，人們開始走向以詞章欣賞的創作。桑悅的《楚辭評》、周用的《楚詞註略》等作品也相繼出現，而注意到楊萬里《天問天對解》的人則有張燮及陳朝輔。張燮在〈刻楊氏天解序〉對楊萬里予以高度的肯定，能以

較正面的態度看待前人及其作品。其言曰：「屈平原本忠愛，用寫其佗傺無聊之感，而警采絕豔，奮飛辭前。天問一篇，大率窮宇宙之所始，就中取類雖雜，其於興衰成敗，有餘恫焉，鉤頤抉隱，藉以豎義手，非必斤斤焉事理所有，沿其垢囊也。」〔註61〕其中的「警采絕豔，奮飛辭前」二句，正說明了此時期楚辭學的發展方向乃趨向詞章的欣賞。屈原在明代前期受道學家的批評，至此時其忠貞的形象和狂放的個性得以理解。至於柳宗元，朱熹曾評其「學未聞道，而誇多衒巧之意，猶有雜乎其間，以是讀之常使人不能無遺恨。」〔註62〕對其主張樸素的唯物主義不予苟同。然張燮則云：「子厚之對，蓋亦牢愁自放，故託天口，與屈子相酬酢。擢繭成繼，端竟自在，亦若經著而傳隨耳。」〔註63〕顯然他認為〈天對〉能將〈天問〉的一百七十餘個問題加以抽絲剝繭，如同解經之傳，肯定〈天對〉的地位。

而對於楊萬里，他也加以肯定：「二書從昔單行，未有為之合給者。宋楊廷秀始參錯之，分疊就班，遞相呼應。又為之釋義以行，末學不至艱於披展矣。後儒何知？謬作天答，格以理中之談。」〔註64〕自此，後人多採「取屈原〈天問〉、柳宗元〈天對〉，比附貫綴」的方式為之。觀看《增廣注釋音辯唐柳先生集》卷十四〈天對〉下寫著「今將詞天問逐段附入，遇〈天問〉則低寫於前，遇〈天對〉則高寫於後，仍入諸家音釋，覽者詳焉。」〔註65〕而明代陳仁錫在其《古文奇賞》一書，也著錄〈天問〉一篇，然特別的是其在〈天問〉注解下隨之附上〈天對〉的原文，但並沒有為之注解。不過，就其形式也是受楊萬里《天問天對解》的影響。再看今人著作，陸元熾的《天問淺釋》〔註66〕中，其亦獨列〈〈天對〉簡釋〉，先列〈天問〉原文，再列〈天對〉原文，最後則列〈天對〉的簡釋。而復旦大學中文系訂注的《天問天對注》，亦先列〈天問〉原文和注解，再列〈天對〉原文和注解。吉林師範大學歷史系與長春市第一光學儀器廠工人理論組合編的《〈天問〉〈天對〉譯注》，其形式先列〈天問〉原文和語譯，再列〈天對〉原文和語譯，而是頁下方則

〔註61〕 崔富章，《楚辭書目五種續編》，頁45。
〔註62〕 〔宋〕朱熹，《楚辭集注》，頁94。
〔註63〕 崔富章，《楚辭書目五種續編》，頁45。
〔註64〕 同前註。
〔註65〕 〔唐〕柳宗元，〔宋〕魏仲舉輯，《增廣注釋音辯唐柳先生集》（上海：上海商務印書館四部叢刊影印元刊本，1929年），卷14，頁5。
〔註66〕 陸元熾，《天問淺釋》（北京：北京出版社，1987年），頁133～205。

有注釋。諸如此類的排列形式，應是受楊萬里的《天問天對解》影響所致。

三、治學精神

楊萬里在注解《天問天對解》時已明確指出是「古人難字過」之故，因而引起注解〈天對〉的動機。然其必知道柳宗元的〈天對〉乃是對應屈原的〈天問〉而來，故其竟能取此二家「比附貫綴，各爲之解」，足見其治學態度之謹嚴。雖然其注解頗爲淺易，是爲了配合「以易其難」的目的，故不能以內容粗略看待之。且其對《楚辭》的態度多採正面態度看待前人，其客觀和婉轉的態度更顯其學養。朱熹對《楚辭》及屈原曾評論曰：「竊嘗論之，原之爲人，其志行雖或過於中庸，而不可以爲法，然皆出於忠君愛國之誠心；原之爲書，其辭旨雖或流於跌宕，怪神怨懟激發，而不可以爲訓，然皆生於繾綣惻怛，不能自已之至意；雖其不知學於北方，以求周公仲尼之道，而獨馳騁於變風變雅之末流，以故醇儒莊士，或羞稱之。」〔註 67〕表面上有褒意，但實際上更具貶意。至明代何喬新對朱熹之言更加認同，甚至以爲屈原不及朱熹，似乎太過了。

再看明初時期，由於王朝出現太平之景，當時楊士奇等人創了台閣體，專事歌功頌德。加以君權膨脹，屈原被台閣體和道學的衛護者更是批評。李東陽在《懷麓堂詩話》中提到：「荊楚之音，聖人不錄，實要荒之故。」〔註 68〕對於南方文學多所貶抑，實不客觀，也非治學的精神。直至明代中葉後，文學思潮有所改變，前期一家獨大《楚辭集註》的權威，至此漸有其他特出於詞章欣賞的面向的創作出現，較能以正面的態度去看待前人及其作品。

楊萬里的人格和行爲似乎也在無形中影響後人，明代的桑悅也許便是一例。其在政治仕途上並不順遂，先是科舉考試的失利，好不容易考取卻因籍之誤寫二爲六，於是二十六歲的外表，卻恐是六十六歲心態的老叟。他曾擔任長沙通判，專以催科爲職，而後又調任柳州通判。這一路走來和柳宗元貶永州，再貶柳州，而楊萬里也曾任零陵縣丞，而後調任他方，這路線已有雷同者，命運又似乎將四人加以連結。桑悅在〈調柳將辭郡和罷官夜飲山月軒分韻得主字韻〉其八曰：「靈脩溺爭後，龍棹涉江始。云胡百代下，各載薜荔

〔註67〕　〔宋〕朱熹，《楚辭集注》，頁 3。
〔註68〕　〔明〕李東陽，《懷麓堂詩話》（台北：台灣商務印書館影印文淵閣四庫全書，1986 年），頁 13a。

鬼？汨羅廟寂寂，血食半虛詭。流俗諭難明，高賢沒猶圮。」〔註69〕此和楊
萬里〈過弋陽觀競渡〉中「急鼓繁鉦動地呼，碧瑠璃上兩龍趨。一聲翻倒馮
夷國，千載淒涼楚大夫……」，二首詩中的屈原同有哀怨之感。楊萬里曾任零
陵縣丞，桑悅擔任長沙通判；楊萬里曾著《庸言》以究性命之理，而桑悅亦
著有《庸言》；楊萬里注解《天問天對解》，而桑悅則作《楚辭評》。錢謙益《列
朝詩集小傳》：「居長沙，著《庸言》，自以為窮究天人之際，非儒者所知也。」
〔註70〕這樣的狀況，未知是巧合？抑或是刻意安排？但肯定屈原對此二人都
有不少的影響和感發，而楊萬里又早於桑悅，故推論之下，這樣的影響或有
些微的推披助瀾之效。

〔註69〕〔明〕桑悅撰，《思玄集》（台南：莊嚴文化事業有限公司影印萬曆二年（1674）
　　　　桑大協活字刊本，1997年），頁142。

〔註70〕〔清〕錢謙益，《列朝詩集小傳》（北京：中華書局，1961年），頁285。

第六章　結　論

　　〈天問〉大概是《楚辭》作品中最爲難讀且最富爭議性的一部作品，因爲有問無答，而屈原又不復存在，無人能眞正知道究竟他想表達的意念爲何。翟振業〈〈天問〉問題研究的回顧與展望〉一文中以爲：「〈天問〉是屈賦裏一篇奇峰突兀的奇文」，〔註1〕而劉勰《文心雕龍・辨騷》：「〈遠遊〉、〈天問〉，瓌詭而惠巧。」〔註2〕所謂「瓌」乃就修辭及文字而言，即有「自鑄偉詞」之意，透過修辭的運用，使原本的發問體更加靈活瓌奇。所謂「詭」，乃指內容用典的奇特。「惠」爲「慧」之意，而《新譯文心雕龍》：「惠同『慧』，有機智之意。」〔註3〕指的是思想方面的靈活。《說文》：「巧，技也。」其下注云：「手部，曰技巧也。」〔註4〕乃就篇章結構及章法而言。故其詭譎又富思想性和文學的藝術特色，使得研究〈天問〉的人不在少數。

　　〈天對〉作爲回應屈原〈天問〉的解答，卻因文字奇僻難懂，致使楊萬里讀之也有「古人難字過」的感嘆，因而興起注解〈天對〉的動機，然〈天對〉又是回答〈天問〉而來，故楊萬里則採用「比附貫綴，各爲之解」的方式注解，使能「從屈原發問的角度解釋柳宗元〈天對〉中章句的意義；又能從〈天對〉的角度，從柳宗元對屈原〈天問〉理解、注釋和回答問題的角度來闡發屈原〈天問〉中的旨意。在吸取〈天對〉，即吸取柳宗元對屈原〈天問〉研究成果的基礎上，形成自己的見解。」〔註5〕基於此，本論文乃大膽進行對《天問天對解》

〔註1〕　翟振業，〈〈天問〉問題研究的回顧與展望〉，《山西師大學報（社會科學版）》（第21卷第1期，1994年1月），頁43。
〔註2〕　〔梁〕劉勰，《文心雕龍》，卷1，頁10a。
〔註3〕　羅立乾注譯，《新譯文心雕龍》（台北：三民書局股份有限公司，2006年），頁43。
〔註4〕　〔漢〕許愼撰、〔清〕段玉裁注，《說文解字注》，頁203。
〔註5〕　洪湛侯編，《楚辭要籍解題》，頁18。

的研究，欲從「知人論世」到「文本探討」，進而闡發其文學的特色，以及其文學價值和對後世的影響。以下就本論文研究的狀況加以陳述：

第一節　研究成果

　　本論文筆者乃從研究動機談起，透過文獻資料的蒐集和分析，了解近百年來研究楊萬里及其《天問天對解》的相關論述，以作為研究作者和作品的背景。而研究方法一則採「歷史研究」，以了解楊萬里的生平、寫作背景、著作及思想概況；另一則採「文本研究」，從作品的內部進行深入的剖析，對其訓釋和詞章加以分析，使能闡發其文學的特色和價值，以及對後世的影響。

　　1、楊萬里之生平著作及思想

　　關於楊萬里的生平陳述，筆者分別從其家世、師承、交遊及仕宦狀況勾勒生平，對其先祖的遺風影響，使其在人格上能鯁直不阿；而其自十歲開始四方求師，包括高守道、王庭珪、劉安世、劉廷直、劉才邵等人，可謂「轉益多師」。此外，尚有張浚和胡銓的教導勉勵，對其在政治上的主戰態度有極大的影響。至於交游方面，于北山先生的《楊萬里年譜》和胡明珽先生的《楊萬里詩評述》中皆列有交遊一節，所論之人亦多達幾十位，然筆者只取一位對其影響深遠，不只是在學問上、在生活上，甚至在心靈上都是至交好友的張栻作介紹。至於其他未談及，乃因本論文的重點不在此，故而忍痛捨之，切入重點。仕宦的歷程，乃按其年代先後加以敘述。

　　關於著作的部分，筆者以《誠齋集》的內容作為論述，並將其作品按照《四庫全書》的四部分法，使能明了其在經、史、子、集各部所涉獵的狀況，以了解博學多聞的形象。此外，亦根據期刊論文的研究成果，了解其逸詩或《誠齋集》所闕漏之篇目，使其作品更為完整。而附錄（一）則統計其九種詩集的寫作年代，詩的數目，作序的時間，使對其「一官一詩集」的特色，可以和其仕宦作一結合，以了解其思想。

　　至於思想部分，則分別介紹其在理學和文學的思想特點。理學的興盛有其時代的背景，其特點在於探論的內容多在天理和性命的議題上，它並不重視訓詁章句之學，代之是對義理的疏通、人生哲理的呈現，故宋代治學方式漸漸不同於漢唐時代的解經方式，學術思想更為活潑自由，這也是形成《天問天對解》的外在因素之一。楊萬里的文學思想有其特色：文章應具有實用功能，要能「為

時所用」；文學修養的方式特別強調「持氣養志」，而寫作方法則要時刻保有興趣和創作的欲望，透過感悟觸發之後，詩歌將更有「味道」；文學批評和鑑賞的態度必須公正，不能以偏概全，也不能空談，要能發揮實際效用，如此才是好的鑑賞者。當然，作詩要有自己的風格，反對一味的模疑，這或也是楊萬里在其三十六歲焚其年少所作「江西體」的詩千餘首的原因，至此後詩始存稿。

最後，筆者從楊萬里的詩文中汲取有關屈原或《楚騷》的作品，探討楊萬里對屈原的感受，肯定其忠貞愛國的形象，但對於屈原激進的方式則未必認可。另外，其對《楚辭》的觀念也多在「怨」和「哀」，而這些感覺的根源並非是個人私欲不得滿足之怨與哀，而是愛國心志無可發洩的幽憂憤懣。對柳宗元的看法，亦從詩文加以分析，了解楊萬里眼中的柳宗元形象是冷峻，心境是孤獨的，性格卻是忠貞堅定的。如此分析二人，可以作為分析《天問天對解》和〈天問〉、〈天對〉關係的要素。

2、《天問天對解》之寫作背景及動機

《天問天對解》的寫作動機，除了是楊萬里為紓解閱讀前人作品的困擾外，其外在背景的促成也不容許忽視的。除了理學所形成自由解經的學術之風外，政治問題也可能是影響其寫作的動機。宋代獨特的政治環境，宋初時的「中央集權」到北宋末的「靖康之難」，結果南宋建立之後，卻形成朝廷偏安江南的事實。權貴苟安魚米之鄉，皇帝向金稱臣稱姪，國家氣節蕩然無存。國家的民族意識不強，士人也多陷入追求科考仕進的狹隘思維，故欲振奮人心，《天問天對解》的著作，彷彿負有「撥亂反正」的使命，它從屈原和柳宗元的形象和行誼著手，欲建構讀書人當有的氣節，此也是楊萬里認為的「真學問」。而唯物觀念的闡發，乃冀求務實的態度，一如其以為任何文章都要有實用價值，能「為時所用」。

宋代的書院相當盛行，尤其到了南宋可謂達到巔峰狀態。完善的書院制度具有六大事業：學術研究、講學、藏書、刻書、祭祀和學田。其中學術的自由風氣，許多理學家也藉此講學宣揚自己的理念，同時藉由互相激盪，則學風更加活潑，不同於漢唐的表現。另外，宋代文學的發展與興盛，和當時的社會經濟有很大的關係。無論是詩、詞、文和所謂的民俗文學的興起，都代表著某種程度的富裕。大都市的興起、市民階層的擴大，都促成文學的發展。當然，社會的階級開始產生矛盾，賦稅沈重，人民生活走向凋弊，則文學內容多了關心民生生計和反映階級矛盾的取材。

　　至於寫作《天問天對解》的動機，筆者分析幾點的可能性：一是爲永州零陵縣丞，百年前柳宗元曾貶謫永州十年，故其在此應是接觸〈天對〉的開始；其二，可能在紹興、隆興元年時擔任臨安府教授，此時的《江湖集》關於柳宗元的作品相當的多；其三，作者知常州時，曾興建城南書院，此可能爲其教本，故其自言注解《天問天對解》的原則是「以易其難」，正符合教科書的簡單扼要，只是此時雖有較多關於屈原之作，但比起實地接觸柳宗元的環境和作品，時間要來得晚些；其四則是據辛更儒先生在《楊萬里集箋校》一書，以爲是慶元年間，受朱熹的《楚辭集注》影響而有此作品，但分析之下仍有闕漏，故疑而存之。

3、《天問天對解》之訓解方式

　　此章分別對〈天問〉和〈天對〉的訓解方式加以分析，並以統計歸納的方法呈現結果，使能一目了然。筆者分析〈天問〉的訓解方式歸納得出八種方式：「無任何注解」、「直書王逸云」、「未書但暗引王逸注」、「引用洪興祖《楚辭補注》」、「引用柳宗元自注」，「引用其他古籍」，如《漢書》，以及「楊萬里自述」和「亦同此問」等。由此可知，楊萬里注解〈天問〉所引他人之書或意見佔了多數，故多爲繼承，少有創發。唯一特別的是「無注解」之態度，筆者發覺此注條目多和柳宗元〈天對〉所言相差甚多，通常是主語所指不一，故楊萬里並未注解，顯見其仍較偏向柳宗元的論點。

　　而在〈天對〉的訓解方式，筆者亦歸納出八種注解方式：有「無注解」、「未詳」、「引用王逸《楚辭章句》」、「引用柳宗元自註」、「引用其他古籍」、「訓詁」、「釋義」等方式。其中，引用古籍部分比起〈天問〉所引之書要多，因〈天對〉前人並無全面的注解。包含有《漢書》、《莊子》、《列子》、《左傳》、《禮》及柳宗元作品。而訓詁方面，包含了音訓、形訓及義訓等向面，用語的形式，筆者歸納出共有十四種方式：「某，音某」，「某，某音切」、「某，某聲」、「某，與某同」；「某，又作某」、「某，疑作某」、「某，當作某」、「某，與某同」；「某，某也」、「某，猶某也」、「某者，某也」、「某，謂某也」、「某，以喻某」、「某，即某」。語言多變，不會採單一形式表達，在在顯示其具有豐富的語言表達能力。而釋義部分，筆者又略分五項：「只作字音注釋」、「只作字詞訓詁」、「只作字形注解」、「只作字音和字詞訓」以及「逐句釋義」。除了注解方式多變化之外，更可直觀到釋義的篇幅所佔比例甚高，知道其必受理學思維影響，故注解多講義理疏通。此外，可知訓解的目的是要讓讀者「易

於明白」，以進一步培養高尚的名節，一如屈原和柳宗元的形象和氣質。

　　明代趙南星在其為《離騷經訂註》的自序中肯定屈原，並言「余林居無事，諸生就學，頗集文繹，而值文章極衰之會，操觚者人人好奇，強非其質，每至絕不似物，而平正者又為有司所斥。余乃合〈離騷〉與〈屈子傳〉刻之，而於王逸所註，稍加刪改，名曰《訂註》，使學者能讀萬過，令不思而誦於口，寤寐而悅於心，為文不模擬而得其似，則亦可以動有司，取青紫矣……」〔註6〕其「令不思而誦於口，寤寐而悅於心」，正如訓解時要求「以易其難」的原則。唯有讓學子能時時溫故知新，發揮學以致用的功能，則社會風氣得以改善，讀書人有志節，殺敵復國便有希望。

　　綜合上述，文本方面乃採「演繹法」推演出其訓解方法，其次再將〈天問〉、〈天對〉加以歸納整理，試著尋找和《天問天對解》之間的關係。對於〈天問〉、〈天對〉和《天問天對解》三者的關係，則分二個方向進行，一為「知人論世」：即屈原、柳宗元和楊萬里的政治背景和遭遇之分析，以尋找其「異中有同」的相似處。又三者在個人情感和理想的分析，尋覓其「同中有異」的差別性加以探討。二為「文本探討」：分從〈天問〉、〈天對〉和《天問天對解》的主題趨向探論，使三者的關係更加緊密；另外，則以實例輔助說明之，盼能有燦然之感。

4、《天問天對解》之文學特色、價值及影響

　　〈天問〉一向被視為思想性高但文學價值低，如此論點似有缺憾。劉勰《文心雕龍・辨騷》可說是一篇較早論述〈天問〉的文學特色：「〈遠遊〉、〈天問〉，瓌詭而惠巧。」其所論述已包含修辭、遣詞、內容、用典、思想、結構和章法。〈天對〉的文學特色，因為是回答〈天問〉而作，故歸之於「問答體」，然又因是模仿〈天問〉四言詩而來，故鄭色幸以之為「齊言體」的辭賦，則其文學則更強。然《天問天對解》在〈天問〉和〈天對〉的鋪墊下，彼此互相吸收，既繼承又試著突破以求新。即使是文學特色，亦有相當程度的關聯。筆者從結構、章句、思想和修辭技巧方面論述。

　　結構上，其乃第一個將〈天問〉和〈天對〉比附注解，先引〈天問〉原文，再列注解；再引〈天對〉，寫出注解。使人一目了然，雖或多或少囿於注解性質，方式不能有多少變化，然透過其他方法的採用，約略可表現其文學

〔註6〕　〔漢〕王逸註，〔明〕趙南星訂，《離騷經訂註》（北京中國科學院圖書館藏萬
　　　　　曆四十一年（1613）原刊本），自序部分。

價值的一面。另外，對其直書「王逸云」和未書而暗引的狀況舉例比較，可以看出直書者情感較爲強烈，視之爲王逸個人看法，故楊萬里多不予以認同。而章句方面，其多爲二句作一注解，但有幾個故事是採用完整的分段，自成頭尾。這和洪興祖的《楚辭章句》分段注釋的方式不同，更加展現其受理學思想的影響，強調義理的疏通。此比較表附在附錄（二），以供參考。思想方面，共列了九條和王逸不同的看法。雖然多從柳宗元的觀點出發，但注解時，楊萬里則會進一步再加擴充，如此，或多或少有自己的想法摻在其中。至於修辭技巧方面，筆者根據黃慶萱《修辭學》的分法：一則屬於「表意方法的調整」，分析之下計有：引用、轉品、譬喻、轉化和映襯；二則屬於「優美形式的設計」，分析之下計有：類疊、對偶、回文、排比和層遞。由此可看出其文學特色和藝術形式的表現，使其不再只是一篇注解性質的文字而已。

另外，《天問天對解》的價值，筆者歸納有四點：具有豐富的史料價值、具有進步的思想價值、具有反省思考的價值和具有客觀的治學態度。此作是較早研究〈天對〉的注本，且較爲全面性的探討，且注中亦攝取柳宗元的自注，故洪湛侯先生以爲：「由於楊氏的《天問天對解》是較早注釋柳宗元〈天對〉的注本，因此具有史料價值。」〔註7〕另外，先秦儒家在天道觀方面是相信天命的。故屈原提出「天命反側，何罰何佑」的問題，其實是對天命的質疑，且從其懷疑到否定，約略可看出屈原具有樸素的唯物思想。柳宗元在其著作〈天說〉和〈天對〉所主張的，正是此種樸素的唯物主義，而楊萬里的天命觀，易重廉先生對其剖析和肯定：「借著對〈天問〉、〈天對〉的研究，表現楊氏本人不畏天命和事在人爲的進步思想，是《天問天對解》更爲突出的價值。」〔註8〕故其具有進步的思想價值。楊萬里對《楚辭》的注解，卻獨注〈天問〉作品，而易重廉先生以爲是「這與他的長於思辯和積極用世的儒家思想不無關係」。〔註9〕楊萬里的文學思想中強調文章需具有實用價值，要能「爲時所用」，故《天問天對解》的著作，自然也要符合此功用。

朱熹對於柳宗元的〈天對〉深具貶意，認爲其「學未聞道」，而其對屈原亦褒亦貶。明代的何喬新其對屈原的貶抑更爲嚴重，認爲朱熹刪王逸、晁氏而作的《楚辭集註》，乃是去蕪存菁的著作。然觀柳宗元的〈天對〉、楊萬里

〔註7〕 洪湛侯編，《楚辭要籍解題》，頁20。
〔註8〕 易重廉，《中國楚辭學史》，頁283。
〔註9〕 同前註，頁284。

的《天問天對解》，對於《楚辭》的作品皆較能抱持正面的態度視之，不似朱熹直斥爲「無稽之談」，故具有客觀的治學態度，值得後人學習。

　　至於《天問天對解》的影響，筆者亦從其著作的內容、形式和治學精神加以分析。〈天問〉的注解，楊萬里多承襲王逸和洪興祖的說法，故對後世影響不大。然楊萬里是較早注解〈天對〉的人，且能從訓詁和義理思辯的方向去注解，故〈天對〉的注解，對後人有一定程度的影響。「二書從昔單行，未有爲之合給者。宋楊廷秀始參錯之，分壘就班，遞相呼應。又爲之釋義以行，末學不至艱於披展矣。後儒何知？謬作天答，格以理中之談。」〔註10〕自此，後人多採「取屈原〈天問〉、柳宗元〈天對〉，比附貫綴」的方式爲之。例如《增廣注釋音辯唐柳先生集》、《天問天對註》、《天問淺釋》等，其皆比附〈天問〉和〈天對〉，只是注釋方法各有特色。

第二節　研究展望

　　楊萬里的詩名太盛，以致「誠齋體」研究的徹底且澎湃，而《天問天對解》之作，卻少有他人研究。即便有所蹴觸，亦目之爲思想性、哲學性的學術文章。對於其文學價值部分，猶如不值一哂似的。筆者不揣淺陋，探析其文學價值和藝術形式的表現，而不讓其詩名專美於前，亦盼能尋找其文學性，了解楊萬里的另一面。然一部作品要能源遠流長，其作品的特色應當要更加突出。楊萬里的《天問天對解》，在思想方面，注解〈天問〉時仍承襲舊說，不能脫出窠臼而有所創新。注解〈天對〉時又陷於柳宗元的自注，雖其在注解的文字上展現了其爲文學家的優點，修辭豐富，繽紛多彩而不單調；且說理注重連貫，有首有尾，結構完整。然或因於前無古人對〈天對〉作注，故多採柳宗元之說，因此不少觀點並非是楊萬里的發明，易被譏爲「無甚新意」。在文學特色上，畢竟受到注解的影響，其表現的方法因此受限，故不能像〈天問〉和〈天對〉一樣，可以很容易地看出其模擬痕跡。也許因時間有限，在其文本中可以再條分縷析，再加上多分析後代對〈天問〉的注解，特別是明清時代關於《楚辭》的著作，除了可以知其源流和發展，也較能全面性而完整剖析《天問天對解》對後世的影響究竟有多深遠了。

〔註10〕崔富章，《楚辭書目五種續編》，頁45。

附　錄

附錄一　楊萬里的九種詩集表

詩集名稱	寫　作　時　間	作序時間	刊　刻　者	篇數
《江湖集》	紹興三十二年至淳熙四年（1162～1177）	淳熙十五年（1188）九月		735
《荊溪集》	淳熙四年至淳熙六年（1177～1179）	淳熙十四年（1187）四月		492
《西歸集》	淳熙六年春至淳熙六年年底（1179）	淳熙十四年（1187）六月		202
《南海集》	淳熙七年至淳熙九年（1180～1182）	淳熙十三年（1186）六月	淳熙十四年（1187）六月，劉渙（伯順）寄所刻《南海集》來	393
《朝天集》	淳熙十一年至淳熙十五年（1184～1188）	淳熙十三年（1186）六月		517
《江西道院集》	淳熙十五年至淳熙十六年（1188～1189）	淳熙十六年（1189）十月		253
《朝天續集》	淳熙十六年至紹熙元年（1189～1190）	紹熙元年（1190）四月		402
《江東集》	紹熙元年至紹熙三年（1190～1192）	紹熙三年（1192）五月		518
《退休集》	紹熙三年至開禧二年（1192～1206）	無序		720

附錄二 《天問天對解》與《楚辭補注》分段表

楊萬里《天問天對解》	洪興祖《楚辭補注》
1. 遂古之初，誰傳道之？ 上下未形，何由考之？	1. 遂古之初，誰傳道之？ 上下未形，何由考之？
2. 冥昭瞢闇，誰能極之？ 馮翼惟像，何以識之？ 明明闇闇，惟時何爲？	冥昭瞢闇，誰能極之？ 馮翼惟像，何以識之？
3. 陰陽三合，何本何化？ 圜則九重，孰營度之？ 惟茲何功？孰初作之？	2. 明明闇闇，惟時何爲？ 陰陽三合，何本何化？ 圜則九重，孰營度之？ 惟茲何功？孰初作之？
4. 天（幹）維焉繫？極（天）極焉加？ 八柱何當？東南何虧？ 九天之際，安放安屬？	3. 幹維焉繫？極（天）極焉加？ 八柱何當？東南何虧？ 九天之際，安放安屬？
5. 隅隈多有，誰知其數？ 天何所沓？十二焉分？ 日月安屬？列星安陳？	隅隈多有，誰知其數？
6. 出自湯谷，次於蒙汜。 自明及晦，所行幾里？ 夜光何德，死則又育？ 厥利維何？而顧兔在腹？	4. 天何所沓？十二焉分？ 日月安屬？列星安陳？ 出自湯谷，次於蒙汜。 自明及晦，所行幾里？
7. 女歧無合，夫焉取九子？	5. 夜光何德，死則又育？ 厥利維何？而顧兔在腹？ 女歧無合，夫焉取九子？
8. 伯強何處？惠氣安在？	伯強何處？惠氣安在？
9. 何闔而晦？何開而明？ 角宿未旦，曜靈安藏？	6. 何闔而晦？何開而明？ 角宿未旦，曜靈安藏？
10. 不任汨鴻，師何以尙之？ 僉曰何憂？何不課而行之？ 鴟龜曳銜，鯀何聽焉？ 順欲成功，帝何刑焉？ 永遏在羽山，夫何三年不施？ 伯禹愎鯀，夫何以變化？ 纂就前緒，遂成考功。 何續初繼業，而厥謀不固（同）？ 洪泉極深，何以寘之？ 地方九州，則何以墳之？ 應龍何畫，河海何歷？ 鯀何所營？禹何所成？	7. 不任汨鴻，師何以尙之？ 僉曰何憂？何不課而行之？ 鴟龜曳銜，鯀何聽焉？ 順欲成功，帝何刑焉？ 8. 永遏在羽山，夫何三年不施？ 伯禹愎鯀，夫何以變化？ 纂就前緒，遂成考功。 何續初繼業，而厥謀不固（同）？ 9. 洪泉極深，何以寘之？ 地方九州，則何以墳之？ 應龍何畫，河海何歷？ 鯀何所營？禹何所成？

11. 康回馮怒，地何故以東南傾？	10. 康回馮怒，墜何故以東南傾？ 九州何錯？川谷何洿？ 東流不溢，孰知其故？ 東西南北，其修孰多？
12. 九河（州）何錯？川谷何洿？ 東流不溢，孰知其故？	
13. 東西南北，其修孰多？	
14. 南北順橢，其衍幾何？	11. 南北順橢，其衍幾何？ 崑崙縣圃，其尻安在？ 增城九重，其高幾里？ 四方之門，其誰從焉？ 西北辟啓，何氣通焉？
15. 崑崙縣圃，其尻安在？	
16. 增成（城）九重，其高幾里？	
17. 四方之門，其誰從焉？ 西北闢啓，何氣通焉？	
18. 日安不到，燭龍何照？	12. 日安不到，燭龍何照？ 羲和之未揚，若華何光？ 何所冬暖？何所夏寒？ 焉有石林？何獸能言？
19. 羲和之未揚，若華何光？	
20. 何所冬暖？何所夏寒？	
21. 焉有石林？何獸能言？	
22. 焉有虯龍，負熊以遊？	13. 焉有虯龍，負熊以遊？ 雄虺九首，儵忽焉在？ 何所不死？長人何守？ 靡蓱九衢，枲華安居？
23. 雄虺九首，倏（儵）忽焉在？	
24. 何所不死？長人何守？	
25. 靡蓱九衢，枲華安居（尻）？	
26. 一（靈）蛇吞象，厥大如何？	14. 一蛇吞象，厥大如何？ 黑水玄趾，三危安在？ 延年不死，壽何所止？ 鯪魚何所？鬿堆焉處？
27. 黑水玄趾，三危安在？	
28. 延年不死，壽何所止？	
29. 鯪魚何所？鬿堆焉處？	
30. 羿焉彈日？烏焉解羽？	15. 羿焉彈日？烏焉解羽？ 禹之力獻功，降省下土四方， 焉得彼嵞山女，而通之於台桑？
31. 禹之力獻功，降省下土四方， 焉得彼嵞山女，而通之於台桑？	
閔妃匹合，厥身是繼， 胡維嗜不同味，而快鼂飽？ 啓代益作后，卒然離蠥。 何啓維憂，而能拘是達？	16. 閔妃匹合，厥身是繼， 胡維嗜不同味，而快鼂飽？ 啓代益作后，卒然離蠥。 何啓維憂，而能拘是達？
皆歸射鞠，而無害厥躬。 何后益作革，而禹播降？ 啓棘賓商，九辯九歌？ 何勤子屠母，而死分竟地？	17. 皆歸射鞠，而無害厥躬。 何后益作革，而禹播降？ 啓棘賓商，九辯九歌？ 何勤子屠母，而死分竟地？

32. 帝降夷羿，革孽夏民。 胡羿射夫河伯，而妻彼雒嬪？ 馮珧利玦，封豨是射。 何獻蒸肉之膏，而后帝不若？ 浞娶純狐，眩妻爰謀。 何羿之射革，而交吞揆之？	18. 帝降夷羿，革孽夏民。 胡羿射夫河伯，而妻彼雒嬪？ 馮珧利玦，封豨是射。 何獻蒸肉之膏，而后帝不若？
	19. 浞娶純狐，眩妻爰謀。 何羿之射革，而交吞揆之？
33. 阻窮西征，巖何越焉？ 化爲黃能（熊），巫何活焉？ 咸播秬黍，莆雚是營。 何由并投，而鮌疾修盈？	阻窮西征，巖何越焉？ 化爲黃能（熊），巫何活焉？
	20. 咸播秬黍，莆雚是營。 何由并投，而鮌疾修盈？
34. 白蜺嬰茀，胡爲此堂？ 安得夫良藥，不能固臧？ 天式從橫，陽離爰死。 大鳥何鳴，夫焉喪厥體？	白蜺嬰茀，胡爲此堂？ 安得夫良藥，不能固臧？
	21. 天式從橫，陽離爰死。 大鳥何鳴，夫焉喪厥體？
35. 萍號起雨，何以興之？	萍號起雨，何以興之？
36. 撰體協脅，鹿何膺之？	撰體協脅，鹿何膺之？
37. 鼇戴山抃，何以安之？ 釋舟陵行，何以遷之？	22. 鼇戴山抃，何以安之？ 釋舟陵行，何以遷之？
38. 惟澆在戶，何求于嫂？ 何少康逐犬，而顛隕厥首？ 女歧縫裳，而館同爰止， 何顛易厥首，而親以逢殆？	惟澆在戶，何求于嫂？ 何少康逐犬，而顛隕厥首？
	23. 女歧縫裳，而館同爰止， 何顛易厥首，而親以逢殆？
39. 湯謀易旅，何以厚之？ 覆舟斟尋，何道取之？ 桀伐蒙山，何所得焉？ 妹嬉何肆，湯何殛焉？	湯謀易旅，何以厚之？ 覆舟斟尋，何道取之？
	24. 桀伐蒙山，何所得焉？ 妹嬉何肆，湯何殛焉？
40. 舜閔在家，父何以鰥？ 堯不姚告，二女何親？ 厥萌在初，何所億焉？	25. 舜閔在家，父何以鰥？ 堯不姚告，二女何親？ 厥萌在初，何所億焉？
41. 璜臺十成，誰所極焉？	璜臺十成，誰所極焉？
42. 登立爲帝，孰道尚之？	26. 登立爲帝，孰道尚之？
43. 女媧有體，孰制匠之？	女媧有體，孰制匠之？
44. 舜服厥弟，終然爲害。 何肆犬體，而厥身不危敗？	舜服厥弟，終然爲害。 何肆犬體，而厥身不危敗？

45. 吳獲迄古，南嶽是止。 　　孰期去斯，得兩男子？	27. 吳獲迄古，南嶽是止。 　　孰期去斯，得兩男子？ 　　緣鵠飾玉，后帝是饗。 　　何承謀夏桀，終以滅喪？
46. 緣鵠飾玉，后帝是饗。 　　何承謀夏桀，終以滅喪？ 　　帝乃降觀，下逢伊摯。 　　何條放致罰，而黎服大說。	28. 帝乃降觀，下逢伊摯。 　　何條放致罰，而黎服大說。 　　簡狄在臺，嚳何宜？ 　　玄鳥致貽，女何喜？ 　　該秉季德，厥父是臧。
47. 簡狄在臺，嚳何宜？ 　　玄鳥致貽，女何喜？	
48. 該秉季德，厥父是臧。	
49. 胡終弊于有扈，牧夫牛羊？	29. 胡終弊于有扈，牧夫牛羊？ 　　干協時舞，何以懷之？ 　　平脅曼膚，何以肥之？ 　　有扈牧豎，云何而逢？
50. 干協時舞，何以懷之？	
51. 平脅曼膚，何以肥之？	
52. 有扈牧豎，云何而逢？ 　　擊牀先出，其命何從？	30. 擊牀先出，其命何從？ 　　恒秉季德，焉得夫朴牛？ 　　何往營班祿，不但還來
53. 恒秉季德，焉得夫朴牛？ 　　何往營班祿，不但還來	
54. 昏微遵迹，有狄不寧。 　　何繁鳥萃棘，負子肆情？	31. 昏微遵迹，有狄不寧。 　　何繁鳥萃棘，負子肆情？ 　　眩弟並淫，危害厥兄。 　　何變化以作詐，後嗣而逢長？
55. 眩弟並淫，危害厥兄。 　　何變化以作詐，後嗣而逢長？	
56. 成湯東巡，有莘爰極。 　　何乞彼小臣，而吉妃是得？ 　　水濱之木，得彼小子。 　　夫何惡之，媵有莘之婦？ 　　湯出重泉，夫何辠尤？ 　　不勝心伐帝，夫誰使挑之？	32. 成湯東巡，有莘爰極。 　　何乞彼小臣，而吉妃是得？ 　　水濱之木，得彼小子。 　　夫何惡之，媵有莘之婦？ 　　湯出重泉，夫何辠尤？ 　　不勝心伐帝，夫誰使挑之？
57. 會鼂爭盟，何踐吾期？ 　　蒼鳥群飛，孰使萃之？ 　　到（列）擊紂躬，叔旦不嘉。 　　何親揆發定（足），周之命以咨嗟？ 　　授殷天下，其位安施？ 　　反成乃亡，其罪伊何？ 　　爭遣伐器，何以行之？ 　　並驅擊翼，何以將之？	33. 會鼂爭盟，何踐吾期？ 　　蒼鳥群飛，孰使萃之？ 　　到（列）擊紂躬，叔旦不嘉。 　　何親揆發定（足），周之命以咨嗟？
	34. 授殷天下，其位安施？ 　　反成乃亡，其罪伊何？ 　　爭遣伐器，何以行之？ 　　並驅擊翼，何以將之？

58. 昭后成遊，南土爰底。 厥利惟何，逢彼白雉？ 穆王巧挴，夫何爲周流？ 環理天下，夫何索求？ 妖夫曳衒，何號乎市？ 周幽誰誅，焉得夫褒姒？	35. 昭后成遊，南土爰底。 厥利惟何，逢彼白雉？ 穆王巧挴，夫何爲周流？ 環理天下，夫何索求？
59. 天命反側，何罰何佑？ 齊桓九會，卒然身殺。	36. 妖夫曳衒，何號乎市？ 周幽誰誅，焉得夫褒姒？ 天命反側，何罰何佑？ 齊桓九會，卒然身殺。
60. 彼王紂之躬，孰使亂惑？ 何惡輔弼，讒諂是服？ 比干何逆，而抑沈之？ 雷開阿順，而賜封之？ 何聖人之一德，卒其異方？ 梅（挴）伯受醢，箕子佯狂。	37. 彼王紂之躬，孰使亂惑？ 何惡輔弼，讒諂是服？ 比干何逆，而抑沈之？ 雷開阿順，而賜封之？
61. 稷維元子，帝何篤之？ 投之于冰上，鳥何燠之？ 何馮弓挾矢，殊能將之？ 即驚帝切激，何逢長之？ 伯昌號衰，秉鞭作牧。 何令徹彼岐社，命有殷之國？ 遷藏就岐，何能依？ 殷有惑婦，何所譏？ 受賜茲醢，西伯上告。 何親就上帝罰，殷之命以不救？ 師望在肆，昌何識？ 鼓刀揚聲，后何喜？ 武發殺（殷），何所悒？ 載尸集戰，何所急？	38. 何聖人之一德，卒其異方？ 梅（挴）伯受醢，箕子佯狂。 稷維元子，帝何篤之？ 投之于冰上，鳥何燠之？
	39. 何馮弓挾矢，殊能將之？ 即驚帝切激，何逢長之？ 伯昌號衰，秉鞭作牧。 何令徹彼岐社，命有殷之國？
	40. 遷藏就岐，何能依？ 殷有惑婦，何所譏？ 受賜茲醢，西伯上告。 何親就上帝罰，殷之命以不救？
	41. 師望在肆，昌何識？ 鼓刀揚聲，后何喜？ 武發殺（殷），何所悒？ 載尸集戰，何所急？
62. 伯林雉經，維其何故？ 何感天抑墜，夫誰畏懼？	42. 伯林雉經，維其何故？ 何感天抑墜，夫誰畏懼？
63. 皇天集命，惟何戒之？ 受禮天下，又使至代之？	皇天集命，惟何戒之？ 受禮天下，又使至代之？
64. 初湯臣摯，後茲承輔。 何卒官湯，尊食宗緒？	43. 初湯臣摯，後茲承輔。 何卒官湯，尊食宗緒？
65. 勳闔夢生，少離散亡。 何壯武厲，能流厥嚴？	勳闔夢生，少離散亡。 何壯武厲，能流厥嚴？

66. 彭鏗斟雉，帝何饗？ 受壽永多，夫何久長？	44. 彭鏗斟雉，帝何饗？ 受壽永多，夫何久長？ 中央共牧，后何怒？ 蠢蛾微命，力何固？
67. 中央共牧，后何怒？ 蠢蛾微命，力何固？	
68. 驚女采薇，鹿何祐？ 北至回水，萃何喜？	45. 驚女采薇，鹿何祐？ 北至回水，萃何喜？ 兄有噬犬，弟何欲？ 易之以百兩，卒無祿。
69. 兄有噬犬，弟何欲？ 易之以百兩，卒無祿。	
70. 薄暮雷電，歸何憂？ 厥嚴不奉，帝何求？ 伏匿穴處，爰何云？ 荊勳作師，夫何長？ 悟過改更，我又何言？ 吳光爭國，久余是勝。 何環穿自閭社丘陵，爰出子文？ 吾告堵敖以不長， 何試上自予，忠名彌彰？	46. 薄暮雷電，歸何憂？ 厥嚴不奉，帝何求？ 伏匿穴處，爰何云？ 荊勳作師，夫何長？
	47. 悟過改更，我又何言？ 吳光爭國，久余是勝。 何環穿自閭社丘陵，爰出子文？ 吾告堵敖以不長， 何試上自予，忠名彌彰？

參考書目

一、古　籍（依作者年代之先後排序）

1. 〔漢〕司馬遷，《史記》，台北：七略出版社據清乾隆武英殿刊本景印，1985 年。

2. 〔漢〕班固撰，〔唐〕顏師古注，《前漢書》，台北：台灣商務印書館影印文淵閣四庫全書，1986 年。

3. 〔漢〕許慎撰，〔清〕段玉裁注，《說文解字注》，台北：黎明文化事業股份有限公司，1989 年。

4. 〔漢〕王逸，《楚辭章句》，台北：藝文印書館據明馮紹祖萬曆丙戌（1586）刊本影印，1974 年。

5. 〔漢〕王逸，《楚辭章句》【顯微資料】，台北國家圖書館據所藏嘉靖間（1522～1566）吳郡黃省曾校刊本攝製，1988 年。

6. 〔漢〕王逸章句、〔宋〕洪興祖補注，《楚辭補注》，台北：大安書局，2004 年。

7. 〔魏〕何晏集解，〔梁〕皇侃義疏，《論語集解義疏》，台北：台灣商務印書館影印文淵閣四庫全書，1986 年。

8. 〔晉〕杜預注疏，《春秋左傳注疏》，台北：台灣商務印書館影印文淵閣四庫全書，1986 年。

9. 〔晉〕郭象注，《莊子注》，台北：台灣商務印書館影印文淵閣四庫全書，1986 年。

10. 〔晉〕郭璞注，《山海注》，台北：台灣商務印書館影印文淵閣四庫全書，1986 年。

11. 〔晉〕張湛注，《列子注》，台北：台灣商務印書館影印文淵閣四庫全書，

1986 年。

12. 〔梁〕劉勰著、范文瀾註,《文心雕龍註》,香港:商務印書館,1960 年。

13. 〔梁〕劉勰著,《文心雕龍》,台北:台灣商務印書館影印文淵閣四庫全書,1986 年。

14. 〔梁〕蕭統編、〔唐〕呂延濟等五臣註,《文選》,台北:國立國家圖書館據南宋陳八郎刻本影印,1981 年。

15. 〔梁〕顧野王,《玉篇》,台北:台灣商務印書館據上海商務印書館編四部叢刊初編縮本縮印建德周氏藏本,1968 年。

16. 〔唐〕孔穎達注疏,《毛詩注疏》,台北:台灣商務印書館影印文淵閣四庫全書,1986 年。

17. 〔唐〕吳競,《貞觀政要》,台北:台灣商務印書館影印文淵閣四庫全書,1986 年。

18. 〔唐〕杜甫撰,〔清〕仇兆鰲注,《杜詩詳注》,台北:台灣商務印書館影印文淵閣四庫全書,1986 年。

19. 〔唐〕柳宗元,《河東先生集》,上海:上海商務印書館據四部叢刊影印舊鈔本,1929 年。

20. 〔唐〕柳宗元,《柳河東集》,台北:世界出版社據摛藻堂四庫全書薈要影印,集部第 14 冊,1987 年。

21. 〔唐〕柳宗元,《柳宗元全集》,(出版不詳):中國書店,1991 年。

22. 〔唐〕柳宗元,〔宋〕陸之淵注《註釋音辯唐柳先生集》,台北:台灣商務印書館據上海商務印書館編四部叢刊縮本縮印元刊本,1968 年。

23. 〔唐〕柳宗元,《柳宗元集》,北京:中華書局,1979 年。

24. 〔後晉〕劉昫等撰,《舊唐書》,北京:中華書局,1975 年。

25. 〔宋〕張載,《正蒙初義》,台北:台灣商務印書館影印文淵閣四庫全書,1986 年。

26. 〔宋〕蘇軾,《東坡全集》,台北:台灣商務印書館影印文淵閣四庫全書,1986 年。

27. 〔宋〕黃伯思,《東觀餘論》,北京:中華書局據古逸叢書三編影印,1986 年。

28. 〔宋〕洪興祖,《楚辭補注》,台北:大安出版社,2004 年。

29. 〔宋〕胡詮,《胡澹菴先生文集》。

30. 〔宋〕陸游,《劍南詩稿》,台北:台灣商務印書館影印文淵閣四庫全書,1986 年。

31. 〔宋〕周必大,《平園詩藁》,台北:新文豐出版公司所編叢書集成影印本,1996 年。

32. 〔宋〕楊萬里,《誠齋集》,上海:上海商務印書館據四部叢刊景宋寫本影印,1929年。

33. 〔宋〕楊萬里,《天問天對解》,台北:新文豐出版公司據叢書集成續編所收浙江范懋柱家天一閣藏本影印,1989年,第118冊。

34. 〔宋〕楊萬里,《天問天對解》,南昌退廬刊胡思敬輯豫章叢書覆江南圖書局舊鈔本,1917年。

35. 〔宋〕楊萬里,《誠齋集》,上海:中華書局聚珍仿宋本,1936年。

36. 〔宋〕楊萬里,《誠齋集》,台北:台灣商務印書館據上海商務印書館編四部叢刊初編縮本縮印日本宋鈔本,1968年。

37. 〔宋〕楊萬里,《誠齋集》,台北:世界出版社據摛藻堂四庫全書薈要影印,集部第45冊,1987年。

38. 〔宋〕楊萬里,《誠齋集》,北京:線裝書局據明汲古閣鈔本影印,2004年。

39. 〔宋〕楊萬里,《誠齋易傳》,台北:台灣中華書局,1969年。

40. 〔宋〕楊萬里,《誠齋策問》,台北:新文豐出版公司所編叢書集成據南昌得廬刊本影印。

41. 〔宋〕朱熹,《楚辭集注》,台北:藝文出版社據百部叢書集成所收古逸叢書影印,1966年。

42. 〔宋〕朱熹,《論語集注》,台北:台灣商務印書館影印文淵閣四庫全書,1986年。

43. 〔宋〕朱熹,《孟子集注》,台北:台灣商務印書館影印文淵閣四庫全書,1986年。

44. 〔宋〕朱熹,《詩經集傳》,台北:台灣商務印書館影印文淵閣四庫全書,1986年。

45. 〔宋〕羅願,《爾雅翼》,台北:台灣商務印書館影印文淵閣四庫全書,1986年。

46. 〔宋〕張鎡,《南湖集》,台北:台灣商務印書館影印文淵閣四庫全書,1986年。

47. 〔宋〕嚴羽,《滄浪詩話》,台北:台灣商務印書館影印文淵閣四庫全書,1986年。

48. 〔宋〕羅大經,《鶴林玉露》,台北:台灣商務印書館影印文淵閣四庫全書,1986年。

49. 〔宋〕文天祥,《文山集》,台北:台灣商務印書館影印文淵閣四庫全書,1986年。

50. 〔元〕祝堯,《古賦辨體》,台北:臺灣商務印書館影印文淵閣四庫全書,

1983 年。

51. 〔元〕脫脫等纂,《宋史》,台北:台灣商務印書館影印文淵閣四庫全書,
　　1986 年。

52. 〔元〕郝經,《續後漢書》,台北:台灣商務印書館影印文淵閣四庫全書,
　　1986 年。

53. 〔明〕何喬新,《椒邱文集》,台北:台灣商務印書館影印文淵閣四庫全
　　書,1986 年。

54. 〔明〕王鏊,《震澤集》,台北:台灣商務印書館影印文淵閣四庫全書,
　　1986 年。

55. 〔明〕桑悅,《思玄集》,台南:莊嚴文化事業有限公司影印萬曆二年(1674)
　　桑大活字刊本,1997 年。

56. 〔明〕汪瑗,《楚辭集解》,台南:莊嚴文化事業有限公司據浙江圖書館
　　藏明萬曆四十三年(1615)汪文英刻本影印,集部第 1 冊,1997 年。

57. 〔明〕陳仁錫,《古文奇賞初集》,台南:莊嚴文化事業有限公司據浙江
　　圖書館藏明萬曆四十六年(1618)刻本影印,1997 年。

58. 〔明〕陳深,《諸子品節》,台南:莊嚴文化事業有限公司據遼寧大學圖
　　書館藏明萬曆十九年(1591)刻本影印,1997 年。

59. 〔明〕陸時雍,《楚辭疏》,台北:新文豐出版公司據明末緝柳齋刊本影
　　印,1986 年。

60. 〔明〕許學夷,《詩源辯體》,北京:人民文學出版社,1998 年。

61. 〔明〕趙南星訂,《離騷經訂註》,北京中國科學院圖書館藏萬曆四十一
　　年(1613)原刊本。

62. 〔明〕胡應麟,《詩藪》,台南:莊嚴文化事業有限公司據明刻本影印,
　　1997 年。

63. 〔明〕黃文煥,《楚辭聽直》,順治十四年(1657)刊本。

64. 〔明〕王萌、〔清〕王遠,《楚辭評註》,北京:北京出版社據四庫未收書
　　輯刊所收清刊本影印,2000 年。

65. 〔清〕李陳玉,《楚詞箋註》,復旦大學圖書館藏康熙十一年(1672)魏
　　學渠刊本。

66. 〔清〕王夫之,《楚辭通釋》,曾國藩同治四年(1865)刊《船山遺書》
　　本。

67. 〔清〕毛奇齡,《天問補註》,台南:莊嚴文化事業有限公司據首都圖書
　　館藏清康熙刻西河合集影印,集部第 2 冊,1997 年。

68. 〔清〕林雲銘,《楚辭燈》,台南:莊嚴文化事業有限公司據遼寧大學圖
　　書館藏清康熙三十六年挹奎樓刻本影印,集部第 2 冊卷 2,1997 年。

69. 〔清〕吳之振編,《宋詩鈔》,台北:世界書局據摛藻堂四庫全書薈要影印,1988 年。

70. 〔清〕屈復,《天問校正》,道光 13 年（1833）刊本。

71. 〔清〕蔣驥,《山帶閣註楚辭》,台北:長安出版社據汲古閣刊本標點排印,1989 年。

72. 〔清〕戴震,《屈原賦註》,北京:中華書局,1999 年。

73. 〔清〕陳本禮,《屈辭精義》,台北:新文豐出版公司據嘉慶刻本影印,1986 年。

74. 〔清〕永瑢主編,《四庫全書總目》,台北:台灣商務印書館影印文淵閣四庫全書,1986 年。

75. 〔清〕稽有慶修,〔清〕劉沛纂,《零陵縣志》,台北:中國地方文獻學會,1975 年。

76. 〔清〕呂懋先等修,帥方蔚等纂,《奉新縣志》,台北:成文出版社據清同治十年刊本影印。

77. 〔清〕張鵬翥等修,熊松之等纂,《高安縣志》,台北:成文出版社據清同治十年刊本影印。

78. 〔清〕阮元校勘,《十三經註疏》,台北:藝文印書館據阮元嘉慶二十年江西南昌學堂刊本影印,1989 年。

79. 〔清〕丁晏,《楚辭天問箋》,清咸豐間（1851～1861）山陽丁氏清朱絲欄稿本。

80. 〔清〕胡文英,《屈騷指掌》,台北:新文豐出版公司據乾隆五十一年刻本影印原書,1986 年。

81. 〔清〕王闓運,《楚詞釋》,上海:上海古籍出版社據華東師範大學圖書館藏光緒二十七年（1901）刻本影印,1995 年。

二、今 著（依作者姓氏筆劃排序）

1. 于北山著、于蘊生整理,《楊萬里年譜》,上海:上海古籍出版社,2006 年。

2. 王運熙等編,《天問天對註》,上海:上海人民出版社,1973 年。

3. 王運熙等編,《中國文學批評史新編》,上海:復旦大學出版社,2001 年。

4. 王永照編,《歷代文話》,上海:復旦大學出版社,2007 年。

5. 毛慶,《詩祖涅槃:屈原和他的詩》,北京:三聯書店,1996 年。

6. 吉林師範大學歷史系,《〈天問〉〈天對〉譯註》,北京:人民出版社,1976 年。

7. 江林昌,《楚辭與上古歷史文化研究》,濟南:齊魯書社,1998 年。

8. 李中華、朱炳祥，《楚辭學史》，武漢：武漢出版社，1996 年。

9. 何光岳，《炎黃源流史》，南昌：江西出版社，1992 年。

10. 朱漢民、鄧洪波、高峰煜，《長江流域的書院》，武漢：湖北教育出版社，2004 年。

11. 杜松柏主編，《楚辭彙編》，台北：新文豐出版公司，1986 年。

12. 李中華，《詞章之祖：楚辭與中華文化》，鄭州：河南大學出版社，1998 年。

13. 辛更儒，《楊萬里箋校》，北京：中華書局，2007 年。

14. 周啓成，《楊萬里和誠齋體》，台北：萬卷樓圖公司發行，三民書局公司總經銷，1993 年。

15. 易重廉，《中國楚辭學史》，長沙：湖南出版社，1991 年。

16. 吳宏一，《詩經與楚辭》，台北：臺灣書店，1998 年。

17. 昌彼得、潘美月，《中國目錄學》，台北：文史哲出版社，1972 年。

18. 林庚，《天問論箋》，北京：人民文學出版社，1983 年。

19. 林庚，《詩人屈原及其作品研究》，上海：古典文學出版社，1957 年。

20. 洪湛侯主編，《楚辭要籍解題》，武漢：湖北人民出版社，1984 年。

21. 姜亮夫、姜昆武，《屈原與楚辭》，合肥：安徽教育出版社，1996 年。

22. 姜亮夫，《楚辭書目五種》，上海：上海古籍出版社，1993 年。

23. 姜亮夫，《楚辭學論文集》，上海：上海古籍出版社，1984 年。

24. 胡明珽，《楊萬里詩評述》，台北：學海出版社，1976 年。

25. 翁世華，《楚辭論集》，台北：文史哲出版社，1988 年。

26. 孫作雲，《天問研究》，北京：中華書局，1989 年。

27. 孫望、常國斌主編，《宋代文學史》，北京：人民文學出版社，1996 年。

28. 崔富章，《楚辭書目五種續編》，上海：上海古籍出版社，1993 年。

29. 徐志嘯，《楚辭綜論》，台北：東大圖書公司，1994 年。

30. 程嘉哲，《天問新註》，四川：人民出版社，1984 年。

31. 陳怡良，《屈原文學論集》，台北：文津出版社，1992 年。

32. 陳煒舜，《楚辭練要》，宜蘭：佛光人文社會學院，2006 年。

33. 陸元熾，《天問淺釋》，北京：北京出版社，1987 年。

34. 陸侃如，《陸侃如古典文學論文集》，上海：上海古籍出版社，1987 年。

35. 黃慶萱，《修辭學》，台北：三民書局，2002 年。

36. 黃鳳顯，《屈辭體研究》，長沙：湖南人民出版社，2002 年。

37. 彭毅，《楚辭詮微集》，台北：臺灣學生書局，1999 年。

38. 勞思光，《新編中國哲學史》，台北：三民書局股份有限公司，1990 年。

39. 郭世謙，《屈原天問今釋考辨》，天津：天津古籍出版社，2006 年。

40. 郭沫若，《屈原研究》，上海：新文藝出版社，1953 年。

41. 郭紹虞，《中國文學批評史》，台北：臺灣商務印書館，1970 年。

42. 郭紹虞、錢仲聯、王蘧常編，《萬首論詩絕句》，北京：人民文學出版社，1991 年。

43. 張中一，《屈賦——屈原南征反秦復郢爭鬥史詩》，台北：文津出版社，1998 年。

44. 張瑞君，《楊萬里評傳》，南京：南京大學出版社，2002 年。

45. 張鐵夫，《柳宗元新論》，長沙：湖南大學出版社，2005 年。

46. 傅錫壬，《新譯楚辭讀本》，台北：三民書局，2005 年。

47. 葉慶炳，《中國文學史》，台北：臺灣學生書局，1987 年。

48. 湯炳正，《楚辭類稿》，台北：貫雅文化，1991 年。

49. 湯炳正，《屈賦新探》，台北：貫雅文化，1991 年。

50. 湯炳正講述、湯序波整理，《楚辭講座》，桂林：廣西師範大學出版社，2006 年。

51. 游國恩，《楚辭概論》，台北：臺灣商務，1999 年。

52. 游國恩，《楚辭論文集》，上海：上海文藝聯合出版社，1955 年。

53. 游國恩主編，《天問纂義》，北京：中華書局，1982 年。

54. 褚斌杰，《中國古代文體學》，台北：台灣學生書局，1991 年。

55. 褚斌杰編，《屈原研究》，武漢：湖北教育出版社，2003 年。

56. 褚斌杰，《楚辭要論》，北京：北京大學出版社，2002 年。

57. 聞一多，《天問疏證》，上海：上海古籍出版社，1985 年。

58. 聞一多，《楚辭斠補》，成都：巴蜀書社，2003 年。

59. 湛之編，《楊萬里范成大資料彙編》，北京：中華書局，2004 年。

60. 熊良智，《楚辭文化研究》，成都：巴蜀書社，2002 年。

61. 臺靜農，《楚辭天問新箋》，台北：藝文出版社，1972 年。

62. 翟振業，《天問研究》，南京：南京大學出版社，1993 年。

63. 蔣天樞，《楚辭論文集》，西安：陝西人民出版社，1982 年。

64. 鄭色幸，《柳宗元辭賦研究》，台北：文津出版社，2004 年。

65. 魯瑞菁，《楚辭文心論》，台北：里仁書局，2002 年。

66. 樊克政，《書院史話》，台北：國家出版社，2004 年。

67. 鄧洪波，《中國書院史》，台北：台大出版中心，2005 年。

68. 劉大杰,《中國文學發展史》,台北:明道書局,1991 年。

69. 劉大櫆,《避暑錄話》,台北:藝文印書館,1965 年。

70. 劉斯翰,《楊萬里詩選》,台北:遠流出版社,2000 年。

71. 潘嘯龍、毛慶主編,《楚辭著作提要篇目》,湖北:湖北教育出版社,2003 年。

72. 錢穆,《先秦諸子繫年》,台北:聯經事業出版公司,1998 年。

73. 錢基博,《中國文學史》,北京:中華書局,1993 年。

74. 錢鍾書,《管錐編》,北京:中華書局,1986 年。

75. 錢鍾書,《談藝錄》,北京:生活·讀書·新知三聯書店,2001 年。

76. 魏子高,《離騷與天問詮疑》,台北:廣文出版社,1983 年。

77. 羅立乾注譯,《新譯文心雕龍》,台北:三民書局股份有限公司,2006 年。

78. 蘇雪林,《天問正簡》,台北:文津出版社,1992 年。

79. 饒宗頤,《楚辭書錄》,香港:東南出版社,1956 年。

80. 劉慶雲、杜方智主編,《映日荷花別樣紅——首屆全國楊萬里學術討論會論文集》,湖南:岳麓書社,1993 年。

三、期刊論文（依作者姓氏筆劃排序）

1. 于北山,〈八千卷樓鈔本《誠齋全集》中「跋語九則」箋〉,《文學遺產》,第 2 期（1994 年 2 月）,頁 75〜78。

2. 于東新,〈楊萬里詩:「誠齋體」的誠齋氣象〉,《內蒙古農業大學學報（社會科學版）》,第 8 卷第 4 期（2006 年 4 月）,頁 297〜301。

3. 王守國,〈誠齋自然山水詩綜論〉,《中州學刊》,第 6 期（1995 年 6 月）,頁 106〜109 轉 134。

4. 王鍈,〈楊萬里詩釋詞〉,《吉安師專學報（哲學社會科學版）》,第 20 卷第 2 期（1999 年 4 月）,頁 12〜15。

5. 王雪盼,〈楊萬里「誠齋體」詩中的雅與俗〉,《文教資料》,第 2 期（2002 年 2 月）,頁 140〜144。

6. 王曙光,〈一幅南宋時期開發農田水利的寫實畫卷——由南宋詩人楊萬里的詩所看到的治水史實〉,《水利天地》,第 1 期（2002 年 1 月）,頁 42〜43。

7. 王巍,〈試論柳宗元對屈原的繼承與發展〉,《遼寧大學學報（哲學社會科學版）》,第 35 卷第 3 期（2007 年 5 月）,頁 41〜45。

8. 王星琦,〈「誠齋體」與「活法」詩論〉,《南京師範大學文學院學報》,第 3 期（2002 年 9 月）,頁 96〜103。

9. 文師華、胡建升，〈論楊萬里文賦的三維構建〉，《江西社會科學》，第 4 期（2004 年 4 月），頁 221～225。

10. 皮元珍，〈映日荷花別樣紅——論楊萬里詩歌創作的自我超越〉，《理論與創作》，第 6 期（2001 年 6 月），頁 221～225。

11. 石明慶，〈楊萬里「誠齋」詩論的理學意蘊〉，《廊坊師範學院學報》，第 21 卷第 1 期（2005 年 3 月），頁 37～42。

12. 任文，〈楊萬里西湖詩藝術美初探〉，《商洛師範專科學校學報》，第 9 卷第 3 期（1995 年 3 月），頁 21～23。

13. 辛更儒，〈《誠齋集》所載楊萬里家族人物考〉，《中國典籍與文化》，總第 61 期（2007 年），頁 50～57。

14. 宋道基，〈只是征行自有詩——讀楊萬里的紀行寫景詩〉，《柳州師專學報》，第 2 期（1994 年 6 月），頁 50～54。

15. 宋皓琨，〈論理學與誠齋體形成的關係〉，《學習與探索》，第 5 期（2006 年 5 月），頁 138～140。

16. 宋皓琨，〈理學對誠齋體負面的影響〉，《棗莊學院學報》，第 23 卷第 6 期（2006 年 12 月），頁 66～67。

17. 宋皓琨，〈句揣物形雖有迹，筆鑱天巧獨無痕——杜甫與楊萬里咏物詩的比較分析〉，《杜甫研究學刊》，第 2 期（2007 年 2 月），頁 15～19 轉 66。

18. 祁民建，〈「誠齋體」的「活法」〉，《開封大學學報》，第 1 期（1997 年 1 月），頁 122～123。

19. 杜愛英，〈楊萬里詩韻考〉，《中國韻文學刊》，第 2 期（1998 年 2 月），頁 74～82。

20. 杜小明，〈小荷才露尖尖角——楊誠齋詩評〉，《南昌高專學報》，第 4 期（2002 年 4 月），頁 25～27。

21. 呂肖奐，〈論「誠齋體」及宋調轉型的特徵〉，《鄭州牧業工程高等專科學校學報》，第 22 卷第 4 期（2002 年 11 月），頁 313～316。

22. 沈松勤，〈楊萬里「誠齋體」新解〉，《文學遺產》，第 3 期（2006 年 3 月），頁 73～83。

23. 李文祥，〈楊萬里的詩歌理論〉，《江西教育學院學報》，第 15 卷第 2 期（1994 年 2 月），頁 66～70 轉 73。

24. 李文鐘，〈映日荷花別樣紅——楊萬里「活法」與釋道美學思想關係〉，《昆明師範高等專科學校學報（哲學社會科學版）》，第 16 卷第 4 期（1994 年 12 月），頁 24～26。

25. 李勇，〈有弊當革、革弊宜慎——談楊萬里社會變革觀〉，《歷史教學問題》，第 2 期（1998 年 2 月），頁 37～39。

26. 李勇，〈楊萬里對王安石變法的批評〉，《淮北煤師院學報（哲學社會科學

版)》，第 3 期（1998 年 3 月），頁 76～78。

27. 李勇，〈楊萬里的歷史通變思想〉，《史學史研究》，第 3 期（1998 年 3 月），頁 36～42。

28. 李勇，〈楊萬里史學思想鉤沉〉，《學術月刊》，第 6 期（1998 年 6 月），頁 71～74。

29. 李沛霖，〈漫談誠齋體的幽默〉，《雲夢學刊》，第 3 期（1998 年 3 月），頁 51～53。

30. 李伏明，〈論楊萬里重建儒學本體論基礎的努力與成就〉，《吉安師專學報（哲學社會科學版）》，第 20 卷第 2 期（1999 年 2 月），頁 1～6。

31. 李明鋒，〈楊萬里〈糟蟹賦〉賞析〉，《北京水產》，（2000 年 2 月），頁 60。

32. 李春青，〈從楊萬里到嚴滄浪——論詩學對宋學精神之拒斥與背離〉，《求索》，第 1 期（2001 年 1 月），頁 88～92。

33. 李成文，〈試論誠齋詩主體意識的內涵〉，《棗莊師範專科學校學報》，第 18 卷 6 期（2001 年 12 月），頁 30～32。

34. 李勝，〈誠齋詩論要題摭談〉，《四川師範大學學報（哲學社會科學版）》，第 27 卷第 2 期（2000 年 3 月），頁 56～63。

35. 李勝，〈楊誠齋詩內容特色探論〉，《涪陵師範學院學報》，第 17 卷第 1 期（2001 年 1 月），頁 75～78。

36. 李勝，〈試論「誠齋體」的創立要素〉，《重慶教育學院學報》，第 15 卷第 1 期（2002 年 1 月），頁 35～37。

37. 李軍，〈誠齋詩「活法」探析〉，《呼蘭師專學報》，第 1 期（1995 年 1 月），頁 45～49。

38. 李軍，〈誠齋詩歌理論新探〉，《學術論壇》，第 6 期（2003 年 6 月），頁 107～111。

39. 李麗，〈楊萬里詩的「透脫」性表現〉，《河北職業技術學院學報》，第 5 卷第 4 期（2005 年 12 月），頁 53～54。

40. 李元洛，〈咫尺應須論萬里〉，《遼河》，第 5 期（2006 年 5 月），頁 41～46。

41. 岳書法，〈洪興祖《楚辭補注》體例說略〉，《西南交通大學學報（社會科學版）》，第 5 卷第 6 期（2004 年 11 月），頁 64～68。

42. 余莉萍、韓曉光〈楊萬里詩歌中的疑問句及其表達功能〉，《江西師範大學學報（哲學社會科學版）》，第 37 卷第 4 期（2004 年 8 月），頁 23～26。

43. 卓松章，〈誠齋體詩歌哲學淵源探析〉，《福建論壇（人文社會科學版）》，第 6 期（1999 年 6 月），頁 76～77。

44. 邱美瓊，〈楊萬里詩歌接受史及其詩法意義〉，《貴州文史叢刊》，第 1 期

（2004 年 1 月），頁 28～32。

45. 金五德，〈內師心源，外師造化——楊萬里詩歌散論〉，《長沙電力學院學報（社會科學版)》，第 4 期（1994 年 4 月），頁 52～58。

46. 金健民，〈從〈天問〉到〈天對〉〉，《科技文萃》，第 6 期（1996 年 6 月），頁 208。

47. 吳正嵐，〈論屈原與柳宗元的精神契合〉，《雲夢學刊》，第 4 期（1995 年 4 月），頁 10～13 轉 39。

48. 吳懷祺，〈《通鑑紀事本末（楊萬里）敘》補遺〉，《史學史研究》，第 3 期（1998 年 3 月），頁 77。

49. 吳菲，〈淺析柳宗元的天人觀〉，《柳州師專學報》，第 21 卷第 2 期（2006 年 6 月），頁 8～12。

50. 尚永亮，〈人生困境中的執著與超越——對屈、賈、陶的接受態度看中唐貶謫詩人心態〉，《社會科學戰線》，第 4 期（2001 年 4 月），頁 104～110。

51. 周建忠，〈《天問》要籍解題〉，《南通師範學院學報（哲學社會科學版)》，第 17 卷第 1 期（2001 年 3 月），頁 26～30。

52. 周建軍，〈論「誠齋體」對南宋詩風的轉關作用〉，《廣西社會科學》，第 3 期（2003 年 3 月），頁 134～136。

53. 周甲辰，〈目前言句知多少，罕有先生活法詩——楊萬里「捉」詩論略〉，《通化師範學院學報》，第 24 卷第 5 期（2003 年 9 月），頁 31～34。

54. 周荷初，〈姜夔與楊萬里七言絕句比較〉，《中州學刊》，第 4 期（2004 年 4 月），頁 129～131。

55. 周靜，〈楊萬里詞的再評價〉，《樂山師範學院學報》，第 19 卷第 7 期（2004 年 7 月），頁 23～28。

56. 周靜，〈梅生不是遇萬里　萬里原是梅花精——論楊萬里的梅花情結〉，《贛南師範學院學報》，第 4 期（2007 年 4 月），頁 68～71。

57. 周揚波，〈楊萬里詩社與南宋孝朝政治〉，《井岡山學院學報（哲學社會科學)》，第 27 卷第 9 期（2006 年 9 月），頁 10～14。

58. 柯素莉，〈開辟新境的誠齋山水詩——兼論楊萬里山水詩的主體情感體驗及其諧謔〉，《江漢大學學報》，第 16 卷第 2 期（1999 年 4 月），頁 57～62。

59. 袁爾鉅，〈論楊萬里的唯物論思想〉，《南昌大學學報（人文社會科學版)》，第 32 卷第 1 期（2001 年 1 月），頁 131～140。

60. 胡明珽，〈楊萬里先生年譜〉（《楊萬里詩評述》附），台北：《大陸雜誌》第 39 卷第 7、8 期　（台北學海出版社 1974 年版）。

61. 胡迎建，〈論楊萬里的文學思想及其詩論〉，《江西社會科學》，第 3 期（1999 年 3 月），頁 74～79。

62. 胡冰冰，〈淺談誠齋體「活法」特色〉，《遠程教育雜誌》，第 4 期（2001 年 4 月），頁 35～37。

63. 胡傳志，〈論誠齋體在金代的際遇〉《安徽師範大學學報（人文社會科學版）》，第 32 卷第 1 期（2004 年 1 月），頁 67～72。

64. 胡菡，〈柳宗元永州辭賦對屈賦與漢賦的繼承與發展〉，《南都學壇》，第 24 卷第 6 期（2004 年 11 月），頁 75～76。

65. 胡建升，〈滿袖天香山水中——論楊萬里游園、造園活動和園林審美意識〉，《九江師專學報（哲學社會科學版）》，第 3 期（2004 年 3 月），頁 46～49。

66. 胡建升、文師華，〈園林妙境 物我圓融——論楊萬里詠園詩中的園林審美追求〉，《南昌大學學報（人文社會科學版）》，第 35 卷第 5 期（2004 年 9 月），頁 94～98。

67. 胡建升，〈論楊萬里詠園詩的禪學意趣〉，《南昌大學學報（人文社會科學版）》，第 37 卷第 1 期（2006 年 1 月），頁 104～108。

68. 胡建升，〈《誠齋詩話》成書年代考〉，《唐都學刊》，第 22 卷第 3 期（2006 年 5 月），頁 123～126。

69. 胡建升，〈南宋「中興四大詩人」來歷考〉，《中國典籍與文化》，第 4 期（2006 年 4 月），頁 84～86。

70. 胡建升，〈誠齋文氣說的審美意蘊〉，《北京師範大學學報（社會科學版）》，第 4 期（2006 年 4 月），頁 84～89。

71. 胡建升，〈楊萬里「透脫」考〉，《北京化工大學學報（社會科學版）》，第 2 期（2007 年 2 月），頁 31～35。

72. 夏東，〈楊萬里絕句詩的藝術特色〉，《丹東師專學報》，第 2 期（1995 年 2 月），頁 51～54。

73. 莫山洪，〈論《誠齋詩話》中的四六話〉，《柳州師專學報》，第 16 卷第 2 期（2001 年 6 月），頁 1～6。

74. 莫礪鋒，〈論楊萬里詩風的轉變過程〉，《求索》，第 4 期（2001 年 4 月），頁 105～110。

75. 孫適民，〈從屈原、賈誼、柳宗元看中國古代的貶謫文化〉，《邵陽師範高等專科學校學報》，第 23 卷第 4 期（2001 年 4 月），頁 37～39。

76. 孫利，〈柳宗元與理學的關係〉，《北京理工大學學報（社會科學版）》，第 4 卷第 4 期（2002 年 11 月），頁 79～82。

77. 孫亞敏，〈楊萬里的童趣詩及其兒童觀〉，《上海師範大學學報（哲學社會科學版）》，第 36 卷第 3 期（2007 年 5 月），頁 87～91。

78. 徐新國，〈范成大與楊萬里的交往〉，《古典文學知識》，第 6 期（2000 年 6 月），65～72。

79. 徐愛華，〈周必大與楊萬里的交游及其影響下的詩歌創作論〉，《江西教育學院學報（社會科學）》，第 26 卷第 5 期（2005 年 10 月），頁 76～79。

80. 高建立，〈試論柳宗元對程朱理學形成之影響〉，《商邱師範學院學報》，第 23 卷第 7 期（2007 年 7 月），頁 11～15。

81. 唐明邦，〈楊萬里《誠齋易傳》中的革新思想和憂患意識〉，《孔子研究》，第 5 期（2002 年 5 月），頁 95～100 轉 119。

82. 麥元，〈第二屆全國楊萬里學術討論會在吉安舉行〉，《中國韻文學刊》，第 2 期（1998 年 2 月），頁 112。

83. 常玲，〈論楊萬里詞的審美理想〉，《遼寧大學學報（哲學社會科學版）》，第 1 期（1999 年 1 月），頁 22～24。

84. 常玲，〈論誠齋諧趣詩的三味〉，《文學遺產》，第 5 期（2000 年 5 月），頁 58～66 轉 143。

85. 梅珍生，〈論楊萬里的類辨思想〉，《武漢大學學報（人文科學版）》，第 55 卷第 2 期（2002 年 3 月），頁 144～150。

86. 陳瓊光，〈創「騷」與學「騷」──兼論屈原對柳宗元的影響〉，《廣西廣播電視大學學報》，第 11 卷第 1 期（2000 年 3 月），頁 11～16。

87. 陳建華，〈唐代詩人的屈子情結〉，《韶關大學學報》，第 21 卷第 3 期（2000 年 6 月），頁 21～26。

88. 陳春霞，〈淺論「誠齋體」的禪意情趣〉，《運城學院學報》，第 20 卷第 6 期（2002 年 12 月），頁 68～70。

89. 陳煒舜，〈香港楚辭學著作舉隅〉，《雲夢學刊》，第 25 卷第 4 期（2004 年 7 月），頁 5～10。

90. 陳煒舜，〈釋罔兩〉，《海南師範學院學報（社會科學版）》，第 18 卷第 6 期（2005 年 6 月），頁 122～125。

91. 陳煒舜，〈周用《楚詞註略》探析〉，《東海中文學報》，第 17 期（2005 年 7 月），頁 1～30。

92. 陳煒舜，〈桑悅及其《楚辭評》考論〉，《清華學報》，新 36 卷第 1 期（2006 年 6 月），頁 237～272。

93. 陳煒舜，〈永樂至弘治間台閣諸臣的楚辭論〉，《東華漢學》，第 4 期（2006 年 9 月），頁 113～145。

94. 陳煒舜，〈趙南星及其《離騷經訂註》〉，《中正大學中文學術年刊》，第 8 期（2007 年 3 月），頁 125～151。

95. 陳煒舜，〈豎亥與王亥再探〉，《長江大學學報（社會科學版）》，第 30 卷第 2 期（2007 年 4 月），頁 5～10。

96. 陳年標，〈柳宗元的人格、思想及詩文的風格〉，《廣西工學院學報》，第 16 卷增刊（2005 年 9 月），頁 94～97。

97. 章永俊，〈說《周易》的重民思想〉，《遼寧教育學院學報》，第 19 卷第 11 期（2002 年 11 月），頁 33～34。

98. 曹金貴，〈試論楊萬里山水詩的主觀色彩〉，《新鄉師範高等專科學校學報》，第 17 卷第 1 期（2003 年 1 月），頁 95～98。

99. 崔霞，〈論楊萬里對晚唐詩的接受〉，《天中學刊》，第 19 卷第 1 期（2004 年 2 月），頁 83～86。

100. 曾楚楠，〈楊萬里與潮州〉，《韓山師範學院學報》，第 23 卷第 4 期（2002 年 12 月），頁 1～8。

101. 黃小蓉，〈楊萬里政治心態解構的原因〉，《宜春學院學報》，第 21 卷第 6 期（1999 年 12 月），頁 21～23。

102. 黃建華，〈楊萬里詩歌藝術探析〉，《江西社會科學》，第 9 期（1999 年 9 月），頁 65～67。

103. 黃寶華，〈楊萬里與「誠齋體」——楊萬里詩學評述〉，《上海師範大學學報（哲學社會科學版）》，第 31 卷第 4 期（2002 年 7 月），頁 76～83。

104. 黃之棟，〈論「誠齋體」形成的詩學淵源〉，《陰山學刊》，第 16 卷第 4 期（2003 年 4 月），頁 50～54。

105. 黃海國，〈論柳宗元唯物主義世界觀的一致性〉，《柳州職業技術學院學報》，第 5 卷第 2 期（2005 年 6 月），頁 18～21。

106. 傅榮賢，〈略論「參證史事」的楊萬里易學〉，《周易研究》，第 3 期（1997 年 3 月），頁 27～31。

107. 傅毓民，〈楊萬里詩口語詞考釋〉，《湖北社會科學》，第 12 期（2004 年 12 月），頁 122～124。

108. 郭艷華，〈「格物致知」對「誠齋體」詩學品格的影響探析〉，《寧夏大學學報（人文社會科學版）》，第 28 卷第 1 期（2006 年 1 月），頁 55～58。

109. 郭艷華，〈「性靈」觀與楊萬里的詩學思想新探〉，《南昌大學學報（人文社會科學版）》，第 36 卷第 6 期（2005 年 6 月），頁 134～136。

110. 郭艷華，〈論楊萬里「性靈」觀新探〉，《中國韻文學刊》，第 20 卷第 1 期（2006 年 3 月），頁 60～64。

111. 郭艷華，〈論楊萬里「性靈」觀的詩學內涵及理論意義〉，《寧夏社會科學》，第 3 期（2006 年 5 月），頁 149～152。

112. 郭艷華，〈楊萬里「合神與聖」詩學主張的理論及文化意義〉，《南昌大學學報（人文社會科學版）》，第 37 卷第 5 期（2006 年 9 月），頁 73～77 轉 133。

113. 郭艷華，〈楊萬里焚棄千首「江西體」詩的原因新探〉，《井岡山學院學報（哲學社會科學）》，第 28 卷第 3 期（2007 年 3 月），頁 8～12。

114. 彭維鋒，〈楊萬里主體性詩學芻議〉，《唐都學刊》，第 21 卷第 3 期（2005

年 3 月），頁 89～93。

115. 彭維鋒，〈徘徊于廟堂與禪境之間——試論楊萬里詩學的矛盾統一性〉，《天中學刊》，第 37 卷第 4 期（2006 年 7 月），頁 29～32。

116. 曾華東，〈楊萬里易學中「二五之應」問題〉，《周易研究》，第 2 期（2005 年 4 月），頁 40～45。

117. 曾華東，〈楊萬里治易考〉，《遼寧師範大學學報（社會科學版）》，第 28 卷第 3 期（2005 年 5 月），頁 125～128。

118. 曾華東，〈楊萬里性論的儒學構成〉，《南昌大學學報（人文社會科學版）》，第 37 卷第 4 期（2006 年 7 月），頁 29～32。

119. 陽建雄，〈誠齋詞趣摭談〉，《安慶師範學院學報（社會科學版）》，第 24 卷第 4 卷（2005 年 7 月），頁 80～82。

120. 張福勛，〈簡齋已開誠齋路——陳與義寫景詩略論〉，《中國韻文學刊》，第 1 期（1994 年 1 月），頁 32～35。

121. 張福勛，〈誠齋詩的「活法」藝術〉，《陰山學刊（社會科學版）》，第 1 期（1995 年 1 月），頁 30～37。

122. 張福勛，〈誠齋詩的詼諧藝術（上篇）〉，《陰山學刊（社會科學版）》，第 1 期（1996 年 1 月），頁 22～28。

123. 張福勛，〈誠齋詩的詼諧藝術（下篇）〉，《陰山學刊》，第 2 期（1996 年 2 月），頁 18～22。

124. 張玉璞，〈楊萬里與南宋「晚唐詩風」的復興〉，《文史哲》，第 2 期（1998 年 2 月），頁 92～97。

125. 張小艷，〈楊萬里詩助詞「來」的用法研究〉，《湖州師範學院學報》，第 22 卷第 1 期（2000 年 2 月），頁 20～25。

126. 張小艷，〈楊萬里詩動態助詞研究〉，《井岡山師範學院學報》，第 22 卷第 2 期（2001 年 4 月），頁 16～22。

127. 張連舉，〈論楊萬里的兒童情趣詩〉，《呼蘭師專學報》，第 17 卷第 1 期（2001 年 1 月），頁 47～50。

128. 張國棟，〈從〈天問〉〈天對〉看屈原與柳宗元的貶謫心態〉，《甘肅廣播電視大學學報》，第 17 卷第 3 期（2007 年 9 月），頁 4～6。

129. 張瑞君，〈劉克莊與陸游楊萬里詩歌的繼承關係〉，《河北大學學報（哲學社會科學版）》，第 4 期（1995 年 4 月），頁 51～56。

130. 張瑞君，〈論楊萬里詩歌的藝術構思〉，《河北大學學報（哲學社會科學版）》，第 24 卷第 4 期（1999 年 6 月），頁 21～24。

131. 張瑞君，〈析楊萬里的詩歌語言藝術〉，《名作欣賞》，第 5 期（1999 年 5 月），頁 102～105。

132. 張瑞君,〈誠齋詩的繼承性與創新〉,《晉陽學刊》,第 6 期(1999 年 6 月), 頁 47～51。

133. 張瑞君,〈論楊萬里的人格〉,《天津師大學報(社會科學版)》,第 6 期(1999 年 6 月),頁 52～61。

134. 張瑞君,〈楊萬里在宋代詩歌發展中的地位及影響〉,《山西大學學報》(哲 學社會科學版),第 24 卷第 2 期(2001 年 4 月),頁 41～45。

135. 張瑞君,〈楊萬里的文學創作論〉,《山西大學師範學院學報》,第 3 期(2001 年 3 月),頁 60～64。

136. 張瑞君,〈廣闊社會生活與豐富內心世界的表現──楊萬里詩歌的內 容〉,《忻州師範學院學報》,第 17 卷第 5 期(2001 年 12 月),頁 34～39 轉 51。

137. 張瑞君,〈楊萬里的人性論〉,《西南師範大學學報(人文社會科學版)》, 第 27 卷第 6 期(2001 年 11 月),頁 135～140。

138. 張瑞君,〈楊萬里詩歌的意象特徵〉,《山西師大學報(社會科學版)》,第 29 卷第 2 期(2002 年 4 月),頁 121～124。

139. 張瑞君,〈論楊萬里的易學思想〉,《太原師範學院學報(社會科學版)》, 第 1 期(2002 年 3 月),頁 79～84。

140. 張瑞君,〈論楊萬里的知行觀〉,《山西大學學報(哲學社會科學版)》,第 25 卷第 6 期(2002 年 12 月),頁 25～27。

141. 張瑞君,〈楊萬里詩歌的發展歷程〉,《太原師範學院學報(社會科學版)》, 第 2 卷第 3 期(2003 年 9 月),頁 65～73。

142. 張應斌,〈楊萬里梅州詩歌考論〉,《南昌大學學報(人文社會科學版)》, 第 34 卷第 6 期(2003 年 11 月),頁 98～103。

143. 張應斌,〈緣師杖屨到潮陽──論楊萬里的潮州詩歌〉,《汕頭大學學報(人 文社會科學版)》,第 20 卷第 1 期(2004 年 1 月),頁 77～91。

144. 張文修,〈《誠齋易傳》的歷史與意義的世界──楊萬里易學思想研究〉, 《湖南大學學報(人文社會科學版)》,第 18 卷第 5 期(2004 年 9 月), 頁 18～29。

145. 張佐香,〈碧水清荷〉,《環境教育》,第 9 期(2004 年 9 月),頁 73。

146. 張玖青,〈楊萬里詩學本質論〉,《安慶師範學院學報(社會科學版)》,第 25 卷第 2 期(2006 年 3 月),頁 20～23。

147. 張勇,〈論楊萬里對江西派的態度〉,《現代語文(文學研究版)》,第 5 期 (2007 年 5 月),頁 11～12。

148. 葉幫義,〈20 世紀對陸游和楊萬里詩歌研究綜述〉,《南京師範大學文學 院學報》,第 3 期(2004 年 9 月),頁 130～139。

149. 源宗,〈楊姓的祖先在哪裏〉,《中國地名》,第 8 期(2006 年 8 月),頁

14～17。

150. 雷冬平，〈楊萬里詩歌副詞 V－AD 結構的研究〉，《西南交通大學學報（社會科學版）》，第 6 卷第 2 期（2005 年 3 月），頁 72～75 轉 122。

151. 楊英，〈誠齋詞淺論〉，《延安教育學院學報》，第 4 期（2002 年 4 月），頁 29～30 轉 78。

152. 楊英，〈論「誠齋體」產生的文學原由〉，《延安教育學院學報》，第 17 卷第 4 期（2003 年 12 月），頁 41～43 轉 75。

153. 楊理論，〈「誠齋體」的形成與杜詩的內在關聯〉，《社會科學家》，第 3 期（2006 年 3 月），頁 22～24 轉 35。

154. 趙逵夫，〈《天問》的作時、主題與創作動機〉，《西北師學報》（2003 年）。

155. 蔡育坤，〈自然境界中自我的泛化與發現——王維、楊萬里個案簡析〉，《成都教育學院學報》，第 20 卷第 2 期（2006 年 2 月），頁 103～104。

156. 翟振業，《《天問》問題研究的回顧與展望〉，《山西師大學報（社會科學版）》，第 21 卷第 1 期（1994 年 1 月），頁 43。

157. 蔣海英，〈童心構築的世界——論誠齋詩的童真童趣〉，《邵陽學院學報（社會科學版）》，第 3 卷第 1 期（2004 年 1 月），頁 65～67。

158. 蔣安君，〈誠齋體自然山水詩的創新意義〉，《棗莊學院學報》，第 21 卷第 6 期（2004 年 12 月），頁 18～19。

159. 黎烈南，〈童心與誠齋體〉，《文學遺產》，第 5 期（2000 年 5 月），頁 50～57。

160. 蔣蓉，〈楊萬里的詩歌童真與托物寄懷〉，《求索》，第 7 期（2007 年 7 月），頁 170～172。

161. 熊志庭，〈楊萬里的創作經歷與詩論〉，《湖南社會科學》，第 6 期（2004 年 6 月），頁 139～142。

162. 齊榮晉，〈柳宗元的堯舜觀〉，《晉陽學刊》，第 6 期（2002 年 6 月），頁 101～102。

163. 劉天利，〈楊萬里的詩味說及其時事詩〉，《古典文學知識》，第 1 期（2005 年 1 月），頁 51～55。

164. 劉謹銘，〈宋代史事易探究——以李光與楊萬里為核心的展開〉，《漢學研究集刊》，第 2 期（2006 年 6 月），頁 99～125。

165. 劉鄂培，〈中國古代天人觀的發展與柳宗元、劉禹錫論自然與人的關係〉，《中國社會科學院研究生院學報》，第 2 期（1999 年 2 月），頁 31～38。

166. 劉伙根，〈楊萬里「透脫」說淺論〉，《井岡山師範學院學報（哲學社會科學）》，第 23 卷第 4 期（2002 年 8 月），頁 27～31。

167. 劉伙根、彭月萍，〈論楊萬里的諷刺詩及其詩學底蘊〉，《江西社會科學》，

第 4 期（2007 年 4 月），頁 89～92。

168. 劉曉林，〈學詩須透脫　信手自孤高——楊萬里詩歌創作美學原則〉，《湖南文理學院學報（社會科學版）》，第 31 卷第 4 期（2006 年 7 月），63～65。

169. 劉雪燕，〈誠齋體產生的思想淵源〉，《濱州學院學報》，第 23 卷第 2 期（2007 年 4 月），頁 13～18。

170. 鄭全蕾，〈從「師法自然」看「誠齋體」的童心童趣〉，《岳陽職業技術學院學報》，第 18 卷第 3 期（2003 年 3 月），頁 51～53。

171. 鄭曉江，〈映日荷花別樣紅——訪大詩人、理學家楊萬里故里〉，《尋根》，第 8 期（2006 年 8 月），頁 14～17。

172. 鄭曉江，〈論楊萬里的儒學思想——兼及楊萬里與朱熹的關係〉，《南昌大學學報（人文社會科學版）》，第 36 卷第 2 期（2005 年 3 月），頁 18～24 轉 90。

173. 鄭永曉，〈南宋詩壇四大家與江西詩派之關係〉，《南都學壇》，第 25 卷第 1 期（2005 年 1 月），頁 77～82。

174. 龍震球，〈楊萬里七絕的師承淵源和表現手法初探〉，《零陵師範高等專科學校學報》，第 3 期（1994 年 3 月），頁 102～112。

175. 龍震球，〈楊萬里七絕的師承淵源和表現手法初探（二）〉，《零陵師範高等專科學校學報》，第 4 期（1994 年 4 月），頁 69～77。

176. 龍震球，〈楊萬里七絕的師承淵源和表現手法初探（三）〉，《零陵師範高等專科學校學報》，第 1 期（1995 年 1 月），頁 83～93。

177. 蕭瑞峰、彭庭松，〈百年來楊萬里研究述評〉，《文學評論》，（2006 年 4 月），頁 195～202。

178. 蕭東海，〈楊萬里《誠齋策問》年代背景考述〉，《吉安師專學報》，第 20 卷第 2 期（1999 年 4 月），頁 7～11。

179. 蕭東海，〈楊萬里和王庭珪的師生情誼〉，《井岡山學院學報》，第 27 卷第 9 期（2006 年 9 月），頁 5～9。

180. 蕭東海，〈楊萬里〈回王敷文民瞻定親啓〉及背景檔案考〉，《蘭臺世界》，第 8 期（2006 年 8 月），頁 47～48。

181. 駱正軍，〈易學——柳宗元哲學思想的重要基礎〉，《零陵師範高等專科學校學報》，第 23 卷第 1 期（2002 年 1 月），頁 3～6。

182. 繆士毅，〈霜葉紅于二月花——紅葉詩話〉，《湖南林業》，第 12 期（2006 年 12 月），頁 34。

183. 戴武軍，〈南宋詩中的樂感與理學〉，《社會科學戰線》，第 3 期（1994 年 3 月），頁 236～242。

184. 戴武軍，〈詩意的創造與創造的詩意——讀《誠齋詩研究》〉，《井岡山師

範學院學報》，第 4 期（1994 年 4 月），頁 36～38。

185. 韓經太，〈楊萬里出入理學的文學思想〉，《社會科學戰線》，第 2 期（1996 年 2 月），頁 217～223。

186. 韓曉光，〈因錯出奇 無理而妙——楊萬里詩歌中的錯覺描寫淺析〉，《井岡山師範學院學報》，第 22 卷第 2 期（2001 年 4 月），頁 11～15。

187. 韓曉光，〈楊萬里詩歌的結尾藝術淺析〉，《景德鎮高專學報》，第 21 卷第 1 期（2006 年 3 月），頁 35～37。

188. 韓曉光，〈楊萬里詩歌語言的審美特徵〉，《井岡山學院學報（哲學社會科學版）》，第 18 卷第 3 期（2003 年 9 月），頁 53～55。

189. 韓曉光，〈楊萬里詩歌「活法」與「句法」關係淺探〉，《中國文學研究》，第 2 期（2006 年 2 月），頁 55～58。

190. 韓曉光，〈悠揚婉苗 虛處傳神——試析楊萬里詩中的虛詞運用〉，《井岡山學院學報（哲學社會科學）》，第 28 卷第 7 期（2007 年 7 月），頁 5～9。

191. 韓梅，〈論「誠齋體」的陌生化〉，《現代語文（文學研究版）》，第 4 期（2006 年 4 月），頁 8～10。

192. 韓梅，〈論「誠齋體」山水詩的世俗化傾向〉，《中國海洋大學學報（社會科學版）》，第 1 期（2007 年 1 月），頁 74～77。

193. 韓梅，〈論楊萬里山水詩中的諧趣、奇趣與理趣〉，《古代文學》，第 8 期（2007 年 8 月），頁 19～22。

194. 濮小南，〈楊萬里建康筑堤修圩〉，《紫金歲月》，第 1 期（1998 年 1 月），頁 9。

195. 羅義群，〈苗族神話與〈天問〉神話〉，《民族論壇》，第 4 期（1995 年），頁 75。

196. 顏文武，〈論「禪悟」對楊萬里詩歌創作的影響〉，《黔南民族師範學院學報》，第 2 期（2007 年 2 月），頁 19～23。

197. 龔國光，〈誠齋體與俗文學——楊萬里詩歌創作再認識〉，《江西社會科學》，第 3 期（1999 年 3 月），頁 80～84。

四、論文集論文（依作者姓氏筆劃排序）

1. 楊潤生，〈楊萬里家世考〉（收入《映日荷花別樣紅——首屆全國楊萬里學術討論會論文集》，劉慶雲、杜方智主編），長沙：《岳麓書社》，1993 年。

2. 劉文源，《楊萬里和吉水楊氏家族》（收入《映日荷花別樣紅——首屆全國楊萬里學術討論會論文集》，劉慶雲、杜方智主編），長沙：《岳麓書社》，1993 年。

五、學位論文（依作者姓氏筆劃排序）

1. 方介，〈柳宗元思想研究〉，台北：國立臺灣大學中國文學研究所碩士論文，1980 年。

2. 汪美月，〈楊萬里山水詩研究〉，高雄：國立高雄師範大學國文教學碩士班碩士論文，2001 年。

3. 李溫良〈洪興祖《楚辭補注》研究〉，台南：國立成功大學中國文學所碩士論文，2003 年。

4. 李貞慧，〈柳宗元貶謫時期文學研究〉，臺中：靜宜大學中國文學研究所碩士論文，2004 年。

5. 何堅萍，〈柳宗元思想研究〉，台北：國立臺灣師範大學國文學系在職進修碩士班/碩士論文，2006 年。

6. 林珍瑩，〈楊萬里山水詩研究〉，高雄：國立高雄師範大學國文研究所碩士論文，1991 年。

7. 金容杓，〈柳宗元散文研究〉，台北：國立臺灣大學中國文學研究所碩士論文，1984 年。

8. 侯美霞，〈楊萬里文學理論研究──以詩為主〉，台北：台北市立師範學院應用語言文學研究所碩士論文，2002 年。

9. 高秋鳳，〈天問研究〉，台北：國立臺灣師範大學中國文學研究所博士論文，1990 年。

10. 陳義成，〈楊萬里研究〉台北：文化大學中國文學研究所博士論文，1982 年。

11. 黃忠天，〈楊萬里易學之研究〉，高雄：國立高雄師範大學中國文學研究所碩士論文，1987 年。

12. 廖棟梁，〈中國楚辭學史論〉，台北：輔仁大學中國文學系博士論文，1997 年。

13. 歐純純，〈陸游與楊萬里詠梅詩比較研究〉，嘉義：國立中正大學中國文學所博士論文，2002 年。

14. 簡世和，〈《誠齋易傳》研究〉，臺中：國立中興大學中國文學所碩士論文，2004 年。